le solitaire

JANET DAILEY | *ŒUVRES*

LE SOLITAIRE	*J'ai Lu* 1580****
LA DYNASTIE CALDER	*J'ai Lu* 1659****
LE CAVALIER DE L'AURORE	*J'ai Lu* 1701****
LA TEXANE	*J'ai Lu* 1777****
LE MAL-AIMÉ	*J'ai Lu* 1900****

JANET DAILEY

le solitaire

traduit de l'américain par Agnès GATTEGNO

Éditions J'ai lu

Ce roman a paru sous le titre original :

THE ROGUE

Les chroniques de l'Ouest américain sont pleines de légendes qui font allusion à un étalon blanc marchant toujours au pas. De nombreuses personnalités ont déclaré avoir vu le cheval sauvage et en font mention dans différents journaux ou documents. L'un des premiers fut Washington Irving. On prétendait que le territoire de ce superbe étalon s'étendait du Texas à l'Oklahoma et jusqu'au Nouveau-Mexique et au Colorado. On le connaissait sous divers noms : L'Etalon Blanc Qui Va Toujours Au Pas, Le Coursier Blanc des Prairies et Le Cheval Sauvage Blanc. Les Indiens l'appelaient : Le Cheval Fantôme des Plaines.

1

Le soleil projetait sur la vallée les ombres matinales des montagnes. Des bois de pins et d'épais fourrés de genévriers obscurcissaient leurs pentes. La brise du sud était chargée des odeurs des canaux d'irrigation qui amenaient l'eau dans les champs.

Des meules de foin se dressaient non loin des stalles et de l'étable. Les écuries, les corrals et les dépendances étaient dominés par un petit bâtiment d'habitation situé sur une hauteur. L'eau rare et précieuse n'était pas gaspillée pour des pelouses, et les cactus et autres épineux du désert envahissaient les terres autour des bâtiments.

Trois poulains arabes, aux robes luisantes, s'ébattaient dans un des corrals. Derrière la clôture, deux personnes les observaient. L'une était jeune, l'autre âgée. Les bras appuyés sur la barrière, l'homme grisonnant était maigre et tanné comme une corde à fouet. Les épreuves de la vie marquaient son visage brûlé par le soleil, et on y lisait aussi une certaine amertume, la marque des espérances déçues.

Le grand rêve de Rube Spencer, qu'il n'avait jamais réalisé, eût été de miser sur un bon numéro au casino d'Ely et d'y ramasser la paye d'un an. Son aspiration à un foyer confortable s'était réduite à une simple pièce dans un des bâtiments du ranch : une chambre, un couvert, un salaire et un patron courtois. Et la famille se résumait à l'adolescente assise sur la barrière à côté de lui, la fille du patron. Il ne laisserait aucune trace de sa vie que le vent du Nevada ne pût effacer en un instant.

A Diana Somers, l'existence n'avait cessé de sourire. Depuis sa naissance, le monde était à ses pieds. Jeune fille, à présent, Diana découvrait les privilèges dus à sa situation d'enfant unique, privilèges dont elle n'avait pas pris conscience auparavant.

Cette découverte lui donnait un certain sentiment de supériorité. Cela se remarquait dans sa façon d'être : son menton était volontaire et son port de tête altier. Elle ne baissait les yeux que devant un seul homme : son père. Il était la force directrice de sa vie. Devant lui et lui seul, son regard, d'un bleu aussi éclatant que le ciel du Nevada, révélait sa fragilité.

Sa mère était morte des suites d'une pneumonie, quand Diana avait quatre ans, et elle n'était plus pour elle qu'un vague souvenir, une ombre floue. Ce n'était qu'une photographie dans un album...

Les terres des Somers étaient constituées de cinq cents hectares dont ils jouissaient en toute propriété et de milliers d'hectares fédéraux qu'ils louaient comme pâturages. Diana était la princesse de ce domaine, son père en étant le roi. Il ne lui était jamais venu à l'esprit qu'il aurait fallu une reine à ce royaume. Elle n'avait besoin que de son père, et son père n'avait besoin que d'elle. Rien ne manquait à leur petit univers.

Une camionnette brinquebalante déboucha sur le chemin défoncé qui menait de la grand-route au ranch. Jetant un regard par-dessus son épaule, Diana fronça les sourcils en apercevant ce véhicule inconnu. Son étonnement s'accrut lorsqu'elle découvrit la plaque minéralogique de l'Arizona.

Elle se tourna vers Rube Spencer.

– Que cherche ce type?

Rube la regarda et cracha le jus de sa chique.

– Du diable si je le sais! (Il haussa les épaules.) C'est peut-être ce nouveau gars que le Commandant a engagé.

– Quel nouveau gars? Le Commandant ne m'a jamais parlé de ce projet.

Tout le monde appelait son père « le Commandant », y compris Diana.

John Somers avait rompu son engagement dans l'armée quelques mois après la naissance de Diana. Quand son frère s'était tué dans un accident de voiture, il avait abandonné une carrière militaire prometteuse pour revenir au ranch familial. Il en avait gardé le sens de la discipline et du commandement, et ainsi le titre de Commandant lui était resté.

– Pourtant il a engagé quelqu'un.

– Où étais-je à ce moment-là?

Rube prit un temps.

– Ça devait être quand nous faisions les foins et que vous conduisiez le tracteur. Ouais, ça devait être ce jour-là. Moi je soignais la jument grise. (Rube méprisait le travail dans les champs et se défilait chaque fois qu'il le pouvait. Le Commandant, renonçant à se quereller avec lui, lui avait demandé de veiller uniquement au soin des chevaux.) Je suis sorti de l'écurie et j'ai vu le Commandant qui parlait avec ce type en lui montrant le ranch.

Il continua à raconter cette journée, mais Diana eut tôt fait de cesser de l'écouter. Peu de gens écoutaient Rube jusqu'au bout.

Le break s'arrêta devant le bâtiment principal.

Quelque part, une porte claqua, et ce bruit mit brusquement fin au discours de Rube, qui se souvint soudain du travail qui l'attendait. Son sixième sens l'avertissait de la présence du Commandant.

Diana ne prêta pas attention au brusque changement d'attitude de Rube. Faisant volte-face, elle quitta la barrière du corral pour aller à la rencontre de cet homme que le Commandant avait engagé sans le lui dire. Cela ne lui plaisait pas. Depuis des années, son père n'avait aucun secret pour elle. Il lui avait appris tous les travaux concernant le ranch, elle en savait maintenant presque autant que lui. Elle tenait beaucoup à l'entente complice qui les unissait et cette soudaine cassure la mettait mal à l'aise.

Diana, svelte dans ses vêtements de garçon manqué, traversa la cour à grandes enjambées, à la manière du Commandant. D'un geste nerveux mais typiquement féminin, elle lissa ses cheveux de jais, coupés à la garçonne.

Le Commandant descendit les marches du porche et se dirigea vers la camionnette. Les épaules carrées, l'allure altière, il n'avait pas pris un gramme depuis sa démission de l'armée. Son pantalon, d'une coupe style ranch, taillé dans un tissu résistant, tombait comme un pantalon d'uniforme. Il portait une chemise imprimée et ses bottes étaient impeccablement cirées. Ses cheveux noirs étaient coupés court, et ses favoris commençaient à grisonner. Le Commandant était un homme énergique, né pour dominer.

Ce bel homme était une cible idéale pour les femmes seules : un veuf, portant beau, quel double attrait! Autrefois, Diana était jalouse de l'attention que lui témoignaient les femmes à l'église ou en ville, mais l'indifférence de son père lui prouva qu'il n'avait pas l'intention de se remarier. Il avait toujours vécu dans un monde d'hommes, d'abord pendant son enfance au ranch, puis à l'armée et enfin depuis son retour ici. Le célibat lui convenait. Lorsqu'il recherchait une compagnie féminine, il évitait de s'engager. Diana ne se sentait pas menacée par ses sorties nocturnes et considérait avec mépris toute femme qui essayait d'établir avec son père une relation suivie. Elle se moquait en silence de celles qui disaient au Commandant qu'elle avait besoin d'une mère. Elle avait besoin de lui seul, et avait décidé qu'il n'aurait besoin que d'elle.

Sa voix était amicale lorsqu'il accueillit l'homme qui descendait de la camionnette. Ils se serraient la main lorsque Diana arriva près du Commandant. Elle se tenait aussi droite que lui et son attitude était aussi autoritaire. Il la regarda avec une douceur indulgente mais n'eut aucun geste d'affection, comme de poser la main sur son épaule. Diana ne s'y attendait d'ailleurs nullement.

– Le comité d'accueil est au complet, Holt, maintenant que ma charmante fille est là. (Le Commandant s'adressait à l'homme qui leur faisait face.) Voici ma fille, Diana; notre nouvel employé, Holt Mallory.

Elle le dévisagea délibérément comme si son assentiment était nécessaire à l'engagement définitif de Holt Mallory. Il était grand, environ un mètre quatre-vingts, et mince comme un fil. Il ôta poliment son chapeau de paille. Ses épais cheveux bruns ébouriffés et décolorés par le soleil avaient des reflets havane. Les traits de son visage buriné semblaient dessinés au couteau. Ses yeux gris acier étaient durs. Ils semblaient avoir vieilli plus vite que lui. Cependant, il ne devait pas avoir plus de vingt-six ans.

– Bonjour, miss Somers.

Sa voix était grave, froide, un peu traînante.

– Bonjour.
– C'est votre fils?

Le Commandant regardait derrière le nouvel arrivant et Diana suivit son regard.

– Guy, viens dire bonjour au Commandant.

Un garçon d'environ neuf ans se tenait à côté du camion. Mince et pâle, il semblait un peu perdu. On avait essayé de discipliner les épis de ses cheveux blond-roux, mais sans succès. A contrecœur, il s'approcha pour serrer la main du Commandant.

– Bonjour, monsieur, marmonna-t-il.

Le Commandant se redressa et sourit.

– Il a l'air d'un gentil garçon, Holt.

Diana regarda de nouveau le jeune garçon, essayant en vain de comprendre ce que son père lui avait trouvé de si « gentil ». C'était un curieux gamin, visiblement très émotif. Diana ressentit un vague mépris pour cet enfant chétif, mais ne put s'empêcher d'éprouver aussi un besoin inexplicable de le protéger.

– Je vais vous montrer où vous installer, Holt, enchaîna le Commandant. (Puis, s'adressant à Diana :) Tu emmènes Guy. Cela vous permettra de faire connaissance.

Diana n'avait aucune envie de mieux le connaître, mais, puisque son père le désirait... Elle réprima un soupir et voulut prendre la main du gamin. Il la cacha derrière son dos et Diana haussa les épaules.

– Viens, Guy, dit-elle, et elle suivit les deux hommes.

Comme le petit garçon traînait derrière eux, elle ralentit pour marcher à son pas. Elle ne s'était jamais beaucoup intéressée aux enfants. Elle essaya quand même d'engager la conversation.

– Tu es de l'Arizona?

Un silence suivit sa question. Diana n'attendait

plus de réponse quand les yeux bleus de l'enfant se levèrent sur elle.

– Non. Mon père vivait en Arizona mais ma maman et moi étions à Denver.

– Où est ta maman?

Ses lèvres tremblèrent.

– Elle est morte.

– La mienne aussi, dit doucement Diana. Elle est morte quand j'avais quatre ans. (Elle regarda l'homme qui marchait à côté du Commandant.) Pourquoi viviez-vous à Denver et ton père en Arizona? Tes parents étaient divorcés?

– Quand ma mère est morte, le mois dernier, il s'est amené, m'a dit qu'il était mon père et que désormais je devrais vivre avec lui.

On sentait une grande amertume dans le ton de l'enfant.

– Tu veux dire que tu ne l'avais jamais vu auparavant?

– Ma grand-mère et mon grand-père m'ont affirmé que c'était mon père, alors j'imagine que c'est vrai. Ma mère m'avait dit que mon père l'avait quittée à ma naissance parce qu'il ne voulait plus ni d'elle ni de moi.

Au souvenir des yeux gris acier, Diana le crut volontiers.

– Si c'est ce qu'il ressentait, pourquoi s'embarrasse-t-il de toi maintenant?

Le petit Guy tressaillit à cette question.

– Il prétend qu'il a toujours voulu m'avoir avec lui, mais que ma mère l'empêchait de me voir. Ça n'est pas vrai. Je sais que ça n'est pas vrai!

Cette explosion de violence en faveur de sa mère lui valut un regard d'estime de Diana.

– Je suis sûre que ta mère aurait accepté s'il avait vraiment voulu te voir.

Pauvre enfant, pensa Diana, et elle éprouva de la

pitié pour ce garçon que son père avait rejeté. Il n'était pas étonnant qu'il ait l'air si désorienté et si apeuré.

Ils passaient devant l'enclos où se trouvaient les étalons arabes primés. La reproduction et la présentation de pur-sang arabes étaient une des spécialités du ranch. En plus de trente juments poulinières et de leur progéniture, il y avait des poulains d'un et deux ans, certains étant destinés aux démonstrations et d'autres à la vente. Le ranch possédait aussi un parc de chevaux de labour.

Shetan, le superbe bai, galopa vers la barrière et hennit à la vue de son maître. Il n'y avait rien d'inhabituel à cela, mais Diana remarqua le regard ébahi que l'enfant lança à l'animal.

– Tu montes à cheval? lui demanda-t-elle.

– Je n'avais jamais vu un cheval de si près avant, seulement à la télévision et autour de la camionnette quand nous sommes arrivés ici.

– A partir d'aujourd'hui tu en verras plein. Tu pourras même apprendre à monter pendant que tu es ici. Tu verras, c'est facile.

– Vraiment?

– Bien sûr. Je t'apprendrai.

Et elle regretta aussitôt sa proposition. Elle n'avait pas envie de passer son été à jouer les bonnes d'enfants ou les monitrices.

– Fantastique! (Guy Mallory ne se tenait pas de joie; son visage rayonnait.) C'est formidable!

Ses cris d'exubérance attirèrent l'attention des deux hommes qui s'étaient arrêtés devant le plus grand bloc du ranch, celui qui était resté inoccupé depuis plus d'un mois. Holt Mallory regarda curieusement son fils, et un sourire adoucit ses traits.

– Pourquoi es-tu si joyeux, Guy?

– Elle m'a promis de m'apprendre à monter à cheval!

Une certaine dureté passa sur le visage de Holt Mallory.

– Tu ne m'as jamais dit que tu voulais apprendre! dit-il.

– Je le veux! déclara Guy. Et elle va m'apprendre!

– C'est très gentil de la part de miss Somers, mais il n'y a pas de raison de la déranger. Guy, si tu veux apprendre à monter, moi je t'apprendrai... Si, bien entendu, le Commandant n'y voit pas d'inconvénient.

– Je n'en vois aucun, Holt, mais puisque Diana a proposé de lui apprendre, je pense que ce serait une bonne idée de la laisser faire. On va être très occupés au ranch dans les deux prochains mois. Diana aura plus de temps libre que vous. Elle sera une bonne compagnie pour l'enfant et l'aidera à s'adapter à son nouveau milieu.

La logique du Commandant ne sembla pas plaire à Holt Mallory.

– C'est vrai, admit-il, et il lança un regard glacé à Diana. Du moment que ça vous est égal, pour moi il n'y a pas de problème.

– Pour moi non plus!

– Génial! s'exclama Guy. De toute façon, je préférerais que ce soit elle mon professeur. (Son père serra soudain les dents.) Quand pouvons-nous commencer? Aujourd'hui?

Le Commandant sourit.

– Non, pas aujourd'hui. Ton père va avoir besoin d'aide pour défaire vos affaires et pour que vous vous installiez dans votre nouvelle maison. Voici la clé, Holt. (Il la lui tendit.) Diana et moi allons vous laisser découvrir votre nouveau foyer. Si vous avez besoin de quoi que ce soit, ou si vous avez des questions à poser, je serai à la maison pendant une grande partie de la journée.

– Merci, Commandant.

Diana se demanda si Holt Mallory le remerciait pour le travail ou pour avoir aplani cette situation délicate. Cela n'avait d'ailleurs pas vraiment d'importance. Elle se détourna et accompagna son père jusqu'à la maison principale.

Ils étaient presque arrivés lorsqu'elle se décida.

– Tu ne m'avais pas dit que tu avais engagé un nouvel employé.

– Ah non? répondit-il distraitement. J'ai dû oublier.

– Il ne voulait pas de son enfant.

– Qui est-ce qui t'a mis cette idée dans la tête?

– Guy me l'a dit.

– Il t'en a confié des choses en si peu de temps!

– Assez pour savoir que cet homme est pratiquement un étranger pour lui. Guy ne l'avait jamais vu jusqu'à la mort de sa mère. Il les a abandonnés tous les deux quand Guy n'était qu'un bébé.

– Ce n'est pas si simple que cela, Diana. Les parents de Guy avaient à peine seize ans lorsqu'ils se sont mariés. C'était un mariage de convenance. Ils étaient beaucoup trop jeunes, et, comme souvent dans ces cas-là, ça n'a pas marché. Après leur séparation, la femme de Holt a quitté l'Arizona avec le bébé. Il n'entendit plus parler d'elle jusqu'à ce que ses parents lui apprennent sa mort. Ce n'était pas qu'il ne désirait pas voir son fils, simplement il ne savait où son fils se trouvait.

Cela avait l'air plausible mais Diana préférait la version de Guy.

– Il ne me plaît pas, affirma-t-elle.

Le Commandant fronça les sourcils.

– Cela ne te ressemble pas de porter des jugements hâtifs.

– Il ne me plaît pas, répéta-t-elle.

– Tu changeras d'avis. Il s'occupe très bien des chevaux et connaît bien le bétail. De surcroît il peut être un futur gérant d'exploitation.

– Gérant? Pour quoi faire?

– Je ne rajeunis pas. Dans quelques années, il me faudra quelqu'un pour me décharger de certaines responsabilités. Holt a encore besoin de quelque temps pour prendre du poids. Si mon instinct ne m'a pas trompé, il sera un jour un bon meneur d'hommes.

Diana ne fit aucun commentaire. Elle savait que si elle avait été un garçon, le Commandant aurait pensé à lui laisser l'exploitation plutôt que de la confier à un étranger. Et cette pensée la blessait.

Elle entra dans la maison derrière son père, le suivit à travers le salon jusqu'à la salle à manger contiguë. Le mobilier était austère, typiquement masculin. Tout était confortable mais très fonctionnel. Le couvert était mis pour le café du matin, c'était une tradition chez les Somers.

Tandis que le Commandant tirait une chaise en bout de table, la gouvernante apporta de la cuisine un pot de café et une assiette de beignets maison. Sophie Miller était une personne peu séduisante. Bien qu'elle n'eût qu'une quarantaine d'années, ses cheveux bruns étaient grisonnants et sévèrement relevés en une couronne tressée. Sans enfant, veuve depuis des années, elle était la gouvernante du Commandant et vivait au ranch depuis six ans.

Diana s'assit à la droite de son père. Depuis ses plus lointains souvenirs, elle était toujours à ses côtés pour cette pause du matin. Le père et la fille partageaient presque tout. Ce jour-là Diana n'y prit pas de plaisir. Elle était agacée par le fait que le Commandant eût omis de lui annoncer l'arrivée du nouvel employé. Elle était irritée aussi par la désinvolture dont il avait fait preuve lorsqu'elle lui avait dit combien Holt Mallory lui déplaisait.

Le café fumait déjà dans la tasse du Commandant. Il déplia sa serviette et regarda l'assiette de beignets.

– Des beignets au chocolat, ceux que tu préfères, Diana, dit-il. Sophie les a faits pour toi.

Cette remarque détourna Diana de ses pensées. « Merci, Sophie. » Elle lança les mots avec indifférence par-dessus son épaule, et la gouvernante l'en remercia d'un bref sourire, habituée à ne pas en attendre davantage de Diana.

Pour Diana, Sophie n'était qu'une des nombreuses gouvernantes qui avaient traversé sa vie. Sophie était simplement là depuis plus longtemps. La plupart n'avaient pas apprécié l'isolement du ranch, qui ne leur permettait pas de voir leur famille et leurs amis. Sophie n'avait pas de famille et apparemment peu d'amis; le travail lui convenait.

Dans les semaines qui suivirent, son impression première de Holt Mallory ne changea pas. Il était courtois, la traitait avec le respect dû à la fille du patron, mais jamais avec cette affection un peu bourrue que lui témoignaient les autres employés. Quant à Guy, que cela plût à Diana ou non, il était quasiment devenu son ombre. Souvent, cela l'irritait, bien qu'à certains moments l'évidente admiration de l'enfant flattât son amour-propre.

Mais ce jour-là, elle était nerveuse. Tandis qu'elle marchait rapidement vers l'enclos, Guy sur ses talons, elle souhaitait ardemment qu'il disparaisse... ou perde sa trace.

– S'il vous plaît, je peux monter avec vous? (Il répétait la demande qu'elle avait déjà repoussée quelques secondes plus tôt.) Je fais des progrès. C'est vous qui l'avez dit.

– Non! Aujourd'hui, je fais travailler les étalons. (Elle s'en chargeait régulièrement dans le manège, à une certaine distance des juments poulinières pour éviter tout risque.) Je t'ai dit et répété que tu ne peux pas monter ta jument quand je m'occupe des étalons.

– Pourquoi?

Diana lui lança un regard furieux.

– Tu n'as donc jamais observé les chiens dans la rue?

Guy rougit et se tut, mais ne la quitta pas d'un pouce. Arrivé à l'enclos, il regarda à travers la barrière tandis que Diana l'escaladait, un harnais sur l'épaule. Comme d'habitude, le cheval bai gambada vers elle, pressé de se dégourdir les jambes.

– Guy, si tu veux te rendre utile... Va donc me chercher la selle dans la remise, pendant que je fais travailler Shetan à la longe.

– D'accord.

Il se précipita, impatient d'exécuter ses ordres.

Quand il revint, il ne portait pas la selle et n'était pas seul. Diana aperçut Holt Mallory marchant derrière son fils. Elle lui jeta un regard désapprobateur et se tourna vers Guy.

– Je croyais t'avoir dit d'apporter la selle.

– Je...

– Que comptez-vous faire, miss Somers?

Il lui posa cette question avec un tel calme qu'elle serra les dents. Elle arrêta le cheval bai et regarda Holt.

– Je ne vois vraiment pas en quoi cela vous concerne.

– Guy m'a dit que vous aviez l'intention de monter cet étalon.

– C'est vrai.

– Le Commandant est au courant?

– Bien sûr, riposta Diana avec indignation.

– Il doit être fou pour laisser une demoiselle comme vous...

Il ne put terminer sa phrase. Diana, folle de rage, l'interrompit :

– Je suis pratiquement le meilleur cavalier de ce ranch, et peut-être même de la région.

– Cela ne veut pas dire grand-chose. (Il ouvrit la porte du corral, y entra et referma derrière lui.) Donnez-moi un bout de la longe.

– Pourquoi?

– Appelez cela un test, lui répondit-il.

Diana perçut le défi; elle ne pouvait que le relever. Elle lui donna un bout de la longe et il recula. Moins d'un mètre les séparait.

– Ne me laissez pas vous l'arracher des mains. Tenez bon, ordonna Holt.

Il enroula la longe de cuir autour de ses mains, puis tira dessus d'un coup sec. Diana prit appui sur ses talons et réussit à résister, mais une brusque secousse la projeta soudain sur la poitrine de l'homme. Il posa les mains sur ses épaules pour la rassurer. Elle se dégagea brusquement.

– C'était un coup en traître, se plaignit-elle. Cela ne prouve rien.

– Ah vraiment? (Il eut un sourire railleur, dépourvu de toute trace d'humour.) Si cet étalon avait un caprice, il pourrait vous arracher les rênes des mains, exactement comme je l'ai fait.

– Shetan est un cheval bien dressé. Et je l'ai toujours monté dans le manège, loin des juments, toujours après l'avoir fait travailler d'abord à la longe. Je suis parfaitement capable de le maîtriser.

– Un cheval, si bien dressé soit-il, peut se rebeller,

même si ce n'est que pour quelques secondes. Il ne lui en faudrait pas plus pour vous désarçonner.

– Je monte ces étalons depuis des années.

– Le passé m'est égal. Tant que je serai là, vous ne recommencerez pas.

– Vous n'êtes qu'un employé, vous n'avez pas à me dire ce que je dois faire.

– Je l'ai fait. C'est tout.

– Holt a raison. (Diana pivota sur ses talons et aperçut le Commandant à la porte du corral.) Je pense qu'il vaudrait mieux que tu n'entraînes plus les étalons, Diana. Je n'ai jamais vraiment été pour.

Elle sentit monter en elle une bouffée de révolte, mais ne dit mot. Elle fourra la longe dans les mains de Holt et, raide comme un piquet, sortit du corral. Ses yeux étaient secs, mais sa gorge était nouée.

Elle marcha droit devant elle, presque comme un automate. Plusieurs minutes s'écoulèrent avant qu'elle entendît courir quelqu'un derrière elle. Se retournant, elle vit Guy.

– Si tu veux toujours monter... commença-t-il d'une voix hésitante.

Sa colère rentrée explosa soudain :

– Espèce de petit idiot! Tout est ta faute! Pourquoi es-tu allé raconter à ton père ce que je faisais?

Il blêmit.

– Je ne l'ai pas fait exprès, je vous assure.

– Je ne l'ai pas fait exprès! Je croyais que tu n'aimais pas ton père. Alors pourquoi lui as-tu parlé de moi?

– Je ne l'aime pas, affirma Guy, mais il m'a demandé ce que je faisais avec votre selle et...

– ... et tu le lui as dit... Je croyais que tu voulais être mon ami, mais tu n'es pas mon ami. Va-t'en, laisse-moi seule. Je ne veux pas de ta présence. Tu n'es qu'un imbécile.

– Je suis désolé. Je ne l'ai pas fait exprès.

Il fixait le sol et son menton tremblait. Il se mit à renifler.

Diana le regardait toujours avec mépris quand les larmes vinrent aux yeux de l'enfant et roulèrent sur ses joues. Elle se sentit soudain mal à l'aise, incapable de se rappeler quand elle avait vu quelqu'un pleurer pour la dernière fois. Elle ne savait que faire.

– Arrête de pleurer comme un bébé, marmonna-t-elle. (Les larmes de Guy redoublèrent en dépit de l'effort qu'il faisait pour les retenir.) Allez. Arrête. (Impatientée, embarrassée, elle fronça les sourcils, puis se détourna, elle ne voulait pas le voir pleurer.) Oublie ce que je t'ai dit. Ce n'était pas ta faute. C'est à cause de ton père qui fait du zèle pour se faire bien voir du Commandant en prétendant s'inquiéter de ce qui pourrait m'arriver, alors qu'il s'en fout complètement.

– Vous n'êtes pas fâchée contre moi ?

– Je suis simplement furieuse en général. (Elle l'observait du coin de l'œil.) Je vais au bassin d'irrigation pour me calmer. Tu veux venir avec moi ?

Il hésita.

– Je n'ai pas mes affaires.

– Et alors ? Diana haussa négligemment les épaules. Moi non plus. Tu viens ou pas ?

Il accepta avec enthousiasme, en effaçant une dernière larme. Il reniflait de temps à autre, tandis qu'il trottait à ses côtés.

Cet été-là, tout alla de mal en pis pour Diana. Ses activités étaient de plus en plus réduites. Les étés précédents, elle avait à tout instant une tâche qui l'attendait. Maintenant, elle luttait contre l'ennui.

Donnant un coup de pied dans une pierre pour l'écarter de son chemin, Diana enfonça les mains dans les poches de son Levi's et parcourut du regard la cour du ranch. Il y avait sûrement quelque chose à faire. Ne serait ce que s'occuper de Guy.

Elle changea de direction et marcha vers les bâtiments. La porte du dernier bloc était ouverte. Elle entra sans prendre la peine de frapper, et s'arrêta quand elle vit Holt Mallory, torse nu devant l'évier de la cuisine. Il cessa de se frictionner le visage avec sa serviette.

– On frappe avant d'entrer chez quelqu'un, c'est plus poli, dit-il en s'essuyant les mains.

– Je cherche Guy. Où est-il?

– Dehors, quelque part.

Tandis qu'il se détournait pour suspendre la serviette, Diana le regarda avec curiosité. Son dos était lacéré de cicatrices.

– Comment vous êtes-vous fait ces marques sur le dos? demanda-t-elle.

Holt marqua un moment d'hésitation avant d'attraper sa chemise.

– Je ne m'en souviens pas.

– Quelqu'un vous a fouetté. Vous ne pouvez pas avoir oublié une chose pareille!

Il la regarda un long moment.

– On peut oublier n'importe quoi à condition de le vouloir. (Puis il porta toute son attention sur sa chemise qu'il boutonnait.) Vous avez dit que vous cherchiez Guy, il est dehors.

Diana savait qu'il n'en dirait pas plus. Finalement elle partit à la recherche de l'enfant.

Au cours du déjeuner avec le Commandant, elle revint sur le sujet.

– Sais-tu que Holt Mallory a le dos marqué de cicatrices? On dirait que quelqu'un l'a fouetté.

Le regard du Commandant se fit perçant.

– Vraiment? (Il ajouta d'une voix calme :) Passe-moi le sel, je te prie.

– Comment cela a-t-il pu advenir? reprit-elle en posant la salière près de l'assiette de son père.

– Le lui as-tu demandé?

– Oui.

– Et que t'a-t-il dit?

– Il a dit qu'il ne s'en souvenait plus. C'est un mensonge, évidemment. (Elle haussa imperceptiblement les épaules.) Où cela s'est-il produit, Commandant? Etait-il en prison avant de venir ici?

– Je ne crois pas qu'on fouette encore les gens en prison, Diana.

– Peut-être plus, mais alors... comment?

– Je ne peux vraiment pas te le dire, Diana.

Il avait parlé comme s'il ignorait tout, mais Diana eut l'intuition qu'il savait. Il n'allait tout simplement rien lui révéler, lui qui lui avait toujours tout dit. Son silence la blessa.

Après l'été vint la transhumance. Diana adorait cette époque de l'année. C'était le moment des longues randonnées à cheval, loin du ranch, des nuits à la belle étoile près d'un feu de camp; tout cela avait un merveilleux goût d'aventure. Il y avait toujours tant à voir : ici un mulet sauvage, là une chèvre du désert ou une harde de chevaux sauvages s'enfuyant au galop.

Dans l'aube scintillante, Diana resserra la sangle de sa selle; son sac de couchage était déjà attaché derrière le troussequin. Une grande animation régnait partout, chacun se préparant à l'événement annuel. Tous les visages étaient familiers. Durant l'année, le ranch employait environ dix-huit personnes, mais des journaliers étaient engagés au moment de la transhumance ou des foins, généralement des gens de la région.

Diana, du haut de sa monture, regarda Holt Mallory s'approcher avec un air de commandant en chef des opérations. Son antipathie spontanée pour Holt n'avait fait que croître avec le temps. Lorsque le regard glacé de Holt se posa sur elle, l'homme marqua un temps d'hésitation. Ses yeux passèrent de Diana aux chevaux sellés puis au sac de couchage.

Lorsqu'elle vit qu'il s'apprêtait à parler au Commandant, elle ressentit un vif agacement. Elle n'aima pas la façon dont le Commandant l'observa ensuite, pas plus que le léger hochement de tête qu'il adressa à Holt. Tandis que le Commandant se dirigeait vers elle, elle feignit d'être occupée à dénouer ses rênes emmêlées.

– Diana!

« Qu'il aille au diable! » Elle pivota cependant pour le regarder, prenant la mine insouciante de quelqu'un qui ne sent aucune menace planer sur lui.

Son père entra directement dans le vif du sujet.

– Tu vas rester à la maison cette année, Diana.

– J'ai toujours participé à la transhumance depuis que j'ai huit ans. De plus, tu as besoin de l'aide de tous. Et tu sais que je peux monter et prendre les bêtes au lasso aussi bien que le meilleur de tes hommes.

– Le travail est trop dur pour une jeune fille comme toi.

– Je ne me suis jamais plainte.

Le Commandant lui avait toujours parlé comme à une adulte. Son attitude avait toujours été honnête et directe. Il agit de même cette fois-ci.

– Tu grandis, te voilà presque une femme, Diana.

Il ne serait plus convenable que tu dormes plusieurs nuits à la belle étoile au milieu des hommes.

Diana répondit avec une égale franchise :

– Tu ne veux pas dire, j'imagine, qu'un des garçons pourrait essayer de m'importuner, n'est-ce pas ? Ce sont tous mes amis. C'est ridicule. De plus, tu seras là.

– Pas cette fois-ci. Je me fais trop vieux pour dormir à la dure. Mais là n'est pas la question. Je ne veux pas que tu deviennes une Calamity Jane qui profère des jurons et mange avec ses doigts. Je veux que tu sois une vraie femme et non un garçon manqué. Tu comprends ?

– Oui, Commandant.

– Bien. (Il parut satisfait de sa réaction.) J'irai faire un tour avec la Jeep tous les jours, continua-t-il. Ce sera assez calme ici pour toi. Pourquoi n'essaies-tu pas d'organiser une petite sortie en ville avec Sophie pour t'acheter quelques toilettes... quelque chose de plus féminin que ces Levi's ?

– D'accord, approuva Diana.

Si son père voulait qu'elle devienne une vraie femme, elle lui obéirait. A dater de ce matin-là, la transformation de Diana commença.

Elle alla faire les magasins et s'acheta robes et blouses bien choisies pour mettre en valeur sa féminité, sans toutefois aller jusqu'aux jabots de dentelle et aux cascades de ruban. Elle commença à s'intéresser à ce qu'elle croyait être typiquement féminin et apprit la cuisine et la couture. Cependant, elle ne poussa pas les choses à l'extrême. Elle continua à monter souvent à cheval, mais effectua moins de rudes travaux sur le domaine.

Il était de règle que seuls les célibataires utilisent les logements du ranch. Les quelques employés qui étaient mariés vivaient au-dehors, généralement dans de petites maisons qu'ils avaient achetées. Diana avait rarement des contacts avec leurs femmes.

Cependant, cet hiver-là, Alan Thornton, qui possédait un ranch à quinze kilomètres de chez eux, se maria. Tout naturellement, Diana lia connaissance avec sa jeune femme, Peggy, qui était institutrice. Ce fut elle qui persuada Diana de ne plus couper si court ses cheveux noirs et qui lui apprit à se maquiller.

Diana écoutait Peggy lui raconter ses rêves, ses espoirs, essayant de comprendre cette mentalité si différente de la sienne. Le ranch des Thornton était beaucoup moins vaste et prospère que celui du Commandant. Quand Peggy lui parlait de ses projets pour aménager et orner sa maison, Diana aurait bien aimé se montrer enthousiaste mais elle savait que Peggy n'aurait jamais assez d'argent pour faire le tiers de ce qu'elle envisageait.

Diana avait autant de mal à comprendre ses camarades de classe. Leur passion pour les chanteurs pop, leur goût du flirt lui semblaient stupides. Diana travaillait bien à l'école et était très appréciée de ses professeurs. Ses cheveux d'un noir brillant, ses yeux bleus et sa fine silhouette lui valaient un succès certain auprès des garçons. Elle se sentait plus à l'aise avec eux, ayant grandi dans un milieu presque uniquement masculin mais, la plupart du temps, elle ne voyait en eux que des adolescents assez puérils.

Son attitude envers Holt Mallory ne changea pas. Elle continua à le considérer comme un ennemi et fit tout pour contrer son influence sans cesse grandissante auprès du Commandant. Elle saisissait chaque occasion pour lui donner des ordres, sous prétexte qu'elle était la fille du patron. Elle utilisait tous les moyens en son pouvoir pour l'excéder, espérant secrètement qu'elle finirait par le pousser à partir.

Guy la suivait toujours comme un petit chien. Il ne semblait pas s'offenser de ses sautes d'humeur et lui était reconnaissant dès qu'elle lui témoignait le moindre intérêt. Et Diana lui en manifestait juste assez pour être sûre que les rapports entre Guy et Holt restent les mêmes. Aussi longtemps que l'enfant l'aimerait, il ne chercherait pas à se rapprocher de son père.

2

Cet été-là, elle allait fêter ses dix-sept ans. Et pour la première fois, un homme la troubla. Un nouvel employé, réputé pour ses qualités de dresseur de chevaux, avait été engagé par le Commandant pour entraîner ses arabes primés. Il s'appelait Curly Lathrop.

C'était un homme grand et bien bâti aux cheveux noirs et bouclés. Ses yeux sombres semblaient pailletés d'or. Il avait un charme naturel et toujours le sourire aux lèvres. Diana fit tout pour que Curly Lathrop s'intéressât à elle. Il parut sensible à ses avances, mais il gardait toujours un air indulgent, comme s'il jugeait qu'elle n'était encore qu'une enfant.

Le jour de son anniversaire, fin juillet, il faisait très chaud. Ce fut un anniversaire comme un autre. Sophie, en bonne gouvernante, avait préparé pour le dîner son gâteau préféré et l'avait décoré des inévitables bougies. Guy lui avait fabriqué un joli porte-clés en cuir orné de ses initiales.

Peggy avait fait un saut dans l'après-midi pour lui offrir un foulard de soie et en avait profité pour lui annoncer qu'elle attendait un bébé. Diana écouta Peggy lui expliquer ses projets pour aménager la chambre d'amis. L'argent qu'ils avaient économisé depuis deux ans pour moderniser la cuisine allait donc être consacré aux achats pour le bébé et aux frais d'accouchement. Diana la félicita comme il se doit, tout en se demandant pourquoi Alan et Peggy n'avaient pas attendu quelques années pour fonder une famille.

Ce soir-là, au dîner, le Commandant lui offrit, comme chaque année, de nombreux cadeaux. Diana portait une robe du soir toute nouvelle et exprima la joie qui convenait devant les présents. Passer cette soirée avec pour seule compagnie le Commandant et Sophie, ne la rendait toutefois pas d'humeur très souriante.

Après le dîner, elle fit quelques pas devant le porche, puis s'appuya à la barrière pour contempler les étoiles, tout en prenant soin de ne pas froisser sa robe en broderie anglaise. Elle eût aimé que Curly soit près d'elle...

Elle tourna la tête vers ses fenêtres. Aucune lumière ne brillait dans le local qu'il occupait, mais son camion était là. Puis elle aperçut une lampe allumée dans l'atelier près des écuries. Une idée soudaine lui traversa l'esprit.

Elle se précipita dans la maison avant que la raison ou la fierté ne la retiennent. Son père travaillait dans son bureau et Sophie s'était déjà retirée dans sa chambre située à l'arrière de la demeure. Diana entra dans la cuisine et coupa une tranche de son gâteau d'anniversaire.

Elle l'enveloppa dans une serviette et l'emporta vers les écuries. Elle joua la surprise lorsqu'elle entra dans l'atelier où Curly était occupé à nettoyer du matériel.

– Ah, c'est toi! J'ai vu de la lumière et j'ai pensé que c'était Holt, expliqua-t-elle.

– Vraiment?

Il la regarda d'un air sceptique et moqueur.

– Oui, vraiment.
– Qu'as-tu à la main?
– Un morceau de mon gâteau d'anniversaire. Comme je viens de te le dire, j'ai vu de la lumière et j'ai pensé que c'était Holt. Je lui apportais cette part de gâteau pour Guy. (Diana haussa les épaules et s'avança dans la petite pièce.) Mais puisque tu es là et lui pas, je te le donne.
Elle comprit à son sourire qu'il ne la croyait toujours pas mais il entra dans son jeu.
– Je ne veux pas priver Guy de son cadeau.
– Tu ne l'en priveras pas. J'en donnerai à Guy demain. Sophie a fait un immense gâteau et il sera rassis avant que le Commandant et moi en venions à bout.
– J'aime les pâtisseries, reconnut Curly. (Un léger frisson la parcourut lorsqu'il effleura sa main en prenant le gâteau.) Alors, comme ça, c'est ton anniversaire aujourd'hui?
– Euh... oui...
Elle l'observa tandis qu'il mordait dans le gâteau.
– Quel âge as-tu? demanda-t-il entre deux bouchées.
Diana aurait bien aimé mentir mais il connaissait probablement son âge.
– Dix-sept ans.
Il termina le gâteau.
– Il était très bon. C'est dommage... je ne savais pas que c'était ton anniversaire.
– Pourquoi? murmura-t-elle dans un souffle.
– Je t'aurais offert un cadeau.
– Je n'en espérais pas tant de ta part.
– Que t'a offert ton petit ami?
– Je n'ai pas de petit ami.
– Allons! Belle comme tu es, tous les garçons de l'école doivent être fous de toi.

Son cœur bondit à ces paroles, et d'autant plus fort que le regard de Curly en disait encore davantage.

– Ce ne sont que des gamins!

Il eut un sourire moqueur. Elle se détourna, vexée qu'il ne la prît pas au sérieux.

– Tu as une jolie robe, remarqua-t-il. Le Commandant a dû organiser une grande soirée en ton honneur.

– Non. Nous avons juste dîné tranquillement ensemble et j'ai reçu de jolis cadeaux.

– Un anniversaire mérite mieux qu'un dîner, un gâteau et quelques cadeaux, dit Curly d'un ton réprobateur.

– Ah? Et comment doit-on célébrer les anniversaires, d'après toi?

– Avec un ou deux verres, quelques danses et, si possible, une gentille compagnie. (Il croisa son regard.) Si ces trois choses ne sont pas réunies, il n'y a pas de bon anniversaire.

– Alors le mien était raté, soupira Diana, puisqu'il n'y avait rien de tout cela.

– Bon! Puisque je ne t'ai pas offert de cadeau, je vais voir ce que je peux faire pour t'organiser quand même une petite fête. (Curly s'approcha d'un des casiers où étaient rangées les bottes. Il mit un doigt sur ses lèvres, fouilla dans le placard et en ressortit une bouteille de whisky.) Je l'ai ici uniquement pour raisons, disons, médicales... pour me réchauffer quand les nuits sont trop froides, expliqua-t-il. (Il savait que le Commandant ne voulait pas qu'on boive pendant le travail.) Ce soir, elle va retrouver sa véritable raison d'être. (Il prit deux gobelets en carton sur l'étagère du placard et versa de l'alcool dans l'un. Avant de remplir l'autre, il regarda Diana.) Tu bois de l'alcool? Je ne voudrais pas être accusé de pousser une mineure à la boisson.

– J'en ai déjà bu.

Elle n'en avait bu qu'une seule fois mais ne voulait pas le lui avouer.

Il remplit le second gobelet et le lui donna, puis porta un toast :

– A une jeune et ravissante demoiselle. Joyeux anniversaire, Diana.

Lorsqu'il avala d'un trait son whisky, elle fit de même. Un feu lui brûla la gorge et elle eut le souffle coupé. Elle essaya de ne pas tousser et n'y réussit qu'en s'étouffant à moitié.

– Ça réchauffe, dis donc !

– Certes, approuva Curly tout en remplissant de nouveau le gobelet de Diana. Mais ça détend aussi.

Après deux gorgées, Diana fut de son avis. L'alcool la brûlait toujours un peu, mais beaucoup moins qu'au début. Elle se sentait merveilleusement bien, et tout, autour d'elle, baignait dans un halo rose. Ils commencèrent à parler de choses et d'autres. Il remplit de nouveau son gobelet. Elle avait la tête qui tournait, c'était délicieux. Tout à coup Curly claqua des doigts.

– Je t'avais promis une danse. Viens.

Il la prit par la main et l'entraîna hors de l'atelier.

Dans l'allée centrale qui séparait les stalles, Curly alluma la radio que le Commandant avait installée pour apaiser les chevaux en cas de besoin. Une douce ballade se fit entendre. Seule la lumière de l'atelier éclairait faiblement le lieu.

Il se tourna vers elle et lui sourit.

– Vous dansez ? demanda-t-il comme s'ils étaient dans un night-club.

– Oui, volontiers.

Diana se sentit flotter dans ses bras. Il était fort. Elle devina la puissance de ses muscles. Ils oscillaient au rythme lent de la musique. Diana n'avait jamais dansé ainsi : elle sentait la pression de sa cuisse contre sa hanche, celle de sa main au creux de ses reins.

– Tu aimes ma petite fête ? (Son visage était tout proche du sien.) Un verre, une danse...

– ... et une gentille compagnie, continua Diana.

– Et une gentille compagnie... (Leurs regards se croisèrent.) Quel dommage que je n'aie pas été là l'année dernière pour ton anniversaire ! Seize ans, c'est charmant. Tu n'as tout de même pas atteint tes dix-sept ans sans un baiser ?

– J'ai été embrassée quelquefois, dit-elle d'un ton de feinte insouciance.

– Aujourd'hui ? demanda-t-il.

– Non.

– Un anniversaire n'est pas réussi sans un baiser.

Elle avait déjà été embrassée, mais jamais comme Curly le fit aussitôt.

– Pas mal pour une débutante, commenta-t-il.

– Mes professeurs manquaient de technique !

Elle essayait de parler aussi calmement que possible.

– Laisse-moi continuer la leçon.

– D'accord.

Il n'était plus question de danser. Diana le prit par le cou, laissant ses doigts courir dans les boucles de sa nuque. Leurs haleines sentaient le whisky. Son baiser appuyé la força à renverser la tête.

Diana ne savait plus si c'était l'alcool ou ce long baiser enivrant qui la faisait vaciller. Elle pensa que c'étaient les deux. Quand il commença à lui mordiller le cou, elle gémit et se serra plus fort contre lui. Il reprit ses lèvres.

– Viens. (Il l'entraîna vers le fond de l'écurie. Ses

idées étaient confuses; elle ne savait plus très bien ce qui lui arrivait ni pourquoi. Une meule de foin se dressait contre le mur.) Nous serons très bien ici.

Il se laissa tomber, l'attirant à lui.

– Ma robe!

– Ne t'inquiète pas pour ça, chérie.

– Mais...

– Tu as dit que j'étais une gentille compagnie, lui rappela-t-il en lui caressant doucement le bras.

– Oui, murmura-t-elle. (Son regard se posa sur ses lèvres si proches.) Embrasse-moi encore, Curly.

Ils s'embrassèrent encore et encore, et chaque baiser était plus passionné que le précédent. Elle sentit le contact de sa langue. Elle résista, une crainte confuse l'envahissant.

– Allons, chérie, railla-t-il. Personne ne t'a donc jamais appris à embrasser.

– Non... non.

– C'est facile. Je vais te montrer. (Elle ne désirait qu'une chose : lui obéir.) Ouvre la bouche.

Pendant une seconde, elle ne fut que soumise. Puis, petit à petit, le désir l'envahit. Elle répondit à son baiser.

– Oh! mon Dieu... (Il haletait tandis que ses lèvres glissaient vers son cou.) Tu es merveilleuse.

Diana frissonna de tout son être. La main de Curly remonta le long de sa hanche, se fit plus lourde et atteignit sa poitrine. Diana tenta d'écarter cette main, mais elle se sentait dépourvue de toute force.

Curly dévorait de nouveau ses lèvres tandis qu'il commençait à déboutonner son corsage.

Elle se détourna.

– Non! cria-t-elle avec colère.

– Ne résiste pas, chérie.

Elle fut prise de vertige. Son baiser était bon,

mais ses caresses étaient trop hardies à son goût. Elle saisit son poignet, mais ne put empêcher sa main de s'insinuer dans son soutien-gorge et de libérer ses seins de leur prison de dentelle.

– Tu as de beaux seins, chérie. Regarde comme ils pointent vers moi, si jeunes et si fermes.

Avant que Diana ait pris conscience de ses intentions, la tête de Curly plongea vers ses seins pour les embrasser. Elle essaya désespérément de le repousser. La peur commençait à dominer les vapeurs d'alcool qui lui avaient embrumé l'esprit.

– Curly, je ne veux pas, murmura-t-elle d'une voix où se mêlaient la colère et l'angoisse.

– T'inquiète pas, chérie.

Diana sentit sa main se poser sur son genou puis se glisser sous sa jupe. Tout le plaisir auquel elle s'était abandonnée s'évanouit. Elle essaya de se dégager, le frappant à la tête et aux épaules et lui donnant des coups de pied tandis qu'il soulevait sa robe.

– Arrête! Laisse-moi me relever!

– Tu n'es qu'une petite allumeuse, grogna-t-il, et il roula sur elle en l'écrasant de son poids.

Elle ouvrit la bouche pour crier, mais de la sienne, il étouffa son cri. Sa jupe s'était enroulée autour de sa taille; il avait glissé ses jambes entre les siennes, insensible à son regard suppliant. Ses doigts brutaux déchirèrent la fine culotte de dentelle et il pressa son sexe en érection contre sa cuisse nue.

L'instant d'après, il roulait à terre à ses côtés. Pendant une seconde, Diana demeura stupéfaite.

– Tire-toi d'ici, Holt, cracha-t-il. Ça ne te regarde pas... à moins que tu veuilles passer après moi.

Les yeux de Diana découvrirent la silhouette qui

se dressait devant Curly. Si quelqu'un devait venir à son secours, Holt Mallory était bien le dernier qu'elle eût choisi.

– Laisse tomber, Curly.

– Ta gueule!

Dans la lumière diffuse, Diana vit Curly tenter de porter un crochet du droit à la tête de Holt, que celui-ci bloqua du gauche. Il enchaîna par une droite dans les reins de Curly. Celui-ci se plia en deux et tomba à genoux, la bouche ouverte. Diana attendait avec une sauvage délectation le prochain coup, mais il ne vint pas. Holt avait fait un pas en arrière, les bras ballants.

Elle se redressa, décidée à ce que Curly ne s'en tire pas si facilement après avoir tenté de la violer. Une fourche était plantée dans la meule de foin. Elle s'en saisit et se précipita vers l'homme agenouillé.

– Salaud! cria-t-elle d'une voix rauque. Je vais te...

Toute à sa vengeance, Diana ne vit pas Holt s'approcher d'elle. Il saisit la fourche et la lui arracha des mains. Elle voulut reprendre possession de son arme, mais Holt lança l'outil comme un javelot dans la meule de foin. Elle s'avança, mais le bras d'acier de Holt la retint fermement contre lui.

– Lâchez-moi! (Diana essaya de se dégager, en vain.) Il a voulu me violer. Il mérite la mort.

– Taisez-vous. (Holt lui couvrit la bouche de sa main, et ses yeux gris plongèrent dans les siens quand elle essaya de le mordre. Derrière elle, Diana entendait Curly se relever. Le regard de Holt le fixa.) Tu es viré, Lathrop. Tu as une heure pour faire tes paquets.

– Vous ne pouvez pas me saquer à cause d'elle. (La souffrance rendait encore sa respiration difficile.) Nom de Dieu, elle ne demandait que ça. Elle tourne autour de moi depuis que je suis au ranch; elle me regarde, m'excite avec ses chemisiers à moitié déboutonnés et ses pantalons collants. On dirait une chienne en chaleur.

Diana était malade de ce qu'il disait. Ce n'était que trop vrai.

– Officiellement, tu seras renvoyé pour avoir bu pendant le travail. Il est évident que tu avais une bouteille de whisky dans l'atelier. Tu es viré, Curly, et maintenant dégage!

Sa main empêchait toujours Diana de crier. Elle se débattit entre ses bras qui l'étouffaient. Holt ne la relâcha que lorsque la porte de l'écurie se fut refermée derrière Curly. Elle se dégagea et reboutonna précipitamment son corsage.

– Comment avez-vous pu le laisser partir sain et sauf? Quelle sorte d'homme êtes-vous donc pour le laisser filer après ce qu'il a essayé de me faire? Le Commandant l'aurait réduit en bouillie!

– Pourquoi? Pour avoir répondu à vos invites? Tout le monde a remarqué que vous tourniez autour de lui. Curly avait raison : c'est vous qui l'avez provoqué. Si ce n'était pour le Commandant, je ne serais pas intervenu.

Ces mots la brûlèrent.

– Il ne s'en tirera pas comme ça! (Sa voix était nouée tandis qu'elle s'apprêtait à sortir.) Le Commandant veillera à ce qu'il soit puni.

Les doigts d'acier l'attrapèrent et la firent pivoter.

– Vous ne direz pas un mot de ce qui s'est passé au Commandant!

– Oh! mais si, le défia-t-elle. Il appellera la police et fera jeter Curly en prison. Et je lui dirai votre lâcheté. Encore un mot, et vous ne travaillerez plus ici, vous non plus.

– Vous n'êtes qu'une petite pute. (Son visage était creusé par le mépris.) Nous venons de perdre le meilleur dresseur de tout l'Etat et vous ne pensez qu'à vous venger. Vous voulez que le Commandant défende votre honneur, alors que tout le monde sait que vous couriez après Curly. Vous vous en foutez que le Commandant se ridiculise dès l'instant qu'il s'agit d'assouvir votre vengeance. Il ne méritait pas d'avoir une fille comme vous.

Cette attaque ne pouvait rester sans réplique. Ne trouvant pas les mots pour lui répondre, Diana le gifla. Il lui attrapa le poignet et la traîna jusqu'à un banc. Il la coucha sur ses genoux et lui rejeta la jupe par-dessus la tête.

– Non! cria Diana, comprenant soudain ce qu'il allait faire.

Il était trop tard, et la première claque frappa sa chair tendre. Un cri de douleur s'échappa de sa gorge. Aucune force au monde n'aurait pu la libérer. Elle se mordit les lèvres et ne laissa plus entendre que de faibles plaintes. Elle ne voulait pas que qui que ce soit entende ses cris et la découvre dans cette position humiliante.

Cette fessée lui sembla durer une éternité. Enfin, il la redressa. Diana, le visage rouge et les yeux pleins de larmes, lui jeta un regard d'animal blessé. Les genoux tremblants, elle essaya de garder sa dignité.

– Vous êtes content? le défia-t-elle d'une voix tremblante.

Son visage restait impassible.

– Il y a bien longtemps que quelqu'un aurait dû se charger de cette mission.

– Pour votre gouverne... (Diana essaya de prendre un ton sarcastique.) Je suis venue ici pour voir Curly. Je voulais lui plaire. J'avais envie qu'il m'embrasse, mais je ne voulais pas... Il m'a offert du whisky, et je l'ai bu pour ne pas avoir l'air d'une enfant à ses yeux. Et après, quand il... Je ne voulais pas paraître... (Elle avait du mal à trouver ses mots.) J'ai résisté quand il...

Quelle importance? De toute façon, Holt ne la croirait pas, et d'ailleurs cela lui était égal. Quel méchant hasard avait fait que ce soit lui qui la découvre?

Il s'approcha d'elle. Comme Diana se détournait, il lui prit le menton et la força à le regarder en face.

– En supposant que ce que vous dites soit vrai, la prochaine fois qu'une chose semblable se produira, et vu votre comportement, il y aura forcément une prochaine fois, vous pouvez choisir entre deux solutions : ou bien vous lui arrachez les yeux avec vos ravissants ongles pointus, ou bien vous lui envoyez votre genou au point sensible...

– Merci pour le conseil! répondit-elle.

– Et pas un mot au Commandant ni à qui que ce soit, ordonna Holt. Pas même la moindre allusion. J'avais déjà prévenu le Commandant que Curly buvait. Il n'aura pas de soupçons à moins que vous ne les provoquiez. Vous avez compris?

– J'ai compris.

– Je ne vous laisserai pas blesser ou ridiculiser le Commandant.

– Votre sens de la loyauté est admirable!

La dernière chose que Diana souhaitait était que l'on sache ce qui s'était passé ce soir. Elle espérait pouvoir oublier mais craignait que le moindre regard de Holt Mallory ne lui remette tout en mémoire. Elle dégagea son menton.

– Où allez-vous?

– A la maison.

– Pas comme ça. Attendez. (Du revers de la main, il brossa sa robe et ôta les brins de paille de ses cheveux. Quand il eut fini, il lui tendit son mouchoir.) Allez, mouchez votre nez.

– Je n'ai pas besoin de me moucher.

Comme elle se dirigeait vers la porte, la voix de Holt retentit :

– Rappelez-vous ce que je vous ai dit.

– Je ne risque pas de l'oublier.

Diana ne parla jamais à personne de cette nuit. Elle parut même surprise lorsque le Commandant lui annonça avec regret que Curly avait été renvoyé. Ceux qui la virent errer sans but autour du ranch, pendant les jours qui suivirent, mirent cela sur le compte du départ de Curly, sans soupçonner quoi que ce fût. Désormais, Diana haïssait Holt.

Diana obtint son diplôme de fin d'études avec mention. Elle prononça son discours d'adieu devant le Commandant, assis fièrement au premier rang. Sur les conseils de son père, elle s'inscrivit à l'université de Reno.

Diana avait d'abord été hostile à l'idée d'entrer à l'université, n'ayant nulle envie de poursuivre des études. Elle considérait qu'elle en savait assez.

– A quoi cela va-t-il me servir? Je sais tout ce que j'ai besoin de savoir, avait-elle affirmé un soir d'été. Aucun professeur ne peut m'apprendre mieux que toi comment m'occuper du ranch. D'ailleurs je sais déjà comment tenir les livres et assurer le secrétariat.

– Je ne vais pas te laisser gaspiller tes possibilités. De plus, une université ce n'est pas seulement des cours et des professeurs. (Le Commandant sourit avec indulgence.) On peut faire partie d'un club d'étudiants, participer à des activités et à des soirées. Tu as besoin de découvrir d'autres choses dans la vie avant de décider de ton avenir.

Diana restait sceptique :

– Je ne changerai pas d'avis.

– Peut-être pas, mais, de toute façon, cela t'aura fait vivre autre chose que ce que tu connais.

Un coup à la porte avait interrompu leur discussion. Quand le Commandant ouvrit à Holt, la colère envahit Diana. Il la devina sur son visage et regarda le Commandant.

– Excusez-moi. Je ne voulais pas vous déranger.

Ce n'était qu'une formule creuse, avec juste ce qu'il fallait de déférence. Diana avait envie de lui dire que sa présence la dérangeait depuis le premier jour de son arrivée. Mais, une fois de plus, elle se tut, la bataille était depuis longtemps perdue.

– Vous ne nous dérangez pas du tout, affirma le Commandant. Diana et moi parlions de ses projets universitaires... Qu'y a-t-il?

– Deux acheteurs sont intéressés par vos arabes. Ils voudraient surtout voir ceux de l'année, expliqua Holt. Rube est parti avec la Jeep pour les ramener des pâturages. J'ai pensé que vous voudriez vous en occuper vous-même. Les acheteurs semblent vouloir en prendre un bon nombre.

– Vous pouvez vous en occuper sans moi, répondit le Commandant, montrant ainsi qu'il avait une confiance absolue en Holt.

Diana regarda son père, choquée par cette déclaration et ce qu'elle impliquait. Le Commandant avait déjà délégué à d'autres des responsabilités mais jamais quand il s'était agi de ses chers chevaux arabes. Holt avait déjà beaucoup empiété sur ses fonctions, elle s'en souvenait. Le bruit de la porte que l'on refermait la ramena au présent.

– Tes quatre années à l'université vont passer si vite que tu ne t'en rendras même pas compte.

Le Commandant avait repris le fil de leur conversation sans perdre une seconde.

Agacée, elle s'était détournée. Le Commandant vint derrière elle et posa la main sur son épaule. Ce mouvement d'affection inhabituel ne lui apporta que peu de réconfort.

– J'avais toujours espéré que tu irais à l'université, Diana, dit-il doucement. Tous les pères rêvent que leurs enfants obtiennent des diplômes. Je suis comme les autres.

Elle ne trouva rien à répondre. Depuis toujours, elle faisait ce qu'il désirait. Il était trop tard pour rompre avec cette habitude. Elle ne voulait pas lui infliger cette déception. De plus, après sa conversation avec Holt, elle n'avait plus guère de raisons de rester au ranch.

Elle tenta cependant de résister :

– Reno est si loin, à l'autre bout de l'Etat.

– Pas au point que tu ne puisses rentrer pour de longs week-ends ou pour les vacances.

Diana céda. Trouvant quelque réconfort à l'idée qu'elle lui faisait plaisir, elle entra à l'université. La première année, son programme ne lui permit pas de venir au ranch beaucoup de week-ends. Elle ne revint finalement que pour des vacances toujours trop courtes et trop rares. Pour oublier sa frustration Diana participa à de nombreuses activités et soirées sur le campus. Elle se fit quelques relations amicales, mais ses journées trop chargées de cours et d'étude ne lui laissaient jamais le temps de les approfondir.

Vint enfin l'été qui passa incroyablement vite. Il lui sembla qu'à peine arrivée au ranch, il était déjà temps de repartir pour Reno.

Sa seconde année fut marquée par deux événements importants. En octobre, elle fut appelée dans le bureau du doyen, qui lui apprit que son père avait eu une légère crise cardiaque et était hospitalisé. Diana prit le premier avion pour Ely.

Comme elle était à son chevet, elle remarqua sa pâleur; il était cependant parfaitement lucide et attentif à tout. Le Commandant lui avait toujours paru invincible. Ce fut un choc pour elle de découvrir qu'il ne l'était pas.

– Ne te fais pas de souci, Diana, lui dit-il gentiment en voyant son inquiétude. J'ai encore de longues années devant moi. Je dois juste me reposer un peu, c'est tout... me ménager plus que je ne l'ai fait.

– J'y veillerai.

– Que veux-tu dire?

– Je vais rester à la maison jusqu'à ce que tu sois rétabli.

– C'est une chose de quitter l'université pour me faire une visite, mais il est complètement inutile de rester là pour me tenir la main, dit-il sévèrement. J'ai Holt et Sophie pour prendre soin de moi.

Diana voulut lui faire remarquer qu'étant sa fille unique, c'était à elle de s'occuper de lui et non à quelque employé, mais le Commandant ne la laissa pas parler.

– Je vais confier la direction du ranch à Holt. Il est désormais plus que capable de s'en occuper. J'ai de la chance de l'avoir.

– Je veux rester près de toi.

– Jeune fille, tu me feras beaucoup plus plaisir en retournant à l'université et en passant brillamment tes examens. Après quoi, j'espère que tu rencontreras un homme intelligent et ambitieux qui t'épousera, et dont tu auras peut-être quelques enfants. Tu ne réussiras rien de tout cela en restant seule, perdue au milieu de ce ranch.

– Soit, père.

Elle s'installa dans un hôtel à Ely jusqu'à ce que

son père sorte de l'hôpital. Elle prétendit que c'était pour éviter les longs aller et retour de l'hôpital au ranch. En vérité, elle ne voulait pas rester sur le domaine désormais dirigé par Holt Mallory.

En février, Diana assista à une conférence de sciences politiques. L'orateur invité était un juriste spécialisé dans les questions minières du Nevada. Il s'appelait Rand Cummings. Il était très séduisant avec ses cheveux noirs bouclés et ses yeux bleus. Il était, de plus, éloquent et intelligent. Diana se sentit attirée par lui, mais son aventure avec Curly l'avait rendue méfiante.

A la fin de la conférence, Diana et quelques autres, qui n'avaient plus de cours, en profitèrent pour poser des questions. Seul un aveugle n'aurait pas remarqué Diana. Or Rand Cummings n'était pas aveugle. Comme par hasard, ils se retrouvèrent sur le chemin du parking. Il lui proposa de sortir et elle accepta.

Leurs relations ne prirent pas un tour passionné car Diana avait décidé de ne pas laisser ses sentiments l'entraîner sur cette pente dangereuse. Rand réunissait la plupart des critères qu'elle s'était fixés. Il avait près de trente ans, était déjà reconnu dans la profession qu'il avait choisie, et il était ambitieux. Il ressemblait suffisamment à Curly pour la séduire physiquement, mais jamais il ne tenta de la brusquer. Même dans leurs plus brûlantes étreintes, Diana sentait qu'il restait toujours maître de lui alors qu'elle-même était au bord de l'abandon. Ce contrôle de lui-même accrut le respect qu'elle avait pour lui.

Le dernier week-end avant les vacances, Rand était venu de Carson City pour passer ces deux jours avec elle. Le dimanche soir, quand Rand la ramena et gara la voiture près de chez elle, Diana l'étreignit passionnément. Elle s'abandonna à ses baisers, mettant ainsi à rude épreuve sa maîtrise de lui-même. Avant que le désir ne le submerge, Rand se dégagea avec douceur.

– Je ne suis pas vraiment sûr de toi, Diana, murmura-t-il.

– Vraiment? chuchota-t-elle.

– Tu es une fille ravissante. Tu pourrais être une parfaite épouse pour un juriste. Tu serais même un bon atout dans son jeu.

Diana regarda le beau visage de Rand à travers ses longs cils.

– Cela ressemble beaucoup à une demande en mariage...

– C'en est une. Je veux t'épouser, Diana.

Elle ne répondit pas tout de suite. Elle essayait de le voir avec les yeux du Commandant.

– Peux-tu t'arranger pour venir avec moi à la maison le week-end prochain? lui demanda-t-elle. J'aimerais te présenter au Commandant.

– C'était dans mes intentions, de toute façon, dit Rand en souriant; je pourrai ainsi lui demander officiellement la main de sa fille.

– Pas tout de suite! J'aimerais qu'il te rencontre d'abord et qu'il puisse te connaître, même brièvement, avant que tu ne lui fasses ta demande. Les pères deviennent parfois critiques lorsqu'on les met devant le fait accompli.

– Comme tu voudras. Quand nous aurons son consentement, poursuivit-il sur un ton confiant, nous irons choisir ensemble ta bague de fiançailles.

Ils parlèrent de l'avenir. Son destin était tracé, même si elle s'avouait qu'elle ne voulait pas lui donner sa réponse tant qu'elle n'aurait pas l'approbation du Commandant. Elle aimait Rand et ses caresses étaient loin de lui déplaire, mais elle voulait être sûre que le Commandant approuverait son choix.

Quand elle appela son père le lendemain soir pour lui apprendre qu'elle avait invité Rand à l'accompagner le prochain week-end, il ne posa aucune question. La dernière semaine à l'université lui sembla durer une éternité, tant il lui tardait de s'envoler pour Ely.

Le Commandant lui parut parfaitement remis de sa crise cardiaque, mais cependant elle remarqua qu'il se fatiguait plus facilement et que ses cheveux avaient blanchi aux tempes. Elle lui fit comprendre que Rand jouait un certain rôle dans sa vie mais ne lui précisa pas lequel et lui laissa le temps de se faire sa propre opinion.

La veille du départ de Rand, Diana se trouva seule avec son père dans son bureau, avant le dîner. Ils discutèrent d'abord de choses et d'autres puis elle lui demanda :

– Que penses-tu de Rand?

– Il a l'air charmant et très intelligent. C'est sérieux entre vous? Je suppose que ça l'est puisque tu l'as amené à la maison.

– Il m'a demandée en mariage.

– Et tu veux mon consentement.

– Oui.

– Et tes diplômes?

– Rand et moi en avons parlé. Je vais continuer mes études mais j'y consacrerai moins de temps. Nous devrons donc attendre quelques années avant de fonder une famille. Cela nous permettra de vivre un peu pour nous seuls, plus librement.

– Dans ce cas, je n'ai aucune objection à formuler. Je l'aime bien et, puisque tu veux l'épouser, il n'y a rien à ajouter, n'est-ce pas? conclut-il en souriant.

– Non, approuva-t-elle. Rand t'attend sous le porche pour te parler. Il veut te demander ma main.

– Ne le fais pas attendre davantage. Fais-le venir ici, ordonna le Commandant avec une feinte sévérité.

Il fut décidé que le mariage aurait lieu en août pour que les nouveaux mariés puissent partir en voyage de noces avant la rentrée à l'université, ce qui laissait peu de temps pour les préparatifs. L'été passa très vite. Ce devait être un grand mariage, suivi d'une somptueuse réception au ranch.

Diana fut si occupée qu'elle réussit à dominer certaines contrariétés. Il y avait eu des changements au ranch depuis la maladie du Commandant, des changements minimes mais agaçants aux yeux de Diana. Holt et Guy déjeunaient maintenant avec le Commandant. Le Commandant avait trouvé ridicule que Sophie s'obstinât à préparer deux repas séparés. De plus, l'heure du déjeuner permettait à Holt de discuter avec le Commandant des problèmes de la journée et de lui demander son avis.

Lorsque Diana était rentrée, Holt avait suggéré de rompre cette habitude pour permettre au Commandant d'être seul à seule avec sa fille, mais celui-ci lui avait déclaré que c'était inutile. Diana, qui n'avait fait aucun commentaire, s'arrangeait pour déjeuner ailleurs. Son antipathie pour Holt était toujours aussi forte, mais elle n'essayait plus de s'opposer à sa présence au ranch.

Le week-end précédant le mariage, Rand prit l'avion pour Ely afin d'être auprès d'elle.

– Je t'ai manqué? demanda-t-il. J'ai l'impression de ne pas t'avoir vue depuis des mois, alors que ça ne fait que deux semaines.

Pour Diana, le temps avait passé très vite tant elle avait été débordée, avec les préparatifs de dernière minute et les essayages de sa robe de mariée.

– Comment aurais-je pu en trouver le temps? dit-elle, taquine. Tu m'as appelée tous les jours.

Il la punit d'un long baiser.

– J'avais le choix entre t'appeler tous les jours ou devenir fou à me demander ce que tu faisais et avec qui tu étais.

Cette pointe de jalousie ne lui déplut pas.

– Tu n'as pas confiance en moi, Rand?

Il sembla se forcer à prendre un ton léger.

– Comment pourrais-je deviner ce que tu fais quand tu es si loin de moi? Tu pourrais revoir un de tes anciens petits amis, sans parler de tous les robustes cow-boys du ranch de ton père.

Diana renversa la tête en arrière et rit.

– Tu n'as pas bien regardé les hommes qui travaillent pour nous. (Souriant toujours, elle ajouta :) En dehors du Commandant, il n'y a qu'un homme dans ma vie... et c'est toi.

– Tu es si belle, Diana! Je ne sais pas si je pourrai jamais te faire confiance quand tu es loin de moi.

L'intensité de son regard la mit mal à l'aise. Une telle jalousie n'avait pas lieu d'être. Elle avait été élevée avec un sens des valeurs morales trop strict pour ne pas prendre au sérieux sa promesse de mariage. Vaguement gênée pourtant par son attitude, elle détourna la conversation.

– Et toi, qu'as-tu fait ces deux dernières semaines? lui demanda-t-elle d'un ton moqueur. As-tu trouvé quelque danseuse à Reno pour te tenir compagnie? Moi j'ai le Commandant au ranch pour me surveiller, mais toi tu n'as personne. Peut-être enterres-tu très joyeusement ta vie de garçon?

– Mais il y a une différence, mon amour. (Rand embrassa le bout de son nez.) La façon dont je passe mes dernières journées de célibataire ne te regarde pas.

– Macho, dit Diana en riant.

– Maintenant, tu connais la vérité. (Il pouffa de rire et la prit par l'épaule pour l'entraîner vers la sortie.) Cela dit, pour parler sérieusement, j'ai appris qu'un grand appartement allait être libre dans mon immeuble. J'ai signalé au propriétaire que nous pourrions être intéressés.

Diana approuva d'un hochement de tête.

– J'espère avoir le temps de passer le visiter la semaine prochaine.

– Ne te fais pas de souci. Le propriétaire m'a promis de nous le réserver jusqu'au retour de notre voyage de noces. Je suis dans ses bonnes grâces.

Quand ils eurent récupéré ses bagages, Diana le conduisit jusqu'à la camionnette. Elle lui donna les clés pour qu'il mette ses valises dans le coffre.

– Peggy Thornton, notre voisine, a donné une réception en mon honneur la semaine dernière, dit Diana. Tu vas voir tous les cadeaux que j'ai reçus! Je te les montrerai dès que nous arriverons à la maison.

– Je crains que tu ne doives patienter un peu, chérie, dit-il en refermant le coffre et en se dirigeant vers la portière, côté conducteur. J'ai d'abord quelques petites choses à régler pour mon travail.

– Mais je croyais que tu étais venu pour passer le week-end avec moi!

– C'est vrai. C'est pourquoi je veux m'en débarrasser tout de suite.

– Ne peux-tu oublier ton travail pour une fois? lui demanda-t-elle en feignant la colère, tandis qu'il s'asseyait au volant.

– Non, si je veux faire passer ce voyage sur les frais généraux... et c'est ce que je souhaite. (Il sourit et démarra.) Tout ce que j'ai à faire est d'aller voir deux responsables de mines de cuivre et de les inviter à déjeuner. J'aimerais que tu m'accompagnes, tu pourras ainsi dès maintenant apprendre à jouer ton rôle de parfaite épouse de juriste distingué.

– Tu es sûr que tu veux que je vienne avec toi ? Je ne connais pas grand-chose sur les problèmes miniers.

– Mais cela n'est pas nécessaire, ma chérie. Tout ce que tu as à faire est d'être ravissante, souriante, charmante avec ces messieurs et même un tout petit peu aguicheuse. Tu vois, ce ne sera pas trop dur d'être ma femme. Tu y arriveras sans aucune difficulté.

– C'est un jeu d'enfant ! (Diana ferait tout ce que Rand voudrait, tout comme autrefois elle faisait tout ce que son père lui demandait.) Le Commandant nous attend pour déjeuner, ajouta-t-elle cependant.

– Il y a sûrement un téléphone à la mine. Tu pourras l'appeler pour lui dire que nous n'arriverons au ranch qu'en début d'après-midi.

Les débuts de Diana dans le monde de Rand furent agréables. Elle soutint sans peine la conversation des hommes. Les discussions sur les problèmes miniers devinrent parfois trop techniques pour elle, mais cela ne dura jamais plus d'un instant. Dans l'ensemble, Diana se montra amicale et très souriante.

Lorsqu'ils se mirent enfin en route vers le ranch, Diana jeta un coup d'œil à sa montre.

– On a largement dépassé tes prévisions. Il est presque quatre heures. Le Commandant nous attendait peu après deux heures. J'aurais peut-être dû l'appeler.

– Il sait que tu es avec moi. Je ne pense pas qu'il s'inquiète.

Diana était assise près de lui, sa tête appuyée

contre le dossier. Elle se détourna légèrement pour observer son beau profil régulier. Rand avait été plutôt silencieux depuis leur départ de la mine.

– Comment m'en suis-je sortie? demanda-t-elle doucement.

– A la perfection.

Le compliment la réconforta et elle sourit.

– Tu en doutais?

– Non, mais n'exagère pas tes mérites!

– J'ai outrepassé tes conseils?

L'autoroute rectiligne se profilait devant eux. Rand passa un bras autour de ses épaules, l'attira contre lui et lui embrassa les cheveux.

– Non, répondit-il. Mais je pense qu'à l'avenir je ferais mieux de surveiller la façon dont les hommes regardent ma Diana.

– Encore une semaine, et je serai ta femme, murmura-t-elle en se blottissant contre lui.

Comme n'importe quelle mariée, Diana se sentait nerveuse à l'aube du grand jour. Sans raison, d'ailleurs. Tout était parfait.

Les invités avaient envahi la cour du ranch. Même la forte chaleur estivale n'altérait pas l'atmosphère de fête qui régnait. Rand ayant une certaine réputation, beaucoup de ses clients importants avaient assisté à la cérémonie et s'étaient ensuite joints à la réception. Plusieurs d'entre eux entouraient maintenant Rand et Diana et leur portaient des toasts.

Le Commandant se trouvait près d'eux. Diana pouvait lire sur son visage combien il était content qu'elle ait fait un si beau mariage.

Tandis que les verres se levaient pour un toast, un homme s'exclama :

– Savez-vous que je n'ai pas encore embrassé la jeune mariée?

– Moi non plus, répliqua un autre.

D'autres voix s'élevèrent. La demande n'avait rien de désobligeant : ils ne réclamaient qu'un baiser amical. Et elle s'y prêta sans réticence. Tandis qu'un des derniers « demandeurs » s'éloignait, elle renversa la tête en arrière, attendant le suivant. Son sourire se figea sur ses lèvres lorsqu'elle vit Holt Mallory qui lui faisait face.

– Vous arrivez à point, Holt, déclara le Commandant. Diana vient juste de donner l'autorisation à tous ceux qui avaient oublié d'embrasser la mariée à l'église de réparer cette maladresse.

Un sourire moqueur apparut sur les lèvres de Holt Mallory. Il ne répondit pas au Commandant, mais dit avec une exquise politesse :

– Tous mes vœux de bonheur, madame Cummings. (Il pencha rapidement la tête et sa bouche, si froide que c'en était insultant, effleura ses lèvres. Puis il se tourna vers Rand.) Félicitations.

Diana frissonna. Ce baiser n'avait duré qu'un instant, mais il avait suffi à troubler son bonheur. Comment avait-il osé se montrer alors qu'il savait combien elle le méprisait?

Un vif ressentiment brillait dans ses yeux tandis qu'elle le regardait s'éloigner. Plusieurs secondes s'écoulèrent avant que Diana ne prît conscience que quelqu'un d'autre se tenait devant elle. Guy, grand et dégingandé, l'embrassa sur la joue.

– J'espère que vous serez heureuse, Diana, marmonna-t-il en se dandinant gauchement, et une légère rougeur apparut sur son visage brûlé par le soleil.

– Merci, Guy. Je le serai.

– Ouais, bien... (Il fit une grimace, peu sûr de lui, et se tourna vers Rand.) Félicitations.

Guy s'éloigna rapidement, se perdant dans la foule. Diana le suivit une seconde du regard. Puis Rand l'enlaça et murmura à son oreille.

– Crois-tu que je puisse embrasser la mariée?

Elle se força à sourire et leva la tête vers lui.

– Bien sûr.

3

Diana regardait par le hublot de l'avion. Elle apercevait au loin les fumées des hauts fourneaux du nord d'Ely. Ils allaient bientôt atterrir et elle serait enfin de retour chez elle, cette fois-ci pour de bon.

Les mains sur les genoux, elle frottait distraitement de son pouce le doigt qui portait encore la trace de son alliance. Dans son sac se trouvait le certificat de divorce qui mettait fin à son mariage après quatre années. Le signal lumineux INTERDICTION DE FUMER s'alluma, annonçant que l'avion allait se poser, et Diana s'enfonça dans son siège, fermant les yeux et se demandant pour la millième fois pourquoi son mariage avait été un échec.

Au début, tout avait été merveilleux. Ils vécurent des moments de passion intense. Mais cet amour brûla d'une flamme trop vive et se consuma trop vite. Moins d'une année plus tard, les problèmes commencèrent à apparaître. Au début, Diana avait accepté les réflexions acerbes de son mari; elle avait également ignoré ses accusations jalouses et blessantes : sans doute cesseraient-elles lorsqu'ils auraient appris à se faire confiance. Lorsqu'elle se rendit compte de la dégradation de leurs relations, il était déjà trop tard.

Les roues touchèrent le sol et l'avion roula sur la piste. Diana ouvrit les yeux et se redressa sur son siège. Elle regarda par le hublot tandis que l'avion se rapprochait des bâtiments de l'aéroport.

Lorsqu'il s'arrêta sur l'aire de débarquement, elle se joignit aux autres passagers qui attendaient dans le couloir central l'ouverture des portes. Elle descendit les marches de la rampe d'accès. Ce matin d'avril, le soleil était agréablement chaud.

Diana entra dans le petit aéroport, regarda autour d'elle et ne vit personne qui l'attendait. Le Commandant était-il fâché au point de ne pas envoyer l'un ou l'autre employé pour l'accueillir? Son menton trembla légèrement. Elle n'était pas revenue depuis deux ans, bien qu'elle l'eût souhaité. Elle avait toujours remis ce voyage, attendant pour le faire que les choses aillent mieux entre Rand et elle.

– Diana!

Elle regarda avec étonnement un jeune homme qui semblait la connaître. Grand et efflanqué, ses cheveux avaient la couleur du sable et ses yeux étaient d'un bleu vif. Vêtu d'un Levi's neuf et d'une chemise impeccablement blanche, il s'avança vers elle.

– Bienvenue, dit-il d'une voix étranglée par l'émotion.

Diana considéra sa bouche sensuelle et ses cheveux légèrement ébouriffés. Elle ne pouvait pas y croire.

– Guy? (Elle hésita puis, découvrant que c'était bien lui, elle éclata de rire pour la première fois depuis longtemps.) Guy! Je ne t'aurais pas reconnu. Tu as tellement changé!

– Pas vous.

Il lui prit vivement les deux mains. Son regard était toujours aussi admiratif.

Sa réflexion l'avait touchée.
– J'ai changé, Guy, j'ai vieilli...
– Comment allez-vous?
– Je vais bien, mentit Diana. (Elle se sentait rompue : sa vie ressemblait à un puzzle éparpillé et il lui semblait que, même si elle réussissait à se ressaisir, elle ne serait plus jamais la même.) Je ne m'attendais pas à ce que le Commandant t'envoie me chercher, fit-elle pour changer de sujet.
– Qui d'autre? N'ai-je pas toujours été votre esclave? dit-il pour la taquiner, mais ses yeux étaient restés graves.
Elle s'aperçut qu'il tenait toujours ses mains et les retira doucement.
– Oui. Ce doit être vrai. (Elle sourit gentiment.) Où es-tu garé?
– Juste dehors. Nous prendrons vos bagages en sortant.
– Ils doivent être là.
– Oui, approuva Guy. (Dehors, sous l'auvent, il ne restait que ses deux valises.) C'est tout?
– Oui. Le reste de mes affaires suivra dans un jour ou deux.
Comme il portait les bagages à la voiture, Diana l'observa. Il y avait peu de ressemblance entre ce jeune homme et le garçonnet pâle et maigre qui était arrivé au ranch dix ans plus tôt. « Dix ans », pensa-t-elle. Il avait donc dix-neuf ans. Elle ne l'avait pas vu lors de son dernier voyage, n'étant restée qu'un week-end; Guy se trouvait quelque part sur le domaine.
– Qu'y a-t-il?
Guy fronça les sourcils. Elle comprit qu'il avait surpris son regard.
– Je pensais que j'avais gâché ma vie.
Sa voix était chargée d'amertume tandis qu'elle montait dans le break.

Guy ferma la portière et, après un temps :

– Tout le monde fait des erreurs, Diana.

C'était plus qu'une erreur. Elle avait misérablement échoué, mais elle apprécia qu'il tente de la consoler.

– Certaines sont simplement plus graves que les autres. C'est tout ! répliqua-t-elle avec un sourire forcé.

– C'est possible. (Guy lui rendit son sourire. Quittant l'aéroport, il prit l'autoroute vers le sud.) Voulez-vous qu'on s'arrête en ville pour boire un café ou manger quelque chose ?

Diana secoua la tête :

– Non. Il me tarde d'être au ranch.

– Je suis content que vous soyez revenue.

– Moi aussi. Comment ça marche au ranch ?

– Bien.

Diana se tourna vers lui. Son profil énergique lui rappela celui de son père.

– Comment ça va entre Holt et toi ?

– Un peu mieux. (Guy semblait se moquer de lui-même.) Je pense qu'on peut dire qu'on est arrivés à se supporter. Holt est un homme difficile à connaître. Je n'ai jamais pu comprendre ce qu'il pensait ni pourquoi il était si maladroit avec moi.

– Comment va le Commandant ?

– Beaucoup mieux.

Guy ralentit pour tourner à un feu rouge.

– Beaucoup mieux ? Que veux-tu dire ?

– Vous n'êtes pas au courant ? Le Commandant a eu une légère alerte il y a deux mois.

Un frisson la parcourut.

– Non, je ne le savais pas. Il n'a jamais fait allusion à ses problèmes de santé, ni dans ses lettres ni lorsque je l'ai eu au téléphone. Pourquoi personne ne m'a-t-il prévenue ? C'était le rôle de Holt. Pourquoi ne l'a-t-il pas fait ?

– Peut-être pensait-il que vous le saviez.

Guy ne tentait pas de défendre son père, mais cherchait seulement une explication.

– Il y a deux mois, c'était l'époque où j'ai fini par avouer au Commandant que Rand et moi avions des problèmes...

– Cela n'a rien à voir. (Guy semblait suivre le cours de ses pensées.) Le Commandant ne s'est pas ménagé. Nous avons eu un terrible coup de froid au moment où les bêtes ont mis bas et nous avons dû travailler très dur pour éviter tout risque de perte.

– Comment a-t-il réagi à l'annonce de mes problèmes avec Rand?

– Il l'a pris avec philosophie. Il était bien sûr triste pour vous, mais... (Guy hésita.) Pourquoi l'avez-vous épousé, Diana?

– Je ne sais pas. (Elle haussa les épaules et regarda par la vitre.) Je pensais probablement que je l'aimais. Rand était beau, intelligent et brillant. Il voulait que nous nous mariions et le Commandant l'appréciait. Je ne sais pas pourquoi je l'ai épousé, répéta-t-elle. Peut-être avais-je seulement besoin d'être aimée.

Ils roulèrent en silence pendant quelques kilomètres. L'autoroute franchissait un défilé rocheux, puis descendait vers la vallée. Lorsqu'ils se remirent à parler, ils n'échangèrent que des banalités.

Après une heure de route, Guy tourna dans la cour du ranch et s'arrêta devant l'habitation principale. Diana regarda la maison de son enfance. Elle avait plus ou moins espéré que le Commandant viendrait à sa rencontre, prévenu par le bruit de la voiture, mais le porche était vide.

– Diana?

Guy lui tenait la portière, attendant qu'elle descende.

– Passez devant, ajouta-t-il, la voyant hésiter. Je porterai vos valises.

Il n'était qu'à quelques pas d'elle quand elle entra dans la maison. Tout semblait exactement comme autrefois. Sa gorge se serra tandis qu'elle regardait autour d'elle. La gouvernante sortit du couloir de la cuisine.

– Bonjour, Sophie.

Il sembla à Diana que Sophie n'avait pas changé, pas vieilli.

– Bonjour, mademoiselle. Le Commandant se repose dans sa chambre.

– Comment va-t-il?

– Bien, mais le médecin a recommandé qu'il s'allonge deux heures tous les matins et tous les après-midi. Voulez-vous le voir? (Sophie regarda Guy, qui se tenait dans l'embrasure de la porte les valises à la main.) Je montrerai à Guy où mettre vos bagages.

Maintenant que le moment était venu, Diana se rendit compte qu'elle appréhendait ce face-à-face avec le Commandant. Elle se sentait un peu comme l'enfant prodigue qui ne sait pas comment on va l'accueillir. Son regard se posa sur Guy qui, à sa manière tranquille, l'avait tant aidée depuis une heure.

– Allez. (Il sourit.) Je vous verrai au déjeuner.

– Merci d'être venu me chercher à l'aéroport, lui dit-elle, et elle se précipita vers la chambre de son père.

Elle frappa, attendant que la voix ferme de son père la priât d'entrer. Le Commandant était allongé tout habillé sur son lit.

– Diana! (Il sourit.) J'ai cru entendre arriver le break et je me demandais si c'était toi.

Il n'essaya pas de se lever lorsqu'elle s'approcha.

– Bonjour, Commandant. (Diana se pencha pour l'embrasser.) Comment vas-tu?

– Bien. (Il caressa la main posée sur son bras. Diana se rendit compte à quel point paraissait affaibli cet homme autrefois si vigoureux. Il avait maigri et avait mauvaise mine. La gorge de Diana se serra.) Je suis désolé de ne pas être venu à l'aéroport, s'excusa-t-il en faisant la moue. On m'oblige à me reposer. Ce n'est pas facile de recevoir des ordres quand on est habitué à en donner. (Son regard, toujours aussi aigu, scruta Diana.) Mais parlons plutôt de toi. Comment vas-tu?

– Bien, mentit de nouveau Diana. (Elle s'éloigna du lit et des larmes lui vinrent aux yeux. Elle se détourna.) C'est à cause de moi que tu es dans cet état.

– Diana, ne dis pas de bêtises!

– Ce ne sont pas des bêtises. Mes diplômes ne m'ont servi à rien. Mon mariage est un désastre. Et je ne t'ai même pas donné un petit-fils.

– Les études ne sont jamais perdues, et beaucoup de mariages sont des échecs. Quant au petit-fils, je préfère que Rand et toi n'ayez pas eu d'enfant, vu la façon dont les choses ont tourné. Je ne veux pas que tu le prennes comme ça. Tu as tenté ta chance. Un père ne peut le reprocher à sa fille. Un jour, tu auras une nouvelle chance et les choses iront mieux pour toi.

– Je ne veux pas d'une nouvelle chance. (Diana avait refoulé ses larmes.) Je suis rentrée à la maison pour y rester, Commandant. Ma vie est ici. Et cette fois-ci, tu ne m'éloigneras plus.

– Je n'ai jamais voulu t'éloigner.

– De toute façon, je suis là maintenant. (Elle haussa négligemment les épaules.) Tu te retrouves avec une fille de vingt-quatre ans sur le dos... que ça te plaise ou non.

– Je ne vois pas comment je pourrais faire autrement, remarqua-t-il avec un humour chargé de tendresse.

– Monsieur, à partir d'aujourd'hui je vais prendre soin de vous.

– T'ai-je jamais dit que tu étais la fille idéale?

– Non, jamais. Mais tu pourras me le dire plus tard, si tu en as envie... Je dois défaire mes valises. Puis je pense que j'irai faire un tour pour me replonger dans mes souvenirs.

– Je te verrai au déjeuner.

Elle marcha lentement vers son ancienne chambre où ses valises l'attendaient. Elle se sentait en sécurité dans ces murs qui lui étaient familiers. Rien, ici, ne pouvait la menacer. Dans sa maison, dans ce ranch, elle était à l'abri.

Elle se sentit soudain très loin de ce divorce sordide dont elle sortait à peine. Maintenant qu'elle était chez elle, tout irait bien de nouveau. Elle défit rapidement ses bagages, enfila le seul jean qui lui restait, soudain impatiente de parcourir le ranch. Elle retrouva ses vieilles bottes dans la penderie, les enfila et se dirigea vers l'enclos.

Son visage rayonnait de bonheur tandis qu'elle caressait les naseaux gris de l'étalon bai qui avait trotté vers elle pour l'accueillir. Au loin, elle apercevait les pâturages au pied des montagnes. Là-bas, il devait y avoir les poulains d'un et deux ans.

Son attention se reporta sur l'étalon arabe dont les ancêtres étaient, tout comme lui, les chevaux du désert. Bien qu'il fût âgé, il avait gardé fière allure. La netteté de sa silhouette et sa tête délicatement proportionnée prouvaient qu'il était un pur-sang.

Après avoir caressé une dernière fois son cou luisant, Diana s'éloigna et flâna autour des écuries fraîchement repeintes en blanc. La porte était ouverte et elle entra. Passant du soleil à l'ombre, ses yeux ne s'accoutumèrent pas tout de suite à l'obscurité.

Un cheval s'ébroua, raclant de ses sabots le foin de sa stalle. Les odeurs familières du foin, du cuir et de la graisse pour les selles amenèrent un sourire aux lèvres de Diana.

Des pas s'approchèrent, accompagnés d'un bruit d'étriers qui s'entrechoquaient. Diana se retourna, pensant qu'il s'agissait de Rube Spencer ou d'un de ses compagnons de travail.

C'était Holt Mallory. Son regard l'effleura, la reconnut puis l'ignora tandis qu'il se dirigeait vers l'atelier. Cette brève seconde suffit à Diana pour qu'elle eût de nouveau le sentiment que ses yeux gris avaient cent ans, qu'ils avaient tout vu, tout vécu. Elle avait eu cette pensée dès leur première rencontre.

Irritée par la façon dont il l'avait ignorée, Diana le suivit et se planta dans l'embrasure de la porte de l'escalier. Elle le regarda enlever la selle de son épaule et la poser sur son support de bois. Sa silhouette élancée n'avait pas pris un gramme de graisse. Il lui sembla que même une lame de couteau n'aurait pu transpercer ses muscles d'acier.

– Je vois que vous n'avez pas changé, madame Cummings. (Il lui tournait toujours le dos et sa voix dure et traînante était chargée de mépris.) Vous voilà de nouveau à vous promener avec vos pantalons moulants et votre chemisier à moitié ouvert. Après qui en avez-vous cette fois-ci?

La main de Diana se porta rapidement à son corsage et elle le ferma hâtivement sans qu'elle s'en rendît compte. Elle rougit et le regarda avec colère.

– Après personne, rétorqua Diana, et mon nom est Somers. J'ai légalement repris mon nom de jeune fille. Je vois que vous n'avez pas changé non plus, Holt. Vous êtes toujours l'arrogant et détestable personnage que j'ai connu.

Il se retourna vers elle. Les années avaient encore creusé ses traits. Ses cheveux bruns aux reflets dorés dépassaient de son chapeau. Diana l'observa : son apparente indolence cachait une violence contenue. Il était aussi fascinant et dangereux qu'un cobra qui oscille avant d'attaquer.

– Pourquoi êtes-vous revenue?

– Quelle question ridicule! Je suis chez moi ici!

– Vous comptez rester longtemps?

– Je suis chez moi ici, répéta-t-elle. Je ne partirai pas.

– Vous n'avez pas causé assez de dégâts comme ça?

– Des dégâts?

– Avant que vous ne blessiez de nouveau le Commandant, je tiens à vous prévenir, dit-il froidement. Il est peut-être malade mais pas aveugle. Si vous avez l'intention de continuer à vous conduire comme une traînée, vous ne pourrez pas le lui cacher. Et si cela arrive, vous devrez m'en répondre.

– Une conduite de... (On lisait dans son regard combien elle était blessée.) Qu'en savez-vous?...

– Croyez-vous vraiment que toutes ces sales petites histoires autour de votre mariage ne sont pas arrivées jusqu'ici? N'est-ce pas votre infidélité que votre mari a invoquée?

– Comment... Qui...

Jamais elle n'aurait imaginé que ces ragots seraient parvenus au ranch.

– Nous sommes entourés de mines de cuivre, lui rappela-t-il. Vos histoires ont probablement fait le tour des compagnies, vu que votre mari travaillait avec elles. Les langues s'en sont donné à cœur joie...

– Mon Dieu, murmura Diana, et elle se détourna. C'étaient des mensonges. Je n'ai jamais eu d'aventures. Rand imaginait... Il... (Elle regarda à nouveau Holt en retenant sa respiration.) Le Commandant... a-t-il eu vent de tout cela?

– Je le pense mais je ne le lui ai jamais demandé.

Elle releva la tête.

– Je suis étonnée que vous ne les lui ayez pas rapportées.

– J'essaie de lui rendre la vie plus facile et non de la lui compliquer.

– Oh? C'est sans doute pour cela que vous n'avez pas jugé utile de me prévenir lorsque le Commandant a eu sa dernière attaque...

– J'ignorais que vous n'étiez pas au courant, répondit Holt d'une voix neutre. Mais si je l'avais su, je ne vous aurais quand même pas prévenue.

– C'est mon père. J'avais le droit de savoir.

– Et vous lui auriez ramené toutes vos sordides histoires de divorce? Cela l'aurait sûrement guéri! dit-il sèchement.

– Quel genre de fille serais-je si je ne voulais pas être près de lui quand il a besoin de moi?

– Je sais quel genre de fille vous êtes : égoïste et perverse.

Diana le gifla si violemment que sa main la brûla mais cette douleur lui fit plutôt plaisir. Un plaisir qui ne dura qu'une seconde, le temps qu'un poing l'atteigne à la mâchoire. A moitié assommée, elle porta la main à sa joue et regarda l'homme qui l'avait frappée.

– Maintenant je sais quel genre d'homme vous êtes. Vous aimez cogner, dit-elle froidement. Cela vous donne un sentiment de force et de pouvoir sur autrui.

– Que croyiez-vous donc que j'allais faire? Il y a longtemps que je ne tends plus l'autre joue.

En silence, il passa devant elle, impavide, le regard ailleurs. Personne n'avait jamais humilié Diana ainsi. Elle se tourna vers la porte, mais il était déjà loin.

– Je te maudis! cria-t-elle dans un sanglot.

4

Lorsque Holt et Guy entrèrent dans la maison, Diana aidait Sophie à mettre le couvert du déjeuner. Holt salua les deux femmes d'un bref signe de tête et se dirigea vers le Commandant qui s'était déjà assis.

– Je peux vous aider? demanda Guy.

Diana comprit, au regard étonné de Sophie, que Guy n'aurait pas fait cette proposition si elle n'avait pas été là.

– Nous avons presque terminé. Merci quand même, Guy. (Elle posa le dernier verre sur la table.) Il ne reste plus qu'à apporter les plats.

Elle suivit Sophie à la cuisine et revint avec un bol de sauce. La porte d'entrée claqua et Rube Spencer traversa le salon et la salle à manger de son pas traînant. Il aperçut le Commandant, et enleva son chapeau poussiéreux. Ses cheveux grisonnants s'ébouriffaient dans tous les sens, comme s'ils ignoraient le peigne depuis des semaines.

Rube s'adressa à Holt :

– J'ai regardé partout, et j'y ai pas trouvé un seul signe de cette sacrée jument. Je vous l'avais bien dit qu'elle était pas là, mais vous avez pas voulu m'écouter. J'ai passé toute ma matinée à la chercher, alors que je savais que c'était en vain. Comme si j'avais rien de mieux à faire.

– De quelle jument s'agit-il? demanda Diana.

– De Nashira, dit Guy. Vous vous souvenez d'elle? C'est celle qui a une étoile sur le haut de la tête et les bottes blanches. Ses poulains lui ressemblent toujours. De vraies copies conformes!

– Je me la rappelle. (Elle hocha la tête.) Elle est née le printemps qui a suivi votre arrivée ici.

– Cette année, elle n'a rien voulu savoir, dit Guy. Elle a refusé tous les étalons. Holt a fini par la mettre avec les poulains d'un an.

– As-tu découvert par où elle a pu s'enfuir? demanda Holt à Rube.

– J'ai vu un endroit où le fil de fer traînait par terre. Y avait quelques traces de l'autre côté. J'ai pensé que c'étaient les siennes et je les ai suivies pendant un bout de chemin jusqu'à ce qu'elles s'embrouillent avec des traces de chevaux sauvages.

Holt leva les sourcils d'un air soucieux.

– Elle se serait jointe à un troupeau?

– Je n'suis pas un foutu Indien, protesta Rube. Tout ce que je sais, c'est que le sol était très rocailleux et que je n'pouvais pas distinguer une empreinte de sabot d'une autre. Ce que je peux dire, c'est qu'il devait y avoir trois ou quatre chevaux, pas plus. Ça n'avait pas l'air d'être un cheval sauvage avec son harem. J'connais pas de troupeau d'ailleurs qui circule si près du ranch. D'habitude ces bêtes sauvages mettent plus de distance que ça entre eux et les gens, à moins que ça soit une année sèche, et on a eu quelques bonnes pluies jusqu'ici. Pas comme il y a quelques années quand...

– Nous nous souvenons de la sécheresse, Rube, interrompit le Commandant.

– Oui, monsieur, j'le sais bien. (Rube hocha la tête en signe de respect.) J'suppose que maintenant vous allez me dire de repartir à sa recherche...

– Non, je ne pense pas que ce soit nécessaire, déclara Holt. Elle reviendra probablement dans un jour ou deux... pour boire, si ce n'est pour autre chose.

– Peut-être pas, répliqua Rube. J'vous ai dit qu'on a eu de bonnes pluies. Elle aura pas besoin de revenir ici pour trouver de l'eau. Elle pourra en trouver là-haut, surtout si elle est avec des chevaux sauvages.

– Elle est chez elle ici. Ce n'est pas son genre de s'éloigner. Elle n'a jamais montré aucun penchant pour le vagabondage auparavant, répliqua Holt.

– Ça veut rien dire. Y a rien qui devient plus sauvage qu'un cheval domestiqué qu'a goûté à la liberté. Y a jamais eu de chevaux sauvages avant que les Espagnols amènent les leurs et que...

– Le déjeuner est prêt.

Sophie annonça cela juste à temps pour leur épargner une leçon d'histoire sur l'introduction du cheval en Amérique du Nord.

– Bon, si vous pensez pas que je dois repartir à la recherche de cette jument, j'vais retourner à mon travail. Je voudrais pas vous empêcher de manger, ajouta Rube avec un reniflement approbateur. Pour sûr, ça sent bon. Je n'me souviens pas de la dernière fois que j'ai mangé quelque chose qui n'sorte pas d'une boîte.

Diana saisit l'allusion, à vrai dire peu voilée :

– Pourquoi ne vous joignez-vous pas à nous, Rube? Il y en a assez pour tout le monde.

– Je n'voudrais pas m'imposer. (Toutefois il se

dirigeait déjà vers la table.) Si vous êtes bien sûre qu'y en a assez, ça serait un vrai festin pour moi.

– Il n'y a aucun problème, lui assura Diana tout en réprimant un sourire devant le regard exaspéré du Commandant. Asseyez-vous où vous voulez, Rube, je vous mettrai un couvert.

Lorsque tout le monde fut installé, le Commandant dit le bénédicité; après quoi ils furent tous trop occupés à se passer les plats et à manger pour parler.

Chacun se concentra sur son assiette jusqu'à ce que Guy rompît le silence :

– Vous attrapiez les chevaux sauvages quand vous étiez jeune, n'est-ce pas, Rube ?

– C'est vrai, répondit-il entre deux bouchées. Mais ça, c'était avant que vous soyez là. Bon D... (Il jeta un œil vers le Commandant et se reprit aussitôt :) Ma foi, j'étais encore qu'un enfant dans ce temps-là, j'étais même plus jeune que vous. C'était l'époque où on galopait à travers les fourrés après les bandes d'animaux sauvages. Et on savait bien que si son cheval faisait un faux pas, on se cassait le cou tous les deux. (Il se souvenait des dangers courus et ses yeux brillaient. Puis il soupira et revint au présent.) Bien sûr, c'était avant qu'ils fassent cette loi pour les protéger.

– S'il n'y avait pas eu de loi, il n'y aurait plus de chevaux sauvages, fit remarquer Guy.

– Ouais, mais maintenant y en a trop. Aujourd'hui un cheval sauvage n'a plus d'ennemis naturels. Oh, y a bien un puma de temps en temps. Ou parfois un coyote qui s'attaque à un malade ou à un boiteux. Mais les autres...

– Il n'y a rien de plus beau qu'un cheval sauvage galopant en toute liberté, dit Diana. Un jour, je traversais un ravin à cheval et, au détour d'un virage, j'ai vu un étalon sauvage. Je n'oublierai jamais la façon dont il a relevé la tête pour hennir contre moi avant de s'enfuir vers les collines.

– C'est vrai, c'est un beau spectacle, approuva Rube. C'est la même chose pour une biche et un faon, mais si les chasseurs ne tuaient pas un cerf de temps en temps, ce serait un véritable fléau pour tous les fermiers de la région. J'ai jamais dit que je voulais supprimer tous les chevaux sauvages. J'suis comme le Commandant, moi, et comme la plupart des propriétaires de ranch. Ça m'est égal de partager les pâturages avec les chevaux sauvages. Mais on sait bien c'qu'arrive quand y a une mauvaise année. Un cheval a besoin de beaucoup de terrain pour brouter. Si y a trop de monde assemblé et qu'arrive une période de sécheresse, c'est pas beau à voir. C'est plus que des sacs d'os qui se traînent à la recherche d'un brin d'herbe. (Rube frissonna.) Ça, je l'ai vu. Et je préfère qu'on tire sur un cheval plutôt que de le voir mourir comme ça.

– Je n'aimerais pas assister à cela, dit Diana.

– Moi non plus, approuva Guy. Rappelez-vous la fois où l'eau a manqué dans le ranch d'Alan, et où le Bureau a rassemblé le troupeau de chevaux sauvages qui étaient sur ses terres. Le Commandant nous avait amenés là-bas pour les voir, parce que je n'avais jamais vu de cheval sauvage. Ils étaient là, tête basse, dans le corral.

– Oui, et tu m'as supplié d'ouvrir la porte et de les laisser partir, rappela le Commandant. Cela m'a pris beaucoup de temps avant de pouvoir te convaincre, et toi aussi, Diana, que parquer ces chevaux avait été un acte de charité.

– Je m'en souviens.

– Un cheval sauvage n'est pas beau à voir quand il est attrapé, déclara Rube. Si ces fichus gens de l'Est, qui sont tout le temps à demander que le gouvernement sauve les chevaux sauvages, en voyaient un, prisonnier, une seule fois, ça leur ferait passer leur envie. Ces chevaux sauvages sont les canassons les plus petits et les plus maigres qu'on puisse imaginer... Y en a qui disent qu'y en a plus de cinquante mille ici, dans le Nevada.

– Tous les chevaux sauvages que j'ai vus n'étaient pas de vilaines bêtes. (Diana tendit le plat de viande à Rube et il se servit pour la seconde fois.) Certains sont bien proportionnés et bien musclés.

– Peu importe leur allure, pour moi c'est toujours un plaisir de les voir. (Diana releva la tête et croisa le regard de Holt. Elle y lut de l'ironie.) Vous n'avez guère pris part à la conversation, Holt. Quelle est votre opinion sur le sort des chevaux sauvages?

– Récapitulons : vous et Guy, vous défendez les chevaux sauvages. Rube est du côté des fermiers. Quant au Commandant, il n'a pas pris parti. Nous avons donc deux voix pour les chevaux, une pour les fermiers et une abstention. Je me range du côté de Rube. Je suis contre la loi qui protège les chevaux sauvages. (Il lança à Diana un regard moqueur.) J'imagine que vous et Guy allez m'accuser à présent d'être du côté des chasseurs sanguinaires.

– Et vous l'êtes? demanda Diana, hostile.

– Oui, répondit-il simplement.

– J'en étais sûre.

– Avez-vous jamais tous les deux été d'accord sur quoi que ce soit? demanda le Commandant en souriant.

– Jamais.

Et Diana piqua furieusement sa fourchette dans le dernier morceau de viande qui restait dans son assiette.

Trois jours après son arrivée, Diana pensa qu'il

était temps de rendre visite à Peggy Thornton. Lorsque Holt lui avait appris que les rumeurs sordides concernant son divorce étaient parvenues à son entourage, Diana avait pensé s'enfermer au ranch, mais elle s'apercevait que c'était impossible. Cela ne ferait qu'aggraver la situation.

Jusqu'ici, le Commandant ne lui avait posé aucune question sur les motifs du divorce. Tant que Diana ne fut pas certaine qu'il était au courant, elle préféra ne pas aborder le sujet. Le désir qu'elle avait d'éviter cette conversation hâta sa décision de quitter le ranch pour quelques heures.

Après le déjeuner, elle prit un des breaks et se rendit chez Peggy. Diana n'était pas allée au ranch des Thornton depuis l'été de son mariage avec Rand. Il n'avait guère prospéré.

Les poteaux à moitié pourris de la barrière avaient été simplement étayés et non pas remplacés. La peinture blanche de la façade était tout écaillée. Devant la porte et dans la cour traînaient des jouets.

Diana descendit du break et s'avança vers le porche. Une cacophonie lui parvint : une radio hurlante, des cris d'enfants, des bruits de casseroles et un bébé qui pleurait. Diana frappa fort.

Une silhouette apparut derrière la grille intérieure.

– Oui ? (Cette question fut suivie immédiatement d'un cri de joie :) Diana ! Entre.

– Bonjour, Peggy.

Peggy semblait amaigrie et fatiguée. Ses cheveux auburn étaient ternes mais ses yeux bruns étaient toujours aussi vifs.

– J'ai entendu dire que tu étais revenue, dit Peggy. (Et elle se détourna pour gronder la petite fille de trois ans assise sur le sol au milieu d'un tas de casseroles.) Je t'ai déjà dit de ne pas fouiller dans les placards, Sara. Va jouer dehors avec tes jouets. (Avant d'obéir, l'enfant fit la grimace.) Les enfants! On dépense un argent fou pour leur acheter des jouets et ils préfèrent jouer avec des casseroles d'aluminium.

– Je tombe mal, je crois, murmura Diana pour s'excuser. (Le bébé que portait Peggy sur sa hanche pleurait toujours et essayait d'avaler une petite cuillère.) J'aurais dû t'appeler.

– Crois-le ou non, tu tombes très bien. (Peggy se dirigea vers le vieux fourneau sur lequel un biberon chauffait au bain-marie.) C'est la pagaille en permanence ici. Et encore tu as de la chance, il y en a un qui dort. (Elle vérifia la température du lait contre la paume de sa main, tout en serrant contre elle le bébé qui gigotait, et glissa la tétine dans sa bouche.) Et le petit Brian sera bientôt grand, fredonna-t-elle à l'enfant. Sara devrait aller dormir. Ça c'est le bon truc, les coucher tous les trois en même temps.

– Tu as trois enfants?

– Sara a trois ans. Amy en aura deux en juillet. Et Brian, le petit préféré de son père, a quatre mois. Et ils portent encore tous des couches, soupira Peggy. Enfin, Alan a fini par avoir le petit garçon qu'il voulait. Il a travaillé si dur ces derniers temps qu'il n'a guère pu en profiter. Brian dormait toujours quand Alan rentrait. Il aime ses filles aussi, mais pour un homme, un fils c'est autre chose.

– Oui, je le sais, murmura Diana.

– Mon Dieu! Je suis là, je bavarde, et je ne t'ai même pas proposé de t'asseoir ou de boire quelque chose. Assieds-toi donc. Il reste un peu de café. Veux-tu que je te le fasse réchauffer ou préfères-tu quelque chose de frais?

– Rien, Peggy, merci, répondit Diana en s'asseyant.

– Je suis si heureuse que tu sois venue! Quand j'ai appris que tu étais rentrée, j'ai voulu faire un saut chez toi pour te souhaiter la bienvenue, mais je n'avais personne pour garder mes enfants. Sachant que ton père était souffrant, je ne voulais pas débarquer avec mon trio infernal. Alan travaille si tard le soir que le temps de lui servir son dîner et de faire la vaisselle, il est l'heure de se coucher.

– Je comprends.

– Raconte-moi : quelle est la vie d'une joyeuse divorcée? (Diana pâlit et le sourire de Peggy s'effaça.) Je suis désolée. C'était de mauvais goût. Je sais que tu as été très bouleversée par ton divorce.

– C'est ce que tu as entendu dire?

Peggy ne prétendit pas ignorer ce dont Diana parlait.

– Ces racontars sur tes aventures extra-conjugales. (Elle fronça le nez en signe de désapprobation.) Je n'en ai jamais cru un mot. Il me semblait impossible que tu aies pu changer à ce point-là.

– Rien de cela n'est vrai. Rand m'a accusée de le tromper...

– Pourquoi? Je veux dire...

Peggy hésita, cherchant ses mots pour poser sa question avec tact.

– Il s'agit vraiment d'une chose stupide, d'un malentendu. Rand connaissait beaucoup de gens importants, des administrateurs dans différents groupements miniers et des technocrates haut placés. Après notre mariage, il me demandait sans cesse d'être gentille avec eux. S'ils me proposaient une partie de tennis ou de golf ou même s'ils m'invitaient à danser, il me fallait accepter. Je devais toujours me montrer souriante et amicale, bref les traiter avec des ménagements infinis. C'était important pour Rand, pour son travail. J'ai donc obéi pour faire plaisir à Rand. Puis il a commencé à me soupçonner d'être " trop gentille " avec eux. Et il est devenu si jaloux que j'ai cessé d'accepter toute invitation. Cela n'a rien arrangé. Rand m'a accusée de voir ces hommes en cachette. Et tout s'est envenimé, il fut bientôt trop tard pour revenir l'un vers l'autre. On s'était dit trop de choses pendant des moments de colère, on ne pouvait plus ni oublier ni pardonner.

– Cela a dû être terrible, dit Peggy, compatissante. Mais je suis sûre qu'à l'avenir tout ira bien. (Elle prit un temps.) Tu l'aimes encore?

– Je ne sais plus ce que je ressens. (Gênée, elle lissa de la main ses cheveux de jais.) Avant notre mariage, je me suis posé des questions, je voulais être vraiment sûre de faire le bon choix. Maintenant que les choses ont tourné comme ça...

– Pour te dire la vérité, je n'ai pas été étonnée quand j'ai appris que tu divorçais. Lorsque tu l'as épousé, j'avais le pressentiment que tu courais à la catastrophe, mais j'espérais me tromper.

Diana fronça les sourcils.

– Pourquoi pensais-tu que c'était une erreur?

– Il y avait deux raisons. (Elle s'arrêta de parler un instant pour poser le biberon vide sur la table et appuyer le bébé sur son épaule.) Rand et toi aviez des opinions si différentes sur la vie. Tu as été élevée dans l'ombre de ton père et je ne connais personne qui ait un plus grand respect pour les principes que le Commandant. Je ne veux pas dire qu'il soit un saint ou qu'il ait espéré de toi que tu te montres une femme rigide, mais il a un certain sens des valeurs morales... Rand vivait dans un monde essentiellement politique où la fin justifie les moyens. Tu comprends ce que je veux dire?

– Oui, je crois, soupira Diana. J'aurais simplement aimé que tu me parles de tout cela plus tôt.

– Je pense que cela n'aurait servi à rien. Il me semblait que seule l'opinion de ton père comptait. Or il avait approuvé ton choix. Son avis sur ce que tu faisais... ou ne faisais pas, t'a toujours importé. Il est naturel qu'il soit devenu le centre de ta vie. Tu étais si jeune quand ta mère est morte. Mais je pense parfois que tu accordes trop d'importance à son opinion. J'espère que je ne t'ai pas blessée en te disant cela.

– Non, et tu as probablement raison.

Il y a un an, son mariage avec Rand était déjà brisé, mais elle avait refusé de l'admettre car elle ne voulait pas affronter le Commandant et lui avouer son échec. Or si elle ne s'était pas montrée si obstinée, son divorce, un an plus tôt, aurait peut-être été moins cruel et moins offensant.

Le regard de Peggy se porta au delà de Diana.

– Voici Alan. (Elle fronça les sourcils.) Je me demande ce qui ne va pas. (Elle jeta un coup d'œil au bébé qui s'était endormi sur son épaule.) Tu veux le savoir? Brian dort à nouveau. Alan va finir par penser qu'il n'est jamais éveillé. (On entendit des pas sous le porche.) Bonjour, chéri.

Lorsque la porte s'ouvrit, Peggy l'accueillit d'un sourire.

– Bonjour. (Quand il entra, sa petite fille rousse gambadant à ses côtés, il sourit d'un air fatigué.) Bonjour, Diana. Je te souhaite la bienvenue. J'ai vu le break dehors et je me demandais qui était venu de chez le Commandant.

– Bonjour, Alan. Comment vas-tu?

– Bien. (Il regarda Peggy.) Il y a une bière au réfrigérateur?

– Je pense que oui, répondit Peggy. (Elle se leva pour aller lui en chercher une tandis qu'il s'asseyait.) Je suis heureuse de te voir mais je croyais que tu travaillerais tout l'après-midi.

Alan rejeta son chapeau de paille en arrière et soupira :

– L'alternateur du tracteur ne marche plus.

Diana pouvait lire sur son visage l'inquiétude et l'amertume de trop lourdes responsabilités et de trop faibles revenus...

– Oh non! gémit Peggy.

Puis elle lui tendit une bière.

– Eh si! (Il fit une grimace et décapsula la bière. Il en but une gorgée.) Elle n'est pas très fraîche.

– Pas plus que le reste. Je pense qu'il y a également un problème avec le thermostat du réfrigérateur, répondit Peggy.

– Il ne nous manquait plus que ça. (La petite Sara monta sur ses genoux, essayant d'attraper la bouteille.) Sara, tu ne devrais pas être en train de faire la sieste, toi? Pourquoi n'est-elle pas au lit?

– J'allais l'emmener après avoir donné son biberon à Brian, expliqua-t-elle. (Sa soumission irrita Diana.) Viens, Sara. Brian et toi allez vous coucher maintenant.

La petite fille se mit à pleurnicher mais se laissa traîner hors de la cuisine. Diana attendit le retour de Peggy pour dire qu'elle s'en allait. L'attitude dénuée de tendresse d'Alan pour sa femme avait créé une certaine gêne.

– Tu peux rester encore un peu, proposa Peggy.

– Non, vraiment, je ne peux pas. Je suis juste passée quelques instants pendant que le Commandant se reposait. Maintenant il faut que je rentre.

– Ce sera peut-être un peu plus calme la prochaine fois.

Ils accompagnèrent Diana jusqu'au porche et lui firent un signe de la main tandis qu'elle s'éloignait. Tout le long de la route, Diana se demanda comment Peggy pouvait avoir conservé tant de courage et de dynamisme. Elle n'avait ni une maison agréable ni de jolies robes et avait peu d'espoir que cela change. Ses trois enfants constituaient une charge exténuante. Et le pire était qu'Alan ne lui en était même pas reconnaissant.

5

Diana prit l'habitude d'aider Sophie à préparer les repas, surtout pour le déjeuner. Cela lui évitait de participer aux conversations qui précédaient le repas et où Holt était toujours présent.

Elle s'occupait du couvert quand Guy entra.

– Bonjour, Diana. Holt ne viendra pas déjeuner, ce n'est pas la peine de mettre son couvert.

– Il ne viendra pas? répéta Diana. Où est-il?

– Nashira, la jument, n'est toujours pas revenue. Rube et lui sont partis à sa recherche. Il a dit que s'il n'était pas de retour avant onze heures et demie, il était inutile de lui préparer à déjeuner.

– De toute façon, le repas est déjà prêt.

– Ce n'est pas grave : j'ai assez faim pour manger pour dix!

Il se resservit trois fois et, enfin rassasié, se détendit sur sa chaise.

– Qu'as-tu fait pour avoir un tel appétit? lui demanda le Commandant, amusé.

– J'ai travaillé. (Il sourit à Diana avant d'expliquer au vieil homme :) Je dois avoir terminé tout ce que Holt m'a donné à faire avant le milieu de l'après-midi. Profitant de ce qu'il n'est pas là pour m'infliger encore plus de travail, je pensais proposer à

Diana de faire une promenade à cheval tout à l'heure.

– Il me semble avoir déjà entendu cela, remarqua le Commandant. Quand vous étiez tous les deux très jeunes, tu demandais sans arrêt à Diana de t'emmener.

– Il voulait que nous fassions du cheval ensemble, dit Diana avec un sourire taquin.

– C'était parce que Holt n'avait jamais voulu me laisser monter seul avant mes douze ans, se défendit Guy. Si le Commandant veut bien fermer les yeux sur le fait que je prends la moitié de mon après-midi, voudrez-vous faire une promenade avec moi, Diana?

– Je ne veux pas te créer de problèmes avec Holt, Commandant.

– Je ne vois pas pourquoi ça en créerait, répliqua son père. Si Guy a fini son travail plus vite que prévu, je ne vois pas pourquoi Holt en prendrait ombrage.

– Alors, c'est d'accord. Si le Commandant est de ton côté, Holt n'osera pas te faire une remarque, Guy. A quelle heure partons-nous?

– Vers trois heures?

– Les chevaux seront sellés et prêts, promit-elle.

Diana, depuis son retour, montait presque tous les matins, mais l'idée de cette sortie avec Guy lui plaisait. Les attentions amicales du jeune homme lui remontaient le moral.

Quelques minutes après trois heures, il arriva devant l'écurie, frais et dispos. Diana sentit l'odeur poivrée de son after-shave quand elle lui tendit les rênes de sa monture. Elle apprécia qu'il ait pris sur son temps pour se préparer.

– On ne dirait pas que tu as travaillé dur ce matin!

– Vive la douche et les vêtements propres! (Il

monta souplement en selle.) C'est la première fois que nous faisons du cheval ensemble depuis quatre ans. J'ai pensé que ça valait bien un petit effort de coquetterie.

– Tu es parfait... Où allons-nous?

– Où bon vous semble. Ouvrez la route.

C'était comme au bon vieux temps quand Diana menait son cheval et que Guy suivait. Evitant les champs de blé, ils trottèrent sur la lande jusqu'à ce qu'ils soient loin du ranch. Il n'y avait aucun bruit si ce n'est le crissement des selles et le bruit sourd des sabots sur le sol sablonneux. Quand Diana mit son cheval au pas, Guy vint à sa hauteur.

Au trot, ils avaient senti un vent agréable, mais maintenant le soleil les brûlait.

– Il fait plus chaud que je ne le pensais.

– C'est bientôt l'été.

– Que comptes-tu faire, Guy?

– Quand?

Il eut un sourire forcé, trouvant sa question trop ambiguë pour y répondre.

– Tu as quitté le lycée il y a un an. As-tu des projets? Envisages-tu d'aller à l'université ou de faire ton service militaire?

– Holt voudrait que j'aille à l'université, mais... (Il haussa les épaules.) Je ne sais pas. Je suis fatigué de l'école et des études. Le Commandant m'a évidemment suggéré de m'engager dans l'armée.

– Il n'y a rien qui t'attire?

– Si, ce que je fais ici! Non, sans blague, j'adore mon boulot sur le ranch. J'aime travailler avec les chevaux. Holt dit que je me débrouille bien avec eux.

– Depuis que tu n'en as plus peur, en effet, ça va plutôt bien.

– Ils ne m'ont jamais fait peur, protesta-t-il d'abord. (Puis il concéda :) Si, peut-être un petit peu au début. De toute façon, ce dont j'ai envie, c'est de continuer. J'ai toujours eu le secret espoir que Holt aurait un jour assez d'argent pour s'acheter son propre ranch.

– Crois-tu qu'il y arrivera?

– Je ne sais pas. Il n'a que trente-cinq ans, il est encore assez jeune pour y parvenir. Mais je ne pense pas qu'il quitte le Commandant, surtout maintenant qu'il est malade.

Pourquoi? se demanda-t-elle, la bouche soudain amère. Holt se dévouait-il par loyauté? Ou bien espérait-il qu'à la mort du Commandant celui-ci lui léguerait quelque chose pour le remercier de ses fidèles services?

– Et vous? reprit Guy. Que comptez-vous faire?

– Rester ici. Veiller sur le Commandant. En dehors de cela, je n'ai pas de projets.

– Il vous a fait du mal? dit-il d'une voix calme.

Comme ils venaient de parler de Holt, elle mit une seconde à comprendre que Guy, en fait, faisait allusion à son ex-mari.

– Seuls les gens qu'on aime peuvent vous blesser. Rand et moi ne nous aimions plus depuis longtemps. Mais changeons de sujet, veux-tu?

Guy obéit et parla d'autre chose. Diana remarqua combien il était devenu sûr de lui, comme son père; seulement Guy était gentil alors que Holt était dur. Guy était sensible et sérieux, mais non sans humour.

Ils parlèrent gaiement du passé, leurs chevaux allant à l'amble, où bon leur semblait. Ils se dirigeaient vers le ranch sans que Guy ou Diana s'en soient aperçus. Sur leur droite se dressait la digue en terre derrière laquelle émergeaient les osiers verts.

Diana retint son cheval.

– Allons nager, Guy, suggéra-t-elle.

– D'accord, dit-il après une brève hésitation.

Ils conduisirent leurs chevaux à l'autre bout de la digue, mirent pied à terre et laissèrent leurs montures au bord de l'eau. Diana, après avoir enlevé ses bottes et ses chaussettes, commença à se déshabiller.

Elle n'hésita pas à se dévêtir complètement. Elle nageait nue depuis toujours, seule ou avec Guy. Elle plia ses vêtements et les posa à côté de ses bottes, tout à fait consciente que Guy faisait la même chose à quelques pas d'elle. Il ne lui vint pas à l'idée de le regarder.

Diana ne prêta aucune attention à sa propre nudité, tandis qu'elle marchait précautionneusement sur le gravier de la rive. Après la chaleur du soleil, l'eau était délicieusement fraîche lorsqu'elle y mit le pied. Bientôt, elle plongeait et n'entendit pas le plouf qui suivit le sien.

Lorsqu'elle atteignit le centre de la retenue d'eau, elle se retourna et cria :

– L'eau est fantastique, Guy. Viens.

Le dernier mot s'étouffa dans sa gorge car elle fut entraînée sous l'eau par deux mains qui enserraient ses chevilles.

Vite libérée, Diana refit surface et, haletante, découvrit Guy qui riait à quelques mètres d'elle. Elle l'éclaboussa puis s'éloigna de quelques brasses. Il la rattrapa facilement et lui mit la tête sous l'eau.

Au bout d'un quart d'heure, Diana le supplia de lui accorder une trêve : elle n'était décidément pas la plus forte à ce jeu-là. Leur baignade devint alors plus détendue; tantôt ils nageaient tantôt ils se laissaient flotter.

En sortant de l'eau, Diana évita soigneusement le gravier et se dirigea vers une bande de sable fin. Elle s'arrêta pour secouer la tête et se sécher un peu les cheveux. Elle sourit à Guy tandis qu'il venait la rejoindre.

– Voulez-vous vous essuyer avec ma chemise? lui proposa-t-il.

– Non. (Elle s'écroula sur le sable, puis s'assit en allongeant les jambes et en s'appuyant sur les bras.) Le soleil va me sécher en deux minutes.

– C'est vrai.

Il s'assit en tailleur à côté d'elle, penché en avant, les bras sur les cuisses, à la manière des Indiens.

– C'était amusant, murmura Diana. On nageait nus ici tout le temps, autrefois, tu te souviens?

– Je m'en souviens, acquiesça Guy, et il passa la main dans ses cheveux pour essayer de se recoiffer un peu.

– Tu te rappelles le jour où Holt nous a surpris? Il ignorait que tu savais nager.

– Ouais, et il m'a ramené par la peau du cou à la maison.

Le rire de Diana cessa lorsqu'elle le regarda du coin de l'œil. L'eau avait foncé ses cheveux blonds, ses épaules étaient puissantes, ses bras musclés. Il était devenu un homme.

Mais leur conversation leur avait rappelé le temps où il n'était qu'un petit garçon et le jour où Holt les avait assaillis de sa colère glaciale. Diana avait alors seize ans, il ne lui avait pas fait peur. C'était avant la nuit de son dix-septième anniversaire, avant l'odieuse scène... Il avait ordonné à Guy de sortir de l'eau, et Diana avait continué à nager seule tandis que Guy se rhabillait et s'éloignait avec son père.

Diana n'avait pas su ce qui s'était passé. Mais la fois suivante, quand ils étaient allés se baigner, Guy avait gardé son slip. Lorsqu'elle apprit que Holt lui avait interdit de se baigner nu, elle l'avait taquiné sans pitié. Combien de fois avait-elle plongé sous l'eau pour essayer de lui enlever son slip? Elle ne se souvenait plus, mais c'était arrivé bien des fois.

A l'époque, elle n'y avait vu qu'une farce amusante. Elle comprenait aujourd'hui combien ce jeu était cruel. Elle prenait conscience du fait qu'elle n'avait jamais été très gentille avec lui. Elle l'avait souvent taquiné. Elle se sentit un peu honteuse de sa conduite d'alors.

– Que dois-tu penser de moi? murmura-t-elle.

Guy la regarda. Son regard effleura ses cheveux que l'eau faisait virer au noir bleuté et parcourut les traits fins de son visage. Il y avait soudain quelque chose d'intense dans son expression.

– Je pense que vous êtes la plus belle femme au monde, Diana, répondit-il d'une voix basse qui trahissait son émotion. Je l'ai toujours pensé.

Elle le regarda à son tour, cherchant ses mots.

– Guy...

On eût dit qu'elle lui demandait pardon...

Guy se tourna vers elle, se redressa sur ses genoux, et l'attira vers lui. Elle sentit que les années n'avaient en rien altéré l'adoration qu'il avait pour elle quand il était petit garçon.

Il baissa la tête, sa bouche cherchant ses lèvres. Diana savait qu'elle aurait pu le repousser, mais elle l'avait déjà tant repoussé par le passé. Lorsqu'elle se soumit à son baiser, Guy l'étreignit plus fort et Diana y répondit.

Elle le sentait aussi trembler de toute sa passion virginale. Ses caresses étaient hésitantes, ses mains évitaient encore sa poitrine, craignant sans doute qu'un tel geste ne mette fin à leur étreinte.

Guy se fit plus pressant, couvrant son visage de baisers, murmurant sans fin son prénom. Sa douceur et sa vulnérabilité touchaient Diana. Ses caresses semblaient la supplier de lui témoigner son affection en retour. Elles ressemblaient à ses appels silencieux d'autrefois. Diana les avait ignorés depuis toujours. Mais cette fois-ci, elle ne le pouvait pas.

– Oui, Guy, oui, murmura-t-elle.

Ses mains glissèrent vers son cou et elle croisa les doigts sur sa nuque pour l'entraîner sur le sable. Guy émit un petit cri de désir. Son besoin impérieux d'oublier la façon dont elle l'avait traité lui ôtait toute autre pensée de l'esprit. Entrouvrant ses jambes pour qu'il glisse entre elles, Diana dirigeait ses mouvements, l'initiant aux jeux de l'amour.

Leur brève étreinte se termina lorsqu'il gémit de plaisir. Il l'écrasa encore de son corps pendant quelques secondes puis il roula doucement à ses côtés. Son jeune visage reflétait son épuisement mais aussi son bonheur.

Ils se turent d'abord : Guy revivait l'instant, et Diana s'interrogeait sur elle-même. Mais le calme bonheur qui brillait dans les yeux de Guy lorsqu'il se tourna vers elle semblait être la seule réponse dont elle avait besoin.

Il tendit la main vers la sienne, semblant vouloir la toucher pour être sûr que tout cela n'était pas un rêve. Il se cala sur son coude, contempla la main de Diana et la porta respectueusement à ses lèvres.

– Vous... Tu regrettes? demanda-t-il.

Malgré ses doutes, que pouvait-elle dire si ce n'est :

– Non, je ne regrette rien.

Diana effleura sa joue du bout des doigts en une caresse qui se voulait rassurante.

– Je suis heureux. C'était encore plus merveilleux que ce que j'avais rêvé. (Diana posa ses doigts sur ses lèvres pour le contraindre au silence. Elle ne voulait pas que Guy prononce des mots qu'ils pourraient regretter tous les deux. Il lui embrassa les doigts et repoussa gentiment sa main.) J'ai toujours voulu que tu sois la première. Les gars essayaient toujours de m'emmener avec eux, quand ils... (Il ne finit pas sa phrase et rougit légèrement.) Mais je t'attendais, je t'espérais. Je ne pourrais te dire pourquoi, je savais simplement que tu reviendrais.

– Oh, Guy, murmura-t-elle.

– Je t'aime, Diana. Je t'ai toujours aimée. Je ne peux pas me rappeler un seul moment où je ne t'aie pas aimée.

– Ne parle pas ainsi...

– Pourquoi? C'est la vérité. Je t'aime. Je sais que tu es plus âgée que moi, admit-il, comme s'il pensait qu'elle se défendait de son amour pour cette raison. Mais maintenant que nous sommes des adultes, cinq ans, ça ne compte pas.

– S'il te plaît...

Il fronça les sourcils.

– Je sais que tu éprouves quelque chose pour moi, ou au moins...

– C'est vrai. Mais c'est simplement que...

– Tu penses à ton divorce? demanda-t-il.

Elle saisit l'occasion.

– C'est trop tôt, Guy. Je ne suis pas encore prête à m'engager avec quelqu'un.

– Je comprends, et je peux attendre que tu sois prête à m'aimer autant que je t'aime. Tout ce que je veux, c'est veiller sur toi. Je ne te ferai jamais de mal, Diana, je te le promets.

– Je le sais, Guy. (Quand il tenta de l'embrasser, elle se leva pour éviter son baiser.) Il est tard. Nous ferions mieux de rentrer. Le Commandant risque de s'imaginer que nous nous sommes perdus.

Elle se dirigea vers ses vêtements, et attrapa son jean, consciente que Guy s'était levé à son tour. Il vint derrière elle et posa les mains sur ses épaules.

– J'aurais aimé que nous nous soyons perdus. Je

voudrais que cet après-midi ne finisse jamais. (Comme elle se dégageait, il ajouta :) Tu as raison. Nous devons rentrer.

– Oui.

Ils parlèrent peu sur le chemin du retour. Lorsqu'ils eurent dessellé les chevaux dans l'écurie, Diana s'échappa vers la maison.

Après un dîner tranquille avec le Commandant, elle s'assit seule dans le grand salon. Son père s'était retiré dans sa chambre pour lire un peu et se coucher de bonne heure. Elle se sentait nerveuse à l'idée que Guy viendrait peut-être ce soir...

Elle entendit des pas sur le gravier de l'allée et se précipita vers la porte pour dissuader Guy d'entrer.

Elle aperçut à travers le grillage une grande silhouette qui sortait de l'ombre, un corps maigre qui ressemblait à celui de Guy. Mais ce n'était pas lui. C'était Holt, et elle se raidit lorsqu'il monta les marches.

– Le Commandant est allé se coucher, dit-elle aussitôt. Vous devrez attendre demain matin pour lui parler.

La lumière qui venait de la maison n'éclairait pas son visage, mais sa voix était chargée de menaces :

– Ce n'est pas le Commandant que je suis venu voir, c'est vous.

– Nous allons parler ici. (Diana ouvrit la porte et s'avança de quelques pas.) Je ne veux pas que le Commandant soit dérangé.

– Très bien.

Diana le dépassa et alla s'appuyer à la barrière. Elle sentait qu'il la suivait, que son regard ne la quittait pas. La lune argentée éclairait les pics déchiquetés des montagnes. La nuit commençait à rafraîchir l'atmosphère et elle sentait une légère brise sur sa peau.

– Que voulez-vous?

– Ne vous approchez pas de mon fils.

Elle s'empourpra dans l'ombre. Elle réussit à rire, faisant semblant de ne pas comprendre.

– C'est plutôt ridicule de me demander cela, déclara-t-elle, ignorant le fait que ce n'était pas une requête. Guy et moi nous nous connaissons depuis des années.

– Quand vous êtes revenue, j'ai tout de suite su que vous ne tarderiez pas à recommencer votre manège, mais je n'avais jamais imaginé que vous vous attaqueriez à mon fils.

– Je ne sais pas de quoi vous parlez.

– Je parle de votre petit numéro de séduction de cet après-midi... Oui, je suis par hasard passé près de la retenue d'eau en revenant au ranch. Je vous ai vus tous les deux. J'espère que vous n'allez pas essayer de me convaincre que vous vous étiez noyée et qu'il vous faisait du bouche-à-bouche!

Diana se sentit d'abord envahie par la honte, puis par la colère.

– Qu'est-ce qui vous prend? Vous êtes jaloux parce que je traite votre fils comme un homme et vous pas?

– Quand j'ai envie de faire l'amour, je choisis une femme et non une chienne en chaleur.

– Alors, quel est votre problème? Vous êtes bouleversé parce que j'ai dépucelé votre fils? Vous jouez les pères outragés?

– Qu'il ait perdu sa virginité ne me préoccupe pas. Ce serait arrivé un jour ou l'autre. Mais je suis venu ici pour être sûr que la petite putain qui la lui a prise ne l'approchera plus désormais.

Sa maîtrise d'elle-même l'abandonna et elle le frappa au visage de toutes ses forces. La dernière fois qu'elle avait fait cela, Holt lui avait rendu sa gifle et Diana se prépara à l'éviter.

La réponse de Holt ne se fit pas attendre mais elle fut différente. Il l'attrapa par les épaules et l'attira brutalement contre sa poitrine. Une main d'acier lui enserra la taille pendant que l'autre main la saisissait par les cheveux et rejetait violemment sa tête en arrière.

Les lèvres de Holt s'écrasèrent sur les siennes. La pression violente de sa bouche était humiliante. Il dévorait ses lèvres comme l'aurait fait un homme prenant son plaisir dans une maison close.

Elle tenta de le repousser, mais l'effort qu'elle fit pour respirer colla davantage ses hanches contre lui et plaqua ses cuisses contre les siennes. Le cœur de Diana battit la chamade.

Il abandonna ses lèvres aussi rapidement qu'il les avait prises. Ses mains s'emparèrent de sa taille pour l'empêcher de s'échapper. Relevant la tête, elle lui lança un regard furieux et du dos de sa main elle frotta ses lèvres pour effacer ce baiser insultant.

– Qu'y a-t-il? Ça ne vous a pas plu? Vous n'aviez pas envie que je vous embrasse?

– Non! siffla-t-elle.

– Menteuse! (Sa main encerclait maintenant son poignet, prête à le briser au moindre geste de révolte.) Si vous ne vouliez pas que je vous embrasse, vous n'aviez qu'à vous servir de vos griffes.

Diana rougit, se souvenant des conseils qu'il lui avait donnés. Elle essaya de libérer son poignet et, dans sa lutte, effleura sa hanche. Ce contact lui révéla son désir.

Se collant contre lui, Diana lui lança d'un ton sarcastique :

– Et vous, vous me désiriez, non?

Holt la repoussa.

– Je vous préviens : laissez Guy tranquille. Je ne veux pas qu'il aille avec une femme comme vous.

– Ce n'est pas à vous de décider, rétorqua-t-elle, déterminée à le défier jusqu'à son dernier souffle.

– Il n'est pas pour vous. Et je ne vous permettrai pas de jouer avec lui. Laissez-le tranquille.

Il pivota sur ses talons, s'éloigna et disparut dans la nuit.

6

Des cris lui parvinrent. Diana grogna et regarda la pendulette sur sa coiffeuse. Il était à peine six heures du matin. Elle roula sur le côté, essayant de ne plus entendre.

– Mais ils ne savent donc pas qu'on est dimanche! murmura-t-elle.

Il était minuit lorsque le Commandant et elle étaient rentrés. Des amis de son père avaient donné une fête pour son vingt-cinquième anniversaire. Diana ne voulait pas y aller, mais le Commandant avait insisté. Il la trouvait trop solitaire et pensait qu'elle avait besoin de sortir. Quand il la menaça d'aller à cette fête sans elle, Diana céda, craignant qu'il ne se fatigue trop si elle n'était pas là pour veiller sur lui.

Finalement, ce fut une bonne chose. Cela lui fournit une excuse pour ne pas aller en ville avec Guy comme il le lui avait demandé. Non pour obéir à Holt, mais pour ne pas s'engager trop avant avec Guy. Elle marchait sur une corde raide. Elle avait réussi à l'éviter depuis trois jours mais savait qu'elle le devait à l'habile intervention de Holt, qui avait écrasé Guy de travail du matin au soir.

Les voix qui lui parvenaient semblaient affolées et la porte d'entrée battait sans arrêt. Finalement, la curiosité l'emporta sur l'irritation. Elle repoussa les couvertures, brossa ses cheveux ébouriffés et s'approcha de la fenêtre.

Toute cette agitation semblait venir des écuries et Diana ne pouvait voir jusque-là. Enfin, elle aperçut le Commandant qui se précipitait.

Il se passait quelque chose de grave. Inquiète, elle passa une robe de chambre et glissa ses pieds dans des pantoufles. Elle sortit de la maison en courant.

La confusion qui régnait autour des écuries semblait avoir gagné l'enclos. Diana se hâta tandis que son appréhension montait. Un des étalons était-il malade? Quelqu'un s'était-il blessé?

A travers les poteaux du corral, Diana aperçut le Commandant, Holt et deux autres personnes. La porte étant ouverte, elle se précipita dans l'enclos.

– Que se passe-t-il? Qu'est-il arrivé?

A peine eut-elle posé ces questions qu'elle reçut la terrible réponse. L'étalon bai gisait mort sur le sol.

– Mon Dieu! Shetan!

Elle fit instinctivement un pas vers le cheval.

Et elle découvrit aussitôt les plaies béantes de son poitrail déchiqueté et de son cou. Autour du corps meurtri, le sol était teinté de sang; la veine jugulaire était ouverte. Une violente nausée la força à se détourner de ce spectacle. Diana se heurta au Commandant, qui entoura ses épaules d'un bras protecteur. Elle enfouit son visage dans sa poitrine.

Un homme cria:

– Le vétérinaire est en route, Holt.

Diana, hébétée, se demanda pourquoi. L'étalon était déjà mort.

– C'est incroyable, dit le Commandant. Et dans quel état est Fath?

Ce nom résonna dans l'esprit troublé de Diana. Fath était cet étalon dont le commandant avait fait l'acquisition quelques années plus tôt dans l'espoir qu'il remplacerait le cheval bai vieillissant.

– C'est difficile à dire, répondit Holt. Il a perdu beaucoup de sang.

– Comment est-ce arrivé? demanda le Commandant.

Diana releva la tête, comprenant soudain que les deux étalons s'étaient entre-tués. Elle avait entendu parler de tels combats, mais n'avait jamais été témoin d'un pareil massacre.

– Je vous jure que j'ai fermé les portes du corral la nuit dernière.

Guy était blanc comme un linge et cherchait à se disculper.

– Je n'ai jamais prétendu le contraire, répondit le Commandant.

– Les deux portes étaient parfaitement fermées ce matin, déclara Holt.

Diana parcourut des yeux le corral, évitant de regarder là où gisait le cadavre. Les sabots avaient retourné la terre à l'endroit où avait eu lieu le combat. Une partie de la barrière du corral avait volé en éclats.

– Dieu, que j'suis bête, dit Rube, se joignant à eux. Ce sacré animal a tourné autour de son enclos jusqu'à ce qu'il trouve un point faible dans la barrière. Il y a des traces de sabots sur les planches là où il a rué pour essayer de les briser. Quand il a trouvé le bon endroit, il l'a bourré de coups jusqu'à ce que la barrière cède, puis est venu ici faire la même chose pour entrer dans l'enclos de l'étalon bai. J'suis sûr que c'est comme ça que les choses se sont passées.

– Le défaut de ton raisonnement, Rube, dit Holt sèchement, c'est qu'il n'explique pas pourquoi Fath est retourné dans son enclos après avoir tué Shetan. Je ne vois pas comment il aurait pu sauter par-dessus la barrière du corral avec une jambe blessée.

– C'est un mystère, oui.

– Personne n'a entendu le bruit? interrogea Diana. Personne n'a pu s'interposer?

– C'est arrivé la nuit dernière, dit Holt. Sûrement un peu avant minuit, et à cette heure-là personne n'était encore rentré.

Le Commandant fronça les sourcils.

– Il me semble avoir compris que Guy était resté au ranch la nuit dernière pour surveiller ce qui se passait pendant que les autres étaient en ville.

Holt ne répondit pas, mais jeta un regard vers Guy.

– J'avais bu un peu, monsieur, bredouilla-t-il. Je pense que je me suis endormi vers dix heures. Je suis désolé, monsieur.

– Tu me déçois, Guy.

Diana ressentit la force contenue de ces quelques mots de réprimande de la part du Commandant. Elle se sentait d'une certaine manière coupable de ce qui était arrivé. Elle pensa que Guy avait bu à cause d'elle parce qu'elle avait refusé de sortir avec lui.

– Ce qui est fait est fait, déclara Holt. Où avais-tu mis la jument?

Le visage blême, Guy le regarda.

– Quelle jument?

– Cassie, la jument de quatre ans, qui devait être couverte par Shetan pour son premier poulinage.

– Elle n'était pas là quand je les ai découverts. Je ne l'ai même pas cherchée, à vrai dire...

D'un pas souple, Holt se dirigea vers la partie de la barrière brisée.

– Venez voir ça, cria-t-il par-dessus son épaule.

Tous s'approchèrent. Holt tenait dans sa main quelques crins blancs.

– Je les ai trouvés accrochés à la barrière.

– Sûrement laissés par l'étalon quand il a sauté la barrière, dit Rube.

– Oui, mais ils sont blancs, releva Holt. Or un des étalons était bai, ainsi que la jument. Quant à l'autre, il était alezan. Alors d'où viennent ces crins blancs?

– L'alezan a des taches blanches, fit remarquer le Commandant.

– Ou peut-être qu'un des chevaux blancs est venu se frotter contre la barrière, suggéra Rube.

– Oui, acquiesça Holt, peu convaincu. Guy, va regarder les traces de l'autre côté. Vois si tu repères celles de la jument. Elle était ferrée.

Guy passa sous la barrière, anxieux de réparer sa faute de la nuit. Holt n'attendit pas le résultat de ses recherches. Il se dirigea vers l'étalon mort et s'accroupit à côté de lui avec un calme qui exaspéra Diana. Elle détourna les yeux.

Quelques minutes plus tard, Holt se releva et revint vers les autres.

– D'autres poils blancs, dit-il gravement.

– Où?

– Plusieurs collés sur les pattes antérieures de l'étalon et sur ses naseaux.

– Vous ne voulez pas dire... commença Rube.

A ce moment-là, Guy revint en courant.

– J'ai trouvé les traces de la jument! cria-t-il, légèrement essoufflé. (Lorsqu'il atteignit la barrière, une lueur de triomphe brillait dans ses yeux.) Elle s'est dirigée droit vers les montagnes, mais il y avait d'autres traces à côté des siennes. J'ai bien l'impression qu'on l'a entraînée.

– Vous ne croyez pas qu'elle a été volée? demanda Diana en regardant Holt.

Il ignora sa question pour demander à Guy :

– Les autres traces étaient-elles celles d'un animal ferré ?

– Non, mais elles révélaient une curieuse foulée.

– Pour répondre à votre question, dit Holt en se tournant vers Diana, je pense effectivement que la jument a été volée mais pas par un homme à cheval.

– Vous voulez dire qu'un cheval sauvage est venu chercher la jument ? demanda Rube. Et vous pensez que ce cheval sauvage aurait aussi attaqué nos deux étalons ? D'abord, il y a pas un seul cheval sauvage qui serait capable de faire autant de dégâts. Ensuite, y a pas un seul cheval sauvage blanc dans la région. Vous et moi, on a assez sillonné le coin y a quelques jours pour chercher cette sacrée jument.

– L'étalon peut être un cheval échappé d'un ranch et redevenu sauvage, ce qui expliquerait sa force. Il n'est pas forcément tout blanc. Il peut être simplement tacheté, répliqua Holt.

– Mais si c'était un cheval sauvage, pourquoi serait-il venu ici ? (Diana fronça les sourcils.) Les chevaux sauvages ne se sont jamais intéressés à nos juments.

– Nous ne devons tout de même pas éliminer cette hypothèse, lui répondit le Commandant. Ce cheval était peut-être ou trop jeune ou trop vieux pour trouver une jument dans quelque harde. Les faits semblent donner raison à Holt.

– Ce qui expliquerait aussi la disparition de l'autre jument, ajouta Holt.

– Nous allons contacter le Bureau, décida le Commandant.

– Pourquoi les mettre dans le coup ? rétorqua Holt. Nous ne sommes pas certains qu'un cheval sauvage ait quelque chose à voir avec la disparition de nos juments. Il n'y a pas de raison que le Gouvernement s'en mêle.

Le Commandant avait toujours agi selon les règles et Diana fut surprise de ne pas le voir protester.

– En effet, ce serait dépenser inutilement l'argent des contribuables, puisque nous sommes responsables de nos juments, approuva-t-il.

Holt sourit, visiblement satisfait.

– Qu'en pensez-vous, Commandant? Vous sentez-vous suffisamment en forme pour vous occuper du ranch pendant deux jours? Floyd Hunt peut très bien vous seconder. Je peux lui déléguer mes pouvoirs pendant que Guy, Rube et moi partirons à la recherche des juments.

– Floyd est très capable, oui. Je pense qu'à nous deux nous pourrons nous débrouiller jusqu'à votre retour. J'aurais simplement aimé avoir la force de vous accompagner.

Diana sentit battre son cœur plus vite. Derrière cette conversation à propos de bêtes égarées, se cachait en vérité un désir de chasse au cheval sauvage. Cela excitait son imagination. Cette poursuite serait la chose la plus aventureuse qu'elle eût jamais connue.

– Je vous accompagne, déclara-t-elle.

Holt se retourna vers elle et plissa ses yeux gris.

– Ce ne sera pas une partie de plaisir.

– Je le sais. Cela nécessitera d'interminables chevauchées sur des chemins difficiles. Je peux affronter cela. Demandez au Commandant. (Diana se moquait bien de savoir si Holt voulait d'elle ou non. Elle, elle voulait y aller.) De plus, je pourrais faire la cuisine.

– C'est une raison suffisante pour l'emmener, dit Guy.

– Commandant! (Diana se tourna vers son père.) Je veux y aller.

Depuis son retour, c'était la première fois que le Commandant la voyait si passionnée. Son hésitation se transforma en assentiment.

– Nous dormirons à la belle étoile, Commandant, dit Holt. Trois hommes et une femme...

– Je suis adulte et je me moque des convenances.

Le Commandant l'approuva.

Holt se résigna :

– Si vous le dites, Commandant. (Son regard n'avait rien d'amical lorsqu'il la dévisagea.) Nous partons dans moins d'une heure, aussitôt que les chevaux seront sellés et les affaires prêtes.

– Je serai prête, affirma Diana avec assurance. (Le regard de Holt lui rappela qu'elle était encore en chemise de nuit.) Excusez-moi.

Diana se précipita vers la maison.

Une heure plus tard, ils quittèrent le ranch. Par la force des choses, ils allaient au pas, suivant les traces des chevaux. Le soleil était au zénith lorsqu'ils atteignirent le pied des collines. Ils s'arrêtèrent pour laisser reposer les chevaux fatigués. Ils déjeunèrent de sandwiches que Sophie avait préparés.

Dans l'après-midi, la piste se perdit dans une sente difficile et rocailleuse. Holt ordonna à Guy et à Rube de prendre des pistes différentes pour se retrouver ensuite, Diana restant avec lui.

Quand ils furent seuls, Diana lui lança d'un ton sarcastique :

– N'êtes-vous pas un peu protecteur, Holt?

– Je le suis. (Il la regarda calmement.) Guy pense

qu'il est amoureux de vous. Pouvez-vous en dire autant?

– Ça ne vous regarde pas.

– Je pense que c'est une réponse.

– Vraiment?

– Vous n'avez rien à faire de lui. Vous vous servez de lui comme lorsqu'il était enfant et vous lui accordez une miette d'attention quand ça vous amuse. Vous le troublez et vous le blessez, mais cela va cesser.

– J'éprouve quelque chose pour Guy.

– Peu importe! En tout cas, ce n'est ni le lieu ni l'heure de le vamper. Ôtez-vous cette idée de la tête.

– Je suis là pour retrouver avec vous une jument égarée. Ne pensez-vous pas qu'il serait temps de vous taire et de découvrir sa piste?

Un cri de Rube mit brusquement fin à cette joute verbale. Rube avait repéré l'endroit où les deux chevaux avaient traversé une rivière à sec. Ils galopèrent vers lui.

En fin d'après-midi, Diana commença à sentir la fatigue. Elle avait des crampes et les cuisses endolories par le frottement de la selle. Elle fut la dernière à mettre pied à terre lorsqu'ils s'arrêtèrent pour se reposer. Guy l'aida à descendre.

– Merci. (Elle sourit d'un air las et s'étira pour détendre son dos.) Je ne suis pas aussi en forme que je le pensais.

– Tu veux un massage? plaisanta-t-il.

– Ne me tente pas, dit-elle avec un sourire forcé, et son regard glissa vers Holt.

Guy crut comprendre.

– Je suppose qu'il t'a dit quelque chose.

– A quel sujet? demanda-t-elle innocemment, et elle saisit une gourde.

– A propos de nous.
– Il t'a dit qu'il m'avait parlé?
– Non. Je lui ai demandé de rester en dehors de tout cela, lui disant que c'était une affaire entre toi et moi, qui ne le concernait en rien.
– Je parie qu'il n'a pas apprécié.
Diana porta la gourde à ses lèvres. Quand elle eut bu une gorgée d'eau tiède, elle reboucha la gourde et enroula la lanière autour du pommeau. Le cheval se déplaça, les cachant tous deux aux yeux de Holt. Guy profita de ce moment pour l'enlacer, ses yeux brillaient de désir contenu.
– Diana, il me semble qu'il y a si longtemps que je ne t'ai pas tenue dans mes bras.
– Guy, ne fais pas cela.
– Je voulais tant te voir la nuit dernière.
– Je me suis déjà expliquée.
– Je sais que tu devais aller à cette fête avec ton père mais j'aurais tant voulu te voir, te parler, te serrer dans mes bras. Et Holt m'a tant accablé de travail que je n'ai pas eu une minute. Hier j'aurais pu passer une soirée avec toi, et tu étais sortie.
– Je ne pouvais rien y faire.
– La nuit dernière aussi, j'ai pensé à toi. Mais hier soir c'était pire parce que j'étais seul pendant que tu t'amusais avec des amis. J'ai pris une bière, puis une autre, et encore une autre. Et j'ai vite commencé à me demander si tu...
– Guy, arrête.
– Je sais, soupira-t-il. Tu ne veux pas t'engager sérieusement. Mais je ne peux rien contre mes sentiments. Je t'aime depuis si longtemps, Diana. C'est un soulagement pour moi de ne plus avoir à le cacher. Quand je suis avec toi, je suis l'homme le plus heureux du monde.
– Ne dis pas des choses pareilles.
– Je sais. Je sais. Nous sommes ensemble mainte-

nant et c'est ce qui importe. Diana, quand nous camperons cette nuit, mettras-tu ton duvet à côté du mien? Je sais que nous ne pourrons rien faire avec Holt et Rube, mais te sentir allongée à côté de moi signifiera beaucoup déjà...

– Non, je ne peux faire cela. Ce ne serait pas raisonnable.

Guy resta silencieux un instant, puis lança d'une voix nerveuse :

– Pourquoi? Je ne suis pas assez bien pour toi, c'est ça? Tu es la fille du Commandant et je ne suis qu'un pauvre type qui travaille sur votre ranch.

Diana se retourna et lui fit face.

– Ces accusations ne viennent pas de toi mais de Holt! C'est ce qu'il t'a dit et tu l'as cru. Et c'est pour ça que tu t'es saoulé la nuit dernière.

– Non, je ne l'ai pas cru!

– Mais il a jeté le doute dans ton esprit. Il t'a fait croire que...

– Oublie ce que je t'ai dit, je me suis mal exprimé.

Diana comprit trop tard qu'elle aurait dû se taire. Mais quand son intuition lui avait dicté que Holt était l'auteur de ces blessantes accusations, elle n'avait pu s'empêcher de réagir.

– C'est bon, Guy. On oublie tout, lui dit-elle avec un sourire crispé.

– Diana, je...

– Guy, la couverture, sous ta selle, a glissé. (Holt interrompit leur conversation.) Tu ferais mieux de la remettre en place si tu ne veux pas blesser ton cheval.

Guy hésita une fraction de seconde.

– Je vais m'en occuper, dit-il en s'éloignant.

Dix minutes plus tard, Diana se hissait sur son cheval. Les autres étaient déjà prêts. Trois kilomètres plus loin, ils franchirent le sommet de la montagne et découvrirent la vallée qui s'étendait à leurs pieds. Holt arrêta son cheval sur la crête et prit ses jumelles accrochées derrière sa selle.

Il scruta lentement toute la vallée. Diana écarquilla les yeux, mais ne vit rien. Après un demi-cercle, Holt fit le point sur l'endroit qui avait attiré son attention.

– Vous voyez quelque chose? demanda Rube.

Holt passa ses jumelles à Rube.

– Regarde juste en bas là où il y a un creux...

– C'est l'étalon? demanda Diana, qui ne pouvait rien voir à une telle distance.

Plusieurs minutes s'écoulèrent avant la réponse de Rube.

– C'est sans doute lui. Un sacré étalon blanc. J'y aurais pas cru si je ne le voyais de mes propres yeux. Vous aviez raison, Holt. Il est costaud pour un cheval sauvage. Malin en plus. On dirait qu'il me regarde droit dans les yeux.

– Nous avions le vent dans le dos. Il a dû nous sentir, dit Holt.

– Vous voyez les juments? demanda Guy.

– Peut-être qu'elles broutent à côté. J'peux pas dire. Oh, oh, il bouge. Il a dû sentir notre odeur. Regardez ça! Regardez ça! (Tout excité, Rube passa les jumelles à Holt.) Vous le voyez?

Diana vit Holt se rembrunir soudain.

– Qu'y a-t-il?

– Il semble toujours au pas, expliqua-t-il, une pointe d'étonnement dans la voix.

– Vous l'avez vu. Bon Dieu! J'en croyais pas mes yeux. Whaoh! (Diana n'avait jamais vu le vieux cow-boy dans un tel état.) C'est-y pas quelque chose! Attendez que les autres apprennent ça! Ça va leur en boucher un coin.

– Il est parti. (Holt baissa les jumelles et les replaça dans leur étui.) Il y avait trois juments.

Deux étaient les nôtres. Il les a emmenées de l'autre côté du canyon. (Il reprit les rênes et lança un regard en coin à Guy.) J'imagine que cela explique pourquoi ses traces nous semblaient si particulières quand nous les suivions.

– L'étalon allait au pas? demanda Guy.

– Oui.

– Mais comment? Pourquoi? D'où venait-il?

– C'est simple, déclara Rube. Vous n'avez jamais entendu parler de l'Etalon Blanc Qui Va Toujours Au Pas?

– Non. (Guy, étonné, regarda le vieux cow-boy.) Ce matin, avant de partir, vous juriez qu'il n'y avait pas un seul étalon blanc dans la région. Et maintenant vous prétendez avoir entendu parler de lui!

– Je parle pas de celui-là. (Rube fut prompt à répondre.) Non, je parle du plus extraordinaire étalon sauvage qui ait jamais vécu. C'était dans les années 1800. Il était blanc comme neige, sauf ses oreilles qui étaient noir d'ébène. On raconte que sa crinière avait soixante centimètres de long et que sa queue allait jusqu'à terre. Il allait toujours au pas, pouvait garder cette allure pendant des jours mais distançait le cheval le plus rapide. Celui-ci tient beaucoup de lui.

– Ça m'a tout l'air d'une légende.

– C'est pas une légende, rétorqua Rube. En tout cas, je ne l'ai pas inventée. Des tas de gens célèbres l'ont vu. Même le type qui a écrit ce livre sur une baleine parle de l'Etalon Blanc dans son bouquin. C'est pas parce que vous avez jamais entendu parler de lui qu'il a jamais existé.

– D'accord, Rube, je vous crois, murmura Guy.

7

Après avoir galopé à travers la vallée, ils se remirent au pas pour suivre les traces de l'étalon et des juments. Ils n'arrivèrent pas à les approcher à nouveau au point de les apercevoir; la nuit tomba et ils durent s'arrêter.

Lorsqu'ils eurent mis pied à terre, Guy dit :

– Je vais chercher du bois.

– Rube peut le faire. (Holt se dirigea vers le cheval qui portait les sacs et les paquets.) Tu desselles les chevaux et tu les brosses. (Puis il regarda Diana.) Vous pouvez faire à manger?

– Je vous l'ai déjà dit.

– Je le sais, rétorqua-t-il sèchement, mais je croyais que vous l'aviez dit uniquement pour pouvoir venir.

Il prit les sacs et les posa à terre.

– Les provisions sont là-dedans. Vous pouvez vous y mettre.

Refoulant sa colère, Diana commença à déballer la nourriture et les ustensiles dont elle avait besoin. Rube ramena une première brassée de branches et de bûches. Lorsque le feu eut pris, il retourna chercher du bois en prévision de la soirée qui s'annonçait fraîche. Diana ouvrit une boîte de bœuf et la mit à chauffer. Elle préparait des galettes quand Guy et Holt revinrent avec les selles, après avoir attaché les chevaux pour la nuit.

– L'étalon marchait vraiment au pas? demanda Guy, toujours sceptique.

– Oui.

Holt commença à sortir les duvets.

– J'aurais aimé le voir, fit remarquer Diana.

– Si on a de la chance, vous le verrez demain, répondit Holt. Le dîner sera prêt dans combien de temps?

– Dans quelques minutes.

– Ça sent bon! s'exclama Guy.

Etant donné les conditions de fortune qui avaient été les siennes, Diana jugea qu'elle n'avait pas trop mal réussi son repas.

– Je suis gavé, déclara bientôt Guy en se penchant en arrière et en se tapotant l'estomac. C'était parfait, Diana. Je t'avais bien dit que c'était une bonne idée de l'emmener pour faire la cuisine, ajouta-t-il en s'adressant à Holt. Tu voulais qu'elle reste au ranch et que nous mangions ta tambouille. Tu n'es pas un mauvais cuisinier, mais tu ne fais sûrement pas les galettes aussi bien qu'elle.

Le silence de Holt se faisant trop lourd, Diana le rompit.

– Merci, Guy. Les compliments font toujours plaisir.

– Tu connais le proverbe : « Le chemin qui mène au cœur d'un homme passe par son estomac. » Tu as pris une place dans le mien...

Holt se tassa et serra les dents quand il surprit le regard de Guy.

– Il reste du café? demanda-t-il en tendant son gobelet.

– Sûrement encore un peu.

Diana saisit le pot d'aluminium près du feu et remplit son gobelet.

– Vous pourriez peut-être vider le reste dans ma timbale, fit Rube.

Il était assis de l'autre côté du feu. Elle se leva non sans raideur et contourna le foyer pour verser les dernières gouttes de café dans la tasse. Guy l'observait.

– Encore courbatue? demanda-t-il gentiment.

– Ça va mieux. Je ne me plains pas.

Cette dernière phrase s'adressait à Holt.

– Viens t'asseoir à côté de moi, dit Guy. Je te masserai doucement les épaules.

– Cette invitation est beaucoup trop tentante pour que je la refuse.

Elle ignora le regard noir de Holt et s'assit en tailleur, tournant le dos à Guy.

Les mains du jeune homme se posèrent fermement sur ses épaules et commencèrent à masser les muscles noués. Elle baissa la tête, ferma les yeux et ses cheveux noirs retombèrent devant elle. Le massage avait un effet magique. Guy était doux et attentionné.

– Mmmm, tu feras un jour un excellent mari. (Et elle regretta immédiatement cette remarque et les conclusions que Guy risquait d'en tirer.) J'ai les jambes encore plus mal en point que le dos.

– Je vais te les masser, murmura-t-il.

Holt remua à côté d'eux et jeta une branche dans le feu.

– On va avoir besoin de bois, Guy.

– Pourquoi vous lui demandez? dit Rube. Il sait pas où j'ai trouvé cet arbre mort. Il va errer je ne sais combien de temps pour le trouver. C'est plus simple pour moi que j'y aille. Je croyais que vous étiez assez malin pour comprendre ça tout seul, Holt. Restez assis là, Guy. (Rube déplia sa vieille carcasse et se leva.) J'y vais.

Cette situation mit Diana mal à l'aise.

– Par où allez-vous, Rube?

– Par là. (Il fit un signe vers la droite.) Pourquoi?

– J'ai aucune envie de bouger, mais il le faut, je dois satisfaire un besoin naturel. Je ne voudrais pas tomber sur vous dans le noir.

– Si vous tombez sur quelque chose dans le coin, ce ne sera pas sur moi!

Diana se leva et s'éloigna sur la gauche.

Les nuits dans le désert étaient toujours fraîches. A cette altitude, la température était encore plus basse. Diana ne s'attarda pas et regagna rapidement le campement. Lorsqu'elle s'approcha du feu, elle entendit clairement la voix de Guy.

– Pourquoi ne te contentes-tu pas de te taire, Holt? Je suis assez grand pour savoir ce que j'ai à faire. De plus, tu ne connais pas Diana comme je la connais.

Elle n'entendit pas les mots de Holt, mais elle perçut son ton méprisant.

Aux paroles de Holt, Guy se leva brusquement.

– C'est un mensonge.

Holt se redressa à son tour et croisa le regard plein de défi de son fils.

– Tu préfères croire que c'est un mensonge. Deviens un homme et ouvre les yeux.

Le feu crépitait et éclairait son dur profil, les ombres jouant sur ses pommettes lui creusaient les joues. Son fils n'était pas de taille à l'impressionner.

– Retire ce que tu as dit, lança Guy comme un enfant blessé. Retire ce que tu as dit sur elle ou...

Il serra les poings.

– Elle ne vaut pas la peine qu'on se batte pour elle, Guy, répondit Holt en se détournant.

Guy saisit son bras et le força à le regarder.

– Je répète : retire ce que tu as dit!

Holt esquiva le crochet droit de Guy, qui effleura son épaule. Il recula, mais Diana savait que ce n'était pas par lâcheté.

– Je ne me battrai pas avec toi, Guy.

– Retire ce que tu as dit!

Guy ne pensait qu'à son désir de venger l'honneur de Diana, il n'avait même pas remarqué sa présence à quelques pas d'eux.

Devant le silence de Holt, Guy se précipita sur lui comme un jeune taureau. Diana se sentait paralysée. Holt se défendit facilement, parant les attaques sans frapper lui-même. Il semblait presque insensible aux coups que lui portait son fils. Elle entendait Guy grogner de rage. Un crochet bien placé réussit enfin à frapper Holt à la mâchoire et l'envoya au sol.

– Relève-toi! lança Guy d'un ton sarcastique, tout en haletant. Relève-toi et bats-toi!

Holt secoua la tête pour se remettre du choc. Il regarda Guy.

– Je t'ai dit que je ne me battrai pas, répéta-t-il calmement et il se remit sur ses pieds.

Guy l'attaqua aussitôt, plus violemment. Par deux fois, Holt ne put arrêter les crochets, qui l'atteignirent au visage. Diana vit Holt brandir le poing; le coup plus instinctif que prémédité envoya le jeune homme au sol.

Diana se précipita.

– Guy!

Holt vacilla mais réussit à l'empêcher d'atteindre Guy. Du sang coulait de sa bouche. Il avait été plus durement atteint par les coups désespérés de son fils que Diana ne l'avait cru.

– Ne vous approchez pas de lui. (Sa voix avait un timbre rauque.) Vous n'en avez pas fait assez comme ça? Vous avez fini par obtenir ce que vous avez toujours souhaité... une rupture totale entre Guy et moi. Laissez-le tranquille.

Elle ne put s'empêcher de lui obéir. Il se détourna et se mit à genoux à côté du corps inerte puis le roula pour le mettre sur le dos.

Diana sentit son estomac se contracter douloureusement quand elle vit le visage tuméfié et ensanglanté; évanoui, Guy semblait encore plus jeune et vulnérable. Et tout cela était arrivé parce qu'il avait défendu son honneur.

– Il est blessé...

– Je vais m'occuper de lui, grogna Holt.

Elle ne pouvait rien faire, Guy gisait là par sa faute.

– Je... je vais chercher de l'eau.

Comme Diana revenait avec la gourde, des pas traînants se firent entendre. Rube arrivait, les bras chargés de branchages. Voyant Holt penché sur Guy, il s'arrêta et regarda, stupéfait.

– Qu'est-ce qu'est arrivé? J'ai entendu un grand remue-ménage, mais j'imaginais pas que... Il est blessé?

Rube déposa les branches sur la pile de bois et revint précipitamment vers eux.

Holt prit la gourde des mains de Diana et humecta son mouchoir.

– Il est tombé.

Son regard ordonna à Diana de ne pas le contredire.

– Vous dites qu'il est tombé, répéta Rube. J'ai jamais vu quelqu'un tomber et se blesser comme ça. J'ai plutôt l'impression que quelqu'un l'a frappé. Ouais, on l'a complètement démoli.

– Rube, personne ne t'a jamais dit que tu parlais trop? grommela Holt brutalement. Je t'ai dit qu'il était tombé. Alors, maintenant, ça suffit.

– D'accord, d'accord, il est tombé. Personne me

dit jamais rien. Tout le temps à garder des secrets. Ce vieux Rube, il a pas besoin de savoir. Mais j'suis pas aveugle. J'ai des yeux. (Holt lui lança un nouveau regard menaçant.) Mais si vous dites qu'il est tombé, il est tombé. Qui j'suis pour dire que vous êtes un menteur?

Il s'éloigna en marmonnant.

Guy émit un grognement et bougea légèrement la tête, comme s'il cherchait à reprendre connaissance. Il ouvrit les yeux, mais plusieurs secondes s'écoulèrent avant qu'ils ne perdent leur regard vitreux. Lorsqu'ils s'arrêtèrent sur Holt, un éclair de haine les traversa. Il voulut se lever mais son père le repoussa.

– Du calme. Tu as fait une mauvaise chute, dit-il en insistant sur le dernier mot.

Le regard de Diana incita Guy à retenir sa colère.

– Ça va bien, murmura-t-il.

Il prit le mouchoir que lui tendait Holt et tressaillit lorsqu'il l'appuya sur sa lèvre fendue.

Holt se redressa et s'éloigna, sachant que Guy refuserait tout geste de sa part. Le jeune homme s'assit lentement, encore un peu sonné. Diana se sentit poussée vers lui par un élan maternel mais le refoula aussitôt.

Elle ne fit pas un mouvement vers lui, mais demanda :

– Tu es sûr que tout va bien?

– Ouais, ça va.

– Nous allons avoir une rude journée demain, lança Holt à la cantonade. Il est temps d'aller dormir.

Il avait dit cela bien évidemment pour clore la conversation entre Diana et Guy.

– Diana, dit Guy d'une voix pressante.

– Non, tu dois te reposer.

Elle ne lui laissa pas le loisir de protester et se dirigea vers son sac de couchage.

Allongée, elle regarda les étoiles qui brillaient dans le ciel. Elle les regarda longtemps, attentive au silence. Son regard se posa sur la silhouette immobile de Holt. Il ne dormait pas, elle en était sûre. Elle le détestait toujours. Elle ferma les yeux.

Une main toucha son épaule. Diana se réveilla et vit Holt penché au-dessus d'elle. La pâle lueur de l'aube éclairait la marque du coup qu'il avait reçu à la mâchoire.

– Préparez le petit déjeuner, ordonna-t-il. Nous quittons le camp dans une heure.

Diana se leva en grognant. Guy et Rube, déjà debout, nourrissaient les chevaux et préparaient les selles. Le petit déjeuner fut préparé et avalé rapidement. Moins d'une heure plus tard, ils chevauchaient sous le soleil matinal. L'air était encore frais.

Vers dix heures, Holt arrêta son cheval et suivit des yeux les traces sur le sol.

– Il y a bien un point d'eau dans ce canyon, n'est-ce pas, Rube ?

Rube prit un temps et regarda alentour.

– Maintenant que vous l'dites, j'pense qu'y en a un. Ouais, c'est par ici. Ça doit être là que les chevaux sauvages vont boire. Qu'est-ce qu'on va faire ? Vous pensez qu'ils y sont ?

– Je ne sais pas. C'est possible. Nous allons faire un grand cercle, pour les approcher contre le vent cette fois-ci. Ainsi, ils ne nous sentiront pas venir.

Une heure plus tard, Diana entrevit pour la première fois l'Etalon Blanc. Ils s'étaient approchés du point d'eau par le nord et s'étaient arrêtés au bord du canyon. Blanc comme neige, aussi parfaitement proportionné que les pur-sang arabes du Commandant, l'étalon se tenait à l'écart des juments qui broutaient. Une superbe sentinelle, noble et libre.

– Il est magnifique, murmura Diana.

– Il est fantastique, dit Guy avec la même émotion.

– C'est un voleur, leur rappela Holt. Ce sont les juments du Commandant qui sont là-bas.

Sa remarque accrut la tension qui avait régné toute la matinée. Diana essaya de l'ignorer. Elle se força à quitter l'étalon du regard pour se concentrer sur les juments. L'alezane Nashira, aux jambes blanches, était là, ainsi que la superbe Cassie. La troisième jument était d'un beau brun.

– Attache quelque part le cheval qui porte les sacs, ordonna Holt à Rube. Nous allons descendre cette pente. Les arbres nous cacheront pendant un moment. Une fois dans le canyon, nous disperserons les juments pour les attraper. Ce sera plus facile si l'étalon n'est pas dans les parages.

Mettant pied à terre, Rube donna les rênes de sa monture à Diana. Momentanément distraite, elle ne prêta pas attention aux halètements nerveux de son propre cheval. Elle se rappela trop tard que le hongre arabe qu'elle montait était le fils de la jument alezane. Le cheval avait reconnu l'odeur familière et lança un hennissement violent. Holt réagit instantanément et pressa sa main sur les naseaux de l'animal.

Le mal était fait. L'étalon leva la tête pour renifler, puis la rejeta en arrière. Il regarda les silhouettes qui se profilaient sur le bord du canyon. Retenant son souffle, Diana était partagée entre la crainte de perdre les juments et l'espoir qu'il s'enfuirait.

Lançant un puissant hennissement qui sembla se répercuter dans tout le canyon, l'étalon se retourna et se dirigea vers les juments pour les rassembler.

Cassie, que l'étalon avait enlevée depuis peu, renâcla à quitter l'endroit où elle broutait. Il la mordit sauvagement pour qu'elle obéisse.

Dans un tourbillon, il les fit galoper jusqu'à l'entrée du canyon, puis resta derrière elles pour les empêcher de faire demi-tour. Diana admira son corps qui se déplaçait avec une souveraine élégance. Son allure était fluide, aisée.

– Il marche, murmura-t-elle, ne semblant pas y croire.

Diana se retourna sur sa selle tandis que Holt lâchait les naseaux de son cheval. Il souleva un instant son chapeau et passa une main nerveuse dans ses cheveux.

– Nous allons les suivre? demanda-t-elle.

– Non. L'étalon a déjà disparu. Nous ne pouvons espérer l'approcher tant qu'il ne sera pas calmé. Ils vont revenir. Autant que je sache, il n'y a pas d'autre point d'eau à des kilomètres à la ronde.

– Mais ils ne reviendront peut-être pas avant demain, fit-elle remarquer.

– Quel que soit le moment où il les ramènera, nous serons là.

– Comment peux-tu en être si sûr? demanda Guy.

– Les chevaux ont des habitudes. Ils ne s'éloignent jamais de leur territoire. Ils font simplement des cercles autour. L'étalon blanc reviendra... Nous allons camper dans le coin et attendre. Il ne pourra pas nous voir et aussi longtemps que le vent viendra du sud, il ne pourra pas nous sentir. Rube... Tu attends ici et tu surveilles, mais ne te fais pas voir. L'un de nous viendra te relever dans deux heures.

– D'accord, mais laissez-moi de quoi boire. Quand le soleil sera plus haut, ça va taper. Dites, vous voulez pas que je descende remplir les gourdes?

– Non. Je ne veux pas qu'il y ait d'odeur humaine autour du point d'eau. Nous devons mettre toutes les chances de notre côté si nous ne voulons pas le rater demain.

– Et s'il ne se montre pas, que fera-t-on? demanda Guy.

– Cette décision peut attendre jusqu'à demain, dit Holt en s'éloignant.

Donnant sa gourde à Rube, Diana suivit en entraînant son cheval. Guy était derrière elle. La piste qui descendait vers le ravin était très tortueuse et beaucoup plus longue qu'ils ne l'avaient imaginé. Au fond du ravin, l'air était étouffant.

Dès qu'ils eurent installé le camp, ils cherchèrent une place à l'abri du soleil le long du ravin. Holt s'étendit sur le sol en pente, se servant de sa selle comme oreiller et rabattant son chapeau sur son visage. Diana s'assit en croisant les bras autour de ses genoux.

– Cet étalon est étonnant. (Guy, appuyé sur son coude, était installé à côté d'elle.) Il a quelque chose de diabolique.

– Oui, on dirait... commença-t-elle.

Holt l'interrompit :

– Arrêtez de faire du roman. Cet étalon est un solitaire. Il a renié sa propre race. (Il resta allongé, son chapeau sur le nez.) Quand un animal fait cela, cela lui attire des ennuis.

– Que proposes-tu? demanda Guy. (Il y avait de l'électricité dans l'air.) Que nous lui tirions dessus? Que nous le tuions?

– Non, répondit Holt avec un calme délibéré. Je propose que nous récupérions nos juments et j'espère que ça s'arrêtera là.

– Vous y croyez? demanda Diana.

– Je ne sais pas. (Il changea de sujet.) Le petit

déjeuner est loin. Pourquoi ne préparez-vous pas le repas?

– Pourquoi ne laisses-tu pas Diana tranquille? Permets-lui de se reposer. (Guy semblait vouloir contrer tout ce que disait Holt.) Si tu as faim, débrouille-toi tout seul.

– C'est elle qui a voulu venir pour faire la cuisine.

– J'ai faim, moi aussi, mentit Diana pour empêcher que les choses ne se gâtent.

– Eh bien, laisse-le faire, insista Guy.

– Je préfère manger ma propre cuisine, dit-elle en se levant.

– Je vais t'aider, Diana.

Elle refusa poliment mais fermement, assurant qu'elle pouvait se débrouiller toute seule. Sa gentillesse permanente lui pesait de plus en plus.

Ils mangèrent silencieusement les steaks hachés. Quand ils eurent fini, Diana ramassa les assiettes. Holt se leva et alla se servir du café.

– Vous feriez bien de laisser le pot au chaud pour Rube. (Il regarda sa montre.) Lève-toi et va le relever, Guy.

– Vas-y. Je vais rester ici avec Diana.

Ces mots éclatèrent comme une bombe. Holt se tourna lentement vers son fils et Diana retint sa respiration.

– Tu n'es pas ici pour lui tenir compagnie, lança Holt avec un calme glacial. Tu es ici pour travailler. J'ai déjà renvoyé des hommes qui ne faisaient pas leur travail. C'est ce que tu veux, Guy?

Diana se força à rire.

– Pourquoi prenez-vous Guy tellement au sérieux? Il n'a pas voulu dire cela. C'était seulement un désir secret qu'il a exprimé à haute voix. N'est-ce pas, Guy?

Le jeune homme détourna la tête à contrecœur.

– Ce n'était que ça, oui, grommela-t-il. Je vais relever Rube.

– Avez-vous laissé assez d'eau dans la gourde que vous avez donnée à Rube? demanda Holt à Diana.

– Elle était remplie au tiers, je pense.

– Tu ferais mieux d'en emporter une autre avec toi, Guy.

Les gourdes étaient à côté de Diana. Elle choisit la plus lourde et la tendit à Guy. Il ne la prit pas tout de suite, la regardant en quête d'un signe.

– Pourquoi prends-tu son parti? murmura-t-il.

– Ne sois pas ridicule, Guy. Je ne prends pas son parti...

– Si. Il y a une minute...

– Il y a une minute, tu allais être renvoyé. C'est ce que tu veux?

Le regard de Guy se durcit, le faisant ressembler à Holt.

– Non. (Il soupira et prit la gourde.) Non, ce n'est pas ce que je veux. A tout à l'heure.

8

Guy gravit la pente escarpée puis disparut. Diana s'en retournait vers la vaisselle quand elle croisa le regard de Holt qui semblait la juger.

– Merci, Diana, dit-elle d'un ton sarcastique en l'imitant. J'ai beaucoup apprécié.

Holt lui lança un regard glacial.

– Je dois vous être reconnaissant d'être intervenue ?

– Si je ne l'avais pas fait, Guy serait parti. Pourquoi l'avez-vous menacé d'un renvoi ? C'était pour ainsi dire un ultimatum. Comment pensiez-vous qu'il allait réagir ? C'était le mettre en position d'infériorité.

– En position d'infériorité ? Si Guy n'était pas resté au ranch pour travailler, il ne serait plus là de toute façon.

– Vous le provoquiez délibérément. C'était stupide.

– Vous allez peut-être me donner des leçons sur la manière dont je dois élever mon fils, dit Holt en se moquant d'elle. Sans doute pourrai-je alors en faire ce que je veux !

– Peut-être !

– Combien de temps allez-vous tenir Guy en laisse avant de le laisser tomber, Diana ?

– Je ne le tiens pas en laisse!

Holt ignora sa réponse.

– Quand vous le lâcherez, il va tomber de haut. Que voulez-vous que je fasse? Attendre pour ramasser les morceaux? Je ferai tout ce que je peux pour vous arrêter à temps.

– Qu'y puis-je? Je ne pensais pas que Guy tomberait amoureux de moi.

– Tomber amoureux de vous? Vous êtes son idole, Diana. Il ne vous aime pas, il vous adore. Et vous l'y avez encouragé.

– Ce n'est pas vrai.

– Ce n'est sûrement pas lui qui vous a séduite. Il n'aurait pas osé vous toucher si vous ne l'aviez pas provoqué. Vous auriez pu l'arrêter à n'importe quel moment, d'un simple mot. Guy n'aurait pas osé insister. Pourquoi n'avez-vous pas dit ce mot?

– Je savais qu'il me désirait, mais je ne croyais pas qu'il m'aimait. Si j'avais su...

Diana s'éloigna tristement, incapable de poursuivre.

– Pourquoi avez-vous fait l'amour avec lui? insista-t-il.

– Je suis désolée pour lui.

A peine avait-elle laissé échapper ces mots qu'une poigne d'acier s'abattit sur son épaule et la retourna.

– Vous êtes désolée pour lui! Pourquoi?

Diana se révolta à son contact. Sa haine pour lui était toujours aussi violente. Ses yeux bleus brûlaient de rage.

– Je serais désolée pour tout être qui aurait un père tel que vous!

Il l'avait saisie par les épaules et les serrait à les briser. Il l'attira vers lui. Son visage était tout près du sien, dur et fermé, d'une virilité agressive.

– Vous n'êtes qu'une petite putain. Guy vous

regarde comme une idole alors que vous n'êtes qu'une petite putain, oui, que n'importe quel homme...

Diana se dégagea de son étreinte, brutalement, déchirant la manche de sa blouse. Elle vacilla.

– Pensez-vous que Guy va croire que c'est moi qui suis tombée cette fois-ci?

Holt s'avança vers elle. Elle voulut fuir mais il la rattrapa. Elle perdit l'équilibre et entraîna Holt dans sa chute.

Elle fut un instant étouffée sous son poids, puis essaya de se dégager. Holt la retourna sur le dos. Il saisit ses poignets et lui mit les mains au-dessus de la tête tandis qu'il se couchait sur elle.

Elle essaya encore de s'échapper, arquant son corps pour se libérer. Holt la maintint au sol, jusqu'à ce qu'elle n'ait plus la force de se défendre.

Diana regarda le visage impassible de son agresseur. Epuisée et haletante, elle passa le bout de sa langue sur sa lèvre supérieure. Les yeux de Holt virèrent au gris anthracite, brûlant et intense.

Diana émit une faible protestation. Elle était incapable du moindre mouvement, elle ne put même pas détourner la tête pour éviter ses lèvres. Il prit sa bouche.

Tous ses sens étaient en éveil. Sous elle, le lit de gravier était dur et des cailloux pénétraient dans sa chair.

Son baiser sensuel l'envahit de plaisir, bien qu'elle ne voulût pas s'abandonner. Elle savait quel était son propre tempérament, et les baisers ardents mais maladroits de Guy ne l'avaient pas comblée. Et il y avait si longtemps que Diana ne s'était pas retrouvée dans les bras d'un homme si expérimenté. Et cet homme était son ennemi de toujours. Mais même si c'était s'avouer vaincue,

Diana savait qu'elle allait connaître le bonheur, et ses lèvres répondirent à son baiser.

Ce consentement furtif marqua le début d'un combat qui les enflamma tous deux. La langue de Holt fouillait sa bouche et des vagues de plaisir la submergèrent. Elle ne résista pas lorsqu'il enleva sa blouse et son soutien-gorge.

Les caresses sur ses seins étaient si expertes qu'il lui semblait qu'elle les avait toujours désirées. Sa bouche remplaça ses mains et sa poitrine se durcit. Tout son corps frémit de désir.

Ses mains couraient sur son corps. Tout à son émoi, Diana se rendait à peine compte qu'il continuait de la dévêtir. Elle fut heureuse à l'idée qu'il n'y aurait plus aucun obstacle entre leurs corps. Ses mains glissèrent sur son dos, sentant ses cicatrices et ses muscles durs comme l'acier.

A ce moment d'intense jouissance, ses hanches basculèrent davantage sous lui et ses ongles se plantèrent dans son dos. Elle était entraînée dans un torrent de désir. Elle n'avait jamais ressenti cela. Rien n'existait plus hormis le plaisir total qu'il lui donnait et l'ardeur avec laquelle elle le lui rendait. Jusqu'au paroxysme.

Diana resta allongée, les yeux fermés, sentant le soleil brûlant sur son corps nu. Elle écoutait la respiration de Holt à ses côtés. Pendant quelques instants, elle ne fut qu'à son bonheur.

Elle tourna la tête et le regarda. Elle contempla le profil dur, les yeux fermés et les cheveux ébouriffés. Elle se sentit frémir devant la virilité qui se dégageait de ses traits. Diana ne le regardait plus comme un ennemi, mais comme un homme. Et en tant qu'homme, Holt était unique. Elle allait le toucher, lui dire combien son étreinte l'avait transportée.

Comme s'il sentait son regard et devinait ses

pensées, Holt s'assit souplement et se trouva ainsi hors de sa portée.

– Finalement, Guy n'est pas mal tombé, murmura-t-il.

Derrière cette insulte, se cachait un compliment. Mais Diana reçut ces mots comme une gifle. Ce qui avait été beau était maintenant gâché. Elle s'assit, rassemblant ses vêtements éparpillés.

– Ça ne change rien, dit-elle sans le regarder.

Mais elle savait que tout était changé.

– Je n'ai pas pensé une minute que ça changerait quoi que ce soit!

Ses mains tremblaient tandis qu'elle enfilait son jean et elle sentit sa gorge se serrer. Diana aurait voulu lui demander pourquoi il avait fait l'amour avec elle et s'il n'avait vraiment rien ressenti de ce plaisir rare qui l'avait envahie.

Elle entendit qu'il se rhabillait derrière elle et se retourna. Holt glissait sa chemise dans son Levi's.

– Et maintenant, Holt?

– Comment allez-vous tirer avantage de cette situation? Ça a toujours été votre politique depuis que vous êtes ici.

Diana boutonna son chemisier, consciente qu'il s'approchait d'elle.

– Vous l'avez cherché. Et d'habitude, c'est vous qui vous servez des gens.

Holt s'arrêta à deux pas d'elle. Le cœur de Diana fit un bond dans sa poitrine lorsqu'elle croisa son regard gris, encore brûlant.

– Pourquoi? (Elle refoula un sanglot.) Pourquoi est-ce arrivé avec vous?

Holt détourna les yeux.

– Je pourrais vous poser la même question. Diana la chasseresse! Avez-vous trouvé un nouveau jeu? Vous pensez que c'est amusant de nous avoir eus tous les deux? Le père et le fils?

Diana allait répliquer lorsqu'elle perçut un bruit de gravier dévalant la pente. Ils tournèrent tous les deux la tête, s'attendant à voir Rube, et découvrirent Guy.

L'effroi l'envahit lorsqu'elle aperçut le jeune visage tordu de rage. Des larmes coulaient sur les joues de Guy.

– Je vous ai vus! dit-il d'une voix qui tremblait de violence. Je vous ai vus avec les jumelles!

– Guy... commença Holt d'une voix égale.

Mais le garçon se dirigeait déjà vers les selles et les harnais. Il sortit un fusil de sa gaine et le pointa sur Holt.

– Je t'ai vu la violer! l'accusa-t-il dans un sanglot. Je vais te tuer! (Il arma son fusil.) Eloigne-toi d'elle.

Haletante, Diana regarda Holt. Un intense désespoir avait envahi le visage de Holt. Ce n'était pas la peur de mourir, mais l'horreur de voir son fils braquer un fusil sur lui.

– Si tu as tout vu... (Holt s'éloigna de Diana d'un pas.) Tu sais donc que ce n'était pas un viol.

– Tu m'as raconté tous ces mensonges sur elle parce que tu la voulais pour toi tout seul! Tu ne la toucheras plus jamais.

– Guy, ne fais pas cela! (Diana s'était avancée et s'interposait entre les deux hommes.) Mon Dieu, c'est ton père!

– Et alors, qu'est-ce que c'est, un père?

Holt la repoussa. Il avança lentement vers Guy.

– Ne t'approche pas, lui ordonna Guy, et le canon du fusil oscilla légèrement.

Holt s'arrêta quand il n'y eut plus qu'un mètre environ entre eux.

– A cette distance, tu ne peux pas me rater, Guy. Alors, quand tu tireras, sois sûr de ne pas le regretter.

Diana courut vers Guy et s'agrippa à son bras.
– Si tu m'aimes, ne fais pas cela!
Le doigt de Guy tremblait sur la détente mais il ne la regarda pas.
Diana se tourna vers Holt. L'expression de son visage était insoutenable et Diana ne comprenait pas comment Guy pouvait le regarder. Elle aurait pu atteindre le canon du fusil et le détourner, mais c'eût été inutile : Guy le pointait déjà vers le sol.
– Si tu l'approches à nouveau, je te tuerai, lui lança-t-il.
Le drame venait d'être évité, et Diana s'écroula en tremblant. Le fusil tomba à terre à côté d'elle. Holt s'éloignait.
Guy frotta les larmes qui coulaient sur ses joues, il semblait s'éveiller d'un cauchemar. Diana ferma les yeux, essayant de chasser de sa mémoire l'horreur de ces instants. Elle sentit la main timide de Guy sur son épaule.
– T'a-t-il blessée?
– Non. (Elle sentit monter en elle un rire hystérique.) Non, il ne m'a pas blessée.
– Où est Rube? lança Holt.
– Il est encore là-haut.
– Va le relever. C'était un ordre.
– Diana va venir avec moi, alors, répliqua Guy.
– Pourquoi me le dis-tu? Elle n'a pas besoin de ma permission.
Guy serra les dents et jeta un coup d'œil à Diana.
– Viens.
Il lui tendit la main pour l'aider à se relever.
Déchirée, se sentant incapable d'affronter une nouvelle scène, elle s'éloigna avec lui. Il l'aida à monter la pente, et elle se força à ne pas regarder en arrière.
Le chemin jusqu'à Rube fut long et difficile. Ses

jambes lui faisaient mal et le souffle lui manquait. La souffrance physique lui fit oublier un moment ses tourments.

– Il est temps qu'vous arriviez, grommela Rube. Je finissais par croire que vous alliez m'abandonner ici. J'suppose qu'y a plus rien à manger maintenant et qu'je vais rien pouvoir me mettre sous la dent. Mais pourquoi vous avez disparu comme ça ? Vous êtes parti en courant comme si une mouche vous avait piqué. Et qu'est-ce qui vous est arrivé à vous, Diana ?

Elle pensa qu'elle devait être blanche comme un linge et que ses yeux devaient trahir son angoisse. Lorsqu'il regarda sa manche en lambeaux, elle tenta de la dissimuler.

– Je l'ai déchirée dans des broussailles, mentit-elle.

– Vous devriez faire attention par ici. Vous pouvez vous faire de mauvaises égratignures sur ces buissons. (Rube secoua la tête comme pour la mettre en garde.) Après ça s'infecte, ça peut être embêtant.

– Je ne me suis pas blessée.

– Alors, vous avez eu bien de la chance. Vu vot'manche, ça aurait pu...

– Ne pensez-vous pas que vous feriez mieux de redescendre au camp ? dit Guy.

– D'abord vous disparaissez comme un lapin sans même me dire au revoir, et maintenant vous m'poussez à partir. J'peux comprendre tout seul. J'sais quand on veut plus de moi. C'est bon, j'm'en vais.

Quelques minutes plus tard, il avait disparu et Diana s'assit à l'ombre d'un genévrier au bord du canyon. Elle ne regarda pas Guy quand il la rejoignit. Le temps s'écoula en silence.

– Je le déteste, gronda Guy brutalement. Si tu n'avais pas été là, je l'aurais tué.

– Ne parle pas ainsi. Je ne veux pas entendre cela.

Guy se leva.

– Pourquoi l'as-tu laissé faire?

Sa voix trahissait combien il était déconcerté et peiné.

– C'est arrivé, c'est tout, dit-elle en se levant à son tour. Je ne peux t'expliquer ni comment ni pourquoi.

Il voulut l'attirer vers lui.

– Oh, je t'aime tant, Diana. (Sa bouche effleura ses cheveux.) Tout ce que je veux, c'est t'aimer et te protéger. Tu ne seras jamais en danger tant que je serai près de toi, Diana. Je te le promets. (Diana lui avait saisi les poignets, voulant échapper à son étreinte, mais ses paroles la surprirent.) Je sais ce que c'est d'être seul et d'avoir besoin de quelqu'un... de n'importe qui... qui te montre qu'il a de l'affection pour toi. Je suis là, Diana. Je t'ai toujours aimée. Tu n'as pas besoin de quelqu'un d'autre... je suis là.

Il l'embrassa dans le cou, mais elle resta indifférente à ses caresses. Elle le repoussa.

– Qu'est-ce qui ne va pas? s'inquiéta Guy.

– Tout. Tu ne comprends donc pas? Je ne peux pas passer comme ça des bras du père à ceux du fils! (Elle se détourna, se sentant à la fois furieuse et misérable.) Je retourne au camp.

Elle descendit lentement le ravin. Entendant le bruit de ses bottes sur le gravier, Holt se retourna, une curieuse lueur dans les yeux. Ce mouvement involontaire qu'il avait eu vers elle lui fit battre le cœur, mais ses traits se durcirent presque aussitôt.

– J'pensais que vous resteriez là-haut avec Guy.

(Rube racla son assiette.) Si j'avais su ça, j'serai redescendu avec vous, mais vous m'en avez pas touché un mot.

– Il faisait trop chaud là-haut.

– Ça, j'aurais pu vous l'dire, mais vous l'avez pas demandé. Personne me demande jamais rien... personne me dit rien non plus, d'ailleurs. C'est pas que ça me fasse quelque chose. J'm'en fous complètement.

Si Rube n'avait pas été là, la soirée aurait été totalement silencieuse autour du feu. Et cela n'échappa pas au vieil homme.

– L'air est si lourd qu'on pourrait le couper au couteau, observa-t-il. A part moi, personne a dit un mot ce soir. Oh, bien sûr, personne a eu l'idée de m'dire c'qui s'passe. Ouais, on n'a pas besoin de lui dire quoi que ce soit à Rube. (Diana surprit le bref regard que Holt lança à Rube.) Je sais, je sais... Pourquoi j'me contente pas de me taire? D'accord, je me tais...

9

Le lendemain, au milieu de l'après-midi, l'étalon n'avait toujours pas amené les juments au point d'eau. Leur dernière gourde était vide. La décision que Holt avait retardée devait maintenant être prise.

– Nous n'avons plus d'eau. Qu'allons-nous faire? demanda Guy. Nos chevaux n'ont pas bu depuis ce matin.

– Nous attendons jusqu'à cinq heures. Si l'étalon n'a toujours pas amené les juments, nous irons au point d'eau.

Ils attendirent. A cinq heures, il n'y avait toujours aucun signe de l'étalon ou des juments. Diana sentit que Holt hésitait à pénétrer dans le canyon, mais leur besoin d'eau l'emporta.

– Sellez les chevaux, dit-il. Nous les laisserons boire à satiété.

Guy amena le cheval de Rube qui était resté à faire le guet.

– Chic! J'ai cru que vous alliez m' laisser perché ici comme un fichu oiseau. Si vous aviez fait ça, j' serais allé faire un tour. Si j' dois être assis, j' préfère que ça soit à cheval. En plus, il fait plus frais en bas.

– Prends ton cheval, Rube, dit Holt, cachant mal son impatience.

En marmonnant, Rube prit les rênes des mains de Guy et monta en selle. Holt ouvrait la marche, Diana la fermait, tirant le cheval chargé des sacs et bagages.

Holt et Guy remplirent leurs gourdes et purifièrent l'eau en y introduisant des pastilles, puis ils laissèrent boire les chevaux.

Diana s'aspergea les mains et le visage.

– Ce serait bon de prendre un bain, murmura-t-elle sans s'adresser à personne en particulier.

Rube saisit cette chance de pouvoir parler.

– Quand on chasse les chevaux sauvages, on n' peut pas se baigner. On n' peut même pas s' changer. J'ai lu l'histoire d'un type qui n' s'est jamais lavé ni changé. Il suivait un troupeau et les chevaux étaient tellement habitués à son odeur qu'ils ne s'enfuyaient plus quand il approchait. Il a réussi à les faire entrer dans un enclos sans même qu'ils s'en aperçoivent. Non, vraiment, faut pas se laver quand on chasse le cheval sauvage.

– Je suis sûr que ça t'arrange, dit Holt sèchement.

– Qu'est-ce que vous insinuez ? J' me lave comme tout le monde. Personne ne m'a jamais accusé d'être sale.

Regardant sa barbe de plusieurs jours sur sa figure burinée, Diana pensa : pas très soigné, mais pas sale. Mais Diana, comme les autres, n'avait plus envie de le taquiner.

Elle se redressa en soupirant et regarda l'entrée du canyon. Elle frissonna quand elle découvrit une silhouette d'albâtre qui se dressait à quelques dizaines de mètres.

– Regardez, souffla-t-elle.

Les autres se figèrent. L'étalon blanc les aperçut

et renifla dans leur direction. Il avança de quelques pas, sa démarche particulière donnant l'impression qu'il flottait au-dessus du sol, sa crinière ondulant dans la brise comme de la soie blanche. Inquiet, il s'arrêta à nouveau, et dans son immobilité, il avait l'air d'une statue.

Diana ne voyait que lui, émerveillée et impressionnée à la fois. L'étalon était aussi libre et sauvage que l'aigle en plein vol, il avait la même noblesse et la même fierté. Elle se sentit profondément émue.

Le vent amena l'odeur de l'étalon jusqu'à leurs chevaux. Mais cette fois-ci, Diana se tenait sur ses gardes et, quand le hongre qu'elle montait se retourna, elle plaqua sa main sur ses naseaux.

Soudain, l'étalon lança un impérieux hennissement. Il ordonna sans doute aux juments qui le suivaient de faire marche arrière. Il pivota et se dirigea vers l'entrée du canyon. Diana aurait aimé longtemps contempler ce superbe spectacle.

– Venez, lança Holt. Nous n'arriverons jamais à l'approcher de plus près.

Son cheval s'élança à la poursuite des fuyards. Diana, à cause du cheval chargé, était condamnée à rester à l'arrière, tandis qu'ils galopaient. Leurs chevaux n'étaient pas fatigués mais ils venaient juste de boire et cela les ralentissait.

Les fuyards restaient à portée de vue. La jument brune galopait à l'avant tandis que l'étalon blanc poussait les autres pour qu'elles ne ralentissent pas. Lui, il continuait de marcher au pas, apparemment sans effort ni fatigue.

Lorsque le soleil déclina, Diana finit par perdre les juments de vue, mais l'éclat blanc les guidait encore. Bien que poussant leurs chevaux au maximum, il leur semblait que l'écart entre eux et la petite troupe ne se réduisait pas.

La jument brune paraissait connaître parfaitement chaque colline et chaque vallée. Faisant un brusque écart, elle courba la tête et s'engouffra dans un ravin étroit, puis l'étalon y poussa les autres. Rube et Holt furent les premiers à y entrer à leur tour, puis Guy les suivit. Diana était loin derrière eux. Elle entendit les hennissements et les cris. Avant d'avoir pu pénétrer dans le ravin, elle vit Guy et son cheval surgir.

– Ils sont coincés, exulta-t-il.

Un instant plus tard, Rube et Holt sortirent à leur tour. Holt mit pied à terre avant même que son cheval ne s'arrête.

– Montons une barricade, dit-il à Rube. Guy et Diana, tenez-vous prêts au cas où ils essaieraient de sortir.

Holt et Rube entassèrent des pierres, des broussailles et des branches mortes pour ériger une barricade. Diana se serait émerveillée de leur rapidité et de leur ingéniosité, si elle n'avait pas été si angoissée par les bruits qui venaient du ravin.

– Ça a pas l'air très solide, soupira Rube quand ils eurent fini.

– Ça ne l'est pas, approuva Holt. Mais ça semble l'être. Espérons que l'étalon ne la mettra pas à l'épreuve.

– Il va sûrement mal accepter d'être coincé là-dedans. Mais il s'peut qu'il essaie pas non plus de défoncer cette barricade.

– Je l'espère.

– Vous êtes absolument certains qu'il n'y a aucune autre sortie?

Diana mit pied à terre.

– Il devait y en avoir une, sinon cette jument n' les aurait pas entraînés là-dedans, répondit Rube. Je crois qu' j'ai aperçu un p'tit glissement de terrain qui faisait une brèche dans le ravin. Ça devait mener à une piste, mais un éboulement l'a bouchée.

On n'aurait pas pu les coincer dans un meilleur piège.

– Allons-nous rentrer dans le ravin pour prendre les juments au lasso?

Guy était toujours à cheval et tenait une longe à la main.

– Il fait trop sombre. On ne verrait rien, répondit Holt. (Les derniers rougeoiements du ciel allaient bientôt disparaître. Les pentes à pic du ravin le rendaient encore plus sombre.) Et nos juments ont l'air presque aussi farouches que cet étalon. De toute façon, elles ne peuvent pas sortir. Alors je préfère éviter un affolement général et les laisser passer la nuit là. Demain matin, nous attraperons nos bêtes et nous laisserons partir l'étalon et la jument brune.

– Vous voulez dire qu'on va camper ici cette nuit? demanda Diana. Tous les vivres et l'équipement sont...

– Nous campons ici, déclara Holt d'un ton qui n'admettait pas la réplique. Nous allons faire un feu juste devant la barricade au cas où l'étalon déciderait de l'attaquer. Ça l'en dissuadera. Quant à la nourriture et aux duvets, je pense que nous nous contenterons d'avoir faim et de dormir près du feu pour ne pas crever de froid.

– J' pourrais peut-être attraper un lièvre ou un faisan, proposa Rube. Ça m' dit rien du tout de n' rien avoir à m' mettre sous la dent.

– Si tu vois assez pour tirer dessus, je ne demande pas mieux, répondit Holt.

– Toujours en train d' me rabaisser, grommela Rube. Vous pouvez jamais faire confiance à quelqu'un quand il a une idée. Non, faut toujours que vous le critiquiez. Si vous pouvez vous passer de manger, moi aussi. Prenez mon cheval. Puisque c'est comme ça, j'vais juste aller chercher du bois pour faire un feu.

– Je crois que je vais aller voir si je trouve un lièvre avant qu'il ne fasse tout à fait nuit.

Guy sortit le fusil de sa gaine et descendit de cheval.

– Les chevaux ont besoin de marcher un peu pour se rafraîchir, dit Holt tandis que Guy tendait ses rênes à Diana. Ils ont pris une bonne suée.

Diana se mit à suivre les chevaux que conduisait Holt. Ils firent quelques cercles lents et monotones.

Des bruits sortirent du ravin. Les hennissements de colère des chevaux pris au piège étaient ponctués du piétinement de leurs sabots. Leur fureur semblait telle que Diana aurait voulu détruire la barricade et les laisser s'enfuir.

Une violente détonation retentit. Diana s'arrêta un instant, sans prêter attention aux coups de naseaux que lui donnait son cheval. Son estomac criait famine.

– Je me demande si Guy a pris quelque chose, songea-t-elle à haute voix.

– On le saura bientôt, répondit Holt brièvement.

Le feu de Rube crépitait quand Guy revint triomphalement au camp. Il tenait par les oreilles un lièvre un peu maigre mais le leva bien haut pour que tous admirent sa prise.

– C'est pas grand-chose, mais c'est mieux que rien, déclara Rube. On va le nettoyer et l'embrocher. Vous avez toujours été un bon tireur, Guy. Moi aussi autrefois, mais...

Il ne finit pas sa phrase.

– Je n'aurais jamais cru qu'un lièvre pouvait avoir l'air aussi appétissant. Je dois avoir vraiment très faim, remarqua Diana en riant.

– Je te comprends, approuva Guy.

Il lança à Holt un regard de défi : il avait réussi quelque chose que son père avait jugé impossible.

Rube sortit son couteau et la lame brilla dans la lueur des flammes. Guy lui passa le lièvre et se dirigea vers son cheval pour remettre son fusil dans sa gaine. Les bruits du ravin s'étaient réduits à quelques hennissements de colère.

– Il va faire froid cette nuit, dit Guy en s'arrêtant près de Diana.

– Oui, mais le feu nous réchauffera et, grâce à toi, nos estomacs seront pleins. Ce ne sera donc pas si terrible.

Il allait lui répondre quand Holt s'approcha d'eux et l'arrêta dans son élan.

– Je vais installer les chevaux, dit-il et il prit les rênes des mains de Diana.

Sa présence semblait glacer l'atmosphère. Diana évita de le regarder en face car elle sentait Guy se hérisser en silence à côté d'elle. Quand Holt conduisit les chevaux vers les piquets où étaient attachés les autres, elle se tourna vers le feu.

– Je ferais mieux d'aller aider Rube à préparer le lièvre, dit-elle.

Guy la suivit comme un chien fidèle. Le lièvre était déjà nettoyé et Rube préparait la broche.

– Il est pas bien dodu...

– On ne peut pas toujours choisir, répliqua Diana en prenant le lièvre embroché et en le plaçant à bonne distance des flammes.

L'étalon sauvage lui sembla hennir derrière elle. Terrifiée, elle jeta un coup d'œil par-dessus son épaule, vers la barricade. On entendait un bruit sourd de sabots piétinant le sable.

– Il défonce la barricade. Arrête-le, hurla Holt qui était toujours près des piquets.

Guy se précipita vers le ravin et claqua bruyamment des mains.

– Waouh! Va-t'en d'ici!

Ses cris furent suivis d'un terrible fracas.

– Fais attention! cria Holt.

Mais il était déjà trop tard : l'étalon blanc fit voler la barricade en éclats. Guy n'avait aucune chance de l'éviter. Il essaya de se jeter sur le côté mais fut renversé par une ruade du cheval. Les juments suivaient.

Dès qu'elle avait aperçu l'étalon, Diana s'était sentie pétrifiée. Quand il fit un écart vers elle, les oreilles plaquées contre la tête, sa mâchoire était menaçante et ses yeux noirs brillaient de haine.

– Diana!

Elle entendit le cri de Holt, mais elle était incapable de bouger, comme hypnotisée. L'étalon bondit quand un énorme poids s'abattit sur elle et la jeta à terre, lui coupant le souffle.

Abasourdie, elle crut d'abord avoir été piétinée par les sabots, mais, au bout de quelques secondes, elle se rendit compte que c'était Holt qui l'avait jetée à terre. A plat ventre, la bouche pleine de terre, Diana sentit le corps puissant qui la protégeait. Pris de panique, les chevaux s'étaient enfuis mais elle était encore sous le coup de la peur.

– Ça va?

Holt se releva.

Recrachant la terre qu'elle avait dans la bouche, Diana, haletante, fit oui de la tête.

Holt n'attendit pas de voir si elle était tout à fait d'aplomb. Il marmonna un juron et se mit à courir.

– Les chevaux, grommela-t-il en guise d'explication.

Diana se mit sur le dos et pensa qu'il parlait de l'étalon et des juments, quand elle entendit des cris de panique qui venaient de l'endroit où étaient attachées leurs bêtes. Entraînés par leurs frères sauvages, leurs propres chevaux s'étaient enfuis, eux aussi. Diana se releva d'un bond et courut vers Holt.

Le cheval chargé des bagages avait disparu dans la nuit. Un autre avait tiré sur ses rênes attachées au piquet jusqu'à ce qu'elles cassent. Voyant qu'il était inutile de poursuivre les chevaux, Holt s'arrêta, fit un geste d'impuissance et revint sur ses pas. Diana se précipita vers les trois autres chevaux qui étaient encore là et essaya de les calmer.

– Doux, allons, les enfants, doux.

Elle essayait d'apaiser de la voix les chevaux qui se cabraient.

Les bêtes frissonnaient encore mais moins nerveusement. Holt s'avança d'un pas tranquille vers le cheval le plus proche et détacha ses rênes.

– Vous n'allez pas les poursuivre en pleine nuit? protesta Diana.

– Je les attraperai peut-être. (Il monta en selle.) Ils seront à mi-chemin du ranch demain matin.

Il ne partit pas directement à leur poursuite, arrêtant un instant son cheval piaffant à l'orée du camp. Diana savait qu'un homme seul ne pouvait espérer attraper ne fût-ce qu'un cheval, mais que deux cavaliers pourraient peut-être ramener les fuyards. Elle détacha les rênes du hongre et monta en selle.

– Comment est Guy? cria Holt.

De l'autre côté du feu, Diana vit Rube penché sur Guy, qui était assis la tête entre les mains. Elle avait complètement oublié que l'étalon l'avait renversé.

– Il est sonné, mais ça va, répondit Rube. (Il aperçut Holt à cheval.) Mais où diable allez-vous?

– Deux de nos bêtes se sont échappées.

– Vous n'allez pas leur courir après maintenant. Vous allez vous casser le cou!

Holt fit pivoter son cheval et disparut dans la nuit, suivi par Diana. Entendant un bruit de sabots derrière lui, il regarda par-dessus son épaule.

Avant qu'il ait pu dire un mot, Diana lui cria d'un ton sans réplique :

– Je viens avec vous! Vous avez besoin de moi!

Elle savait qu'il ne pourrait l'obliger à retourner au camp sans y revenir lui-même.

Ils galopaient dans la nuit. La lune argentée ne brillait que d'une faible clarté. Ils fonçaient à l'aveuglette, faisant confiance à leurs chevaux. Leur équipée était d'une folle témérité. Diana s'accrochait à la selle, ignorant si, au prochain pas, elle n'allait pas buter sur un obstacle ou rouler dans une crevasse.

La silhouette d'un cheval au galop apparut sur une crête. Holt fouetta sa monture et Diana l'imita. Le fuyard avait maintenant réduit son allure. Ils le rattrapèrent en quelques minutes.

Ils s'approchèrent de chaque côté du cheval, ne lui laissant aucune chance de fuir à nouveau. Holt était du côté où traînaient les rênes. Elle le vit se pencher pour les saisir.

Une seconde plus tard, le cheval tomba et Diana fut projetée la tête la première. Elle émit un cri étouffé. Avant de s'écraser, elle virevolta dans l'air – pendant une éternité, lui sembla-t-il, qui ne dura en fait que quelques secondes.

Le choc la laissa sans souffle. Elle gisait sur le sol, incapable de bouger tant sa poitrine lui faisait mal. Son cheval l'avait accompagnée dans sa chute et était affalé à quelques mètres d'elle. Il se releva et secoua la tête.

Le sol vibra sous un piétinement de sabots.

– Diana! appela Holt.

– Je suis ici.

Elle prononça ces mots dans un râle, mais il l'entendit tout de même. Une seconde plus tard, il s'agenouilla à ses côtés. Il n'était qu'une ombre penchée sur elle.

– Ça va?

– Ça va. Je n'ai rien de cassé. J'ai juste eu le souffle coupé, c'est tout. Vous avez attrapé le cheval?

– Oui, répondit-il, comme si c'était sans importance. Qu'est-il arrivé?

– Mon cheval a dû buter sur quelque chose. (Elle tendit les mains vers lui :) Aidez-moi à me relever.

Tandis qu'il l'aidait à s'asseoir, Diana sentit une terrible douleur lui transpercer le coude gauche. Elle y porta la main : elle saignait.

– Qu'est-ce qui ne va pas?

– Je me suis blessée quand je suis tombée.

– Laissez-moi voir.

Quand il tourna son coude dans la faible lumière que projetait la lune, son bras effleura ses seins. Elle frémit à ce contact.

– Oui, vous avez dû vous écorcher en tombant. Nous nettoierons la plaie une fois au camp.

Il était dangereux de jouer avec le feu. Diana, tel un insecte attiré par la flamme, se sentait fascinée par Holt. Elle savait qu'elle allait s'y brûler les ailes, mais cela lui était égal.

Elle tenta de se relever, mais ses genoux se dérobèrent, et elle dut se raccrocher à Holt.

– Je suis plus secouée que je ne le pensais. (Elle essaya de rire de cette faiblesse passagère, tout en faisant semblant de ne pas s'apercevoir qu'il l'avait prise dans ses bras.) Tout ira bien dès que j'aurai repris mon souffle.

Elle s'appuya contre lui.

– Nous allons rentrer au camp, murmura-t-il.

– Nous n'avons pas encore attrapé l'autre cheval!

– Nous n'avons guère de chances de le retrouver dans cette obscurité. En plus, une chute suffit. La prochaine fois, vous risquez de vous casser le cou et non le coude!

Elle rejeta la tête en arrière pour mieux voir son visage. Le bord de son chapeau dissimulait ses yeux, mais elle voyait l'expression sarcastique de sa bouche. Un vif désir s'empara d'elle.

– Je représente quelque chose pour vous, Holt?

Un long silence suivit sa question tandis qu'il la regardait. Puis il caressa sa joue et ses cheveux. Il pencha la tête vers elle.

Presque contre ses lèvres, il grogna doucement:

– Qu'en pensez-vous?

Il semblait l'embrasser à contrecœur, comme s'il pensait que l'attirance physique qu'il ressentait pour elle était indigne de lui. Cette réticence ne dura guère...

Il y avait dans leur étreinte un besoin impérieux, un désir insatiable qui transcendait leur élan physique.

Ils atteignirent ensemble une extase d'une rare violence. Puis Diana resta dans ses bras, flottant dans un demi-rêve.

Sa main glissa doucement le long du ventre musclé puis remonta jusqu'à la poitrine velue. Elle ne l'avait jamais caressé comme cela avant. Toujours blottie dans ses bras, elle bougea légèrement la tête pour regarder ses doigts jouer sur son corps bronzé. Elle respira son odeur chaude et masculine. C'était comme une drogue...

Au contact de ses lèvres sur sa peau, Holt lui serra davantage la taille, puis relâcha son étreinte et caressa délicatement sa hanche. Elle lécha doucement son corps salé. Les mains de Holt se refermèrent sur sa taille et son épaule et il la souleva pour sentir ses seins contre sa poitrine.

Ses yeux gris, sombres comme de l'argent brûlant, l'examinèrent. Diana aurait voulu le supplier de ne pas parler et de ne pas détruire le charme de cet instant.

Quand il parla enfin, les mots sortirent de sa bouche comme à contrecœur.

– Je vous désire encore, Diana.

– Holt.

Elle prononça son prénom avec une sorte de consentement total.

Il la souleva davantage, sa bouche se saisissant d'un sein, puis de l'autre.

Lorsqu'il reprit ses lèvres, tout le corps de Diana brûla d'un désir encore plus violent que lors de leur première étreinte. Cette fois, tout fut plus long, plus lent, comme s'ils voulaient savourer chaque seconde de plaisir. Les mots eussent été vides dans le silence éloquent de leur corps.

10

Les étoiles brillaient dans le ciel avec un éclat de cristal. Ils avaient prolongé le silence de leur étreinte. La réalité cependant reprenait ses droits. Diana observait la silhouette sombre de Holt qui s'affairait autour des chevaux. Quand il s'approcha, Diana glissait son chemisier dans son jean.

– Votre cheval boite, dit Holt. Il faudra monter celui de Guy.

Son visage fermé fit frissonner Diana.

– C'est grave?

Elle se dirigea vers son cheval et lui caressa la tête.

– Ça n'en a pas l'air. Il doit s'être froissé un muscle à la jambe gauche. C'est très peu enflé, il peut s'appuyer dessus. (Après cette explication, Holt lui tendit les rênes du troisième cheval.) Bon. Nous devrons cheminer lentement pour regagner le camp, nous ferions mieux de partir tout de suite.

Il ne fit aucune allusion aux instants qu'ils venaient de vivre. Il agissait comme s'ils n'avaient jamais fait l'amour.

Montant le troisième cheval, Diana ralentit derrière la bête claudicante que Holt conduisait. Comme il l'avait dit, sa blessure les obligeait à marcher au pas.

Diana n'avait aucune idée du temps qui s'était écoulé quand ils entendirent dans la nuit un cheval gémir. La monture de Holt hennit. Ils s'arrêtèrent quand ils perçurent un bruit de sabots, qui se rapprochait.

– C'est notre porteur, murmura Diana quand elle put distinguer sa silhouette.

– Il a dû se sentir trop seul et a voulu retrouver de la compagnie, dit Holt. Attrapez sa longe.

La bête s'effaroucha quand Diana ramassa la longe qui pendait à ses pieds, mais n'essaya pas de lui échapper. Tirant les deux chevaux, ils reprirent le chemin du camp. Au loin, le feu brillait dans la nuit.

A plusieurs centaines de mètres, Diana put apercevoir les deux silhouettes éclairées par les flammes : l'une toute tordue et penchée, l'autre grande et souple. Comment avait-elle pu oublier Guy?

Son regard glissa vers les larges épaules de Holt. Il semblait détendu. Rien ne montrait qu'il se préparait à affronter son fils. Combien de temps étaient-ils restés partis? se demanda Diana. Assez longtemps, elle en était sûre, pour éveiller les soupçons de Guy.

Lorsqu'ils approchèrent du camp, Guy, alerté par le bruit, se précipita à leur rencontre. Il agrippa la bride du cheval de Holt.

– Où êtes-vous allés? demanda-t-il.

– Rattraper nos chevaux.

Holt mit pied à terre avec un calme que Diana lui envia.

– Qu'est-ce qui vous a pris tant de temps?

– Ouais, fit Rube, qui suivait Guy à pas lents. J'ai pratiquement dû le ficeler pour l'empêcher d'aller vous chercher. Si vous étiez pas arrivés, j' sais pas ce qui se serait passé.

– Le cheval de Diana est tombé, dit Holt. (Devant

le regard soudain inquiet de Guy, il ajouta, sarcastique :) Elle n'a rien. Seul son cheval s'est blessé. Rube, veux-tu jeter un œil à sa jambe gauche et me dire ce que tu en penses?

Il lui tendit les rênes et retourna chercher le cheval porteur que conduisait Diana. Guy était déjà à côté d'elle pour l'aider à mettre pied à terre.

– Ça va? lui demanda-t-il.

– Très bien. (Diana entendit que sa voix sonnait faux. Parler d'elle ou de ce qui s'était passé était la dernière chose au monde qu'elle souhaitait.) Et toi? Comment vas-tu?

– Ça va. J'ai juste un peu mal à la tête et je me suis légèrement blessé à l'épaule. (Guy plia le bras droit sans sourciller.) Tu as l'air gelée. Tu ferais mieux de venir te réchauffer.

Diana acquiesça et se laissa entraîner. Holt et Rube ne les suivirent qu'après avoir dessellé les chevaux et les avoir installés pour la nuit. Elle resta un moment seule avec Guy à l'écouter; il lui dit toute l'angoisse de son attente... Quand Holt et Rube les rejoignirent, il se tut.

– Venez ici, Diana, ordonna Holt.

– Pourquoi? demanda-t-elle, méfiante.

– Je veux regarder votre bras, répondit-il sèchement, en désignant sa trousse de premiers secours.

– Ton bras? répéta Guy. Que t'es-tu fait au bras? Je croyais que tu n'étais pas blessée.

– Je me suis écorché le coude. (Diana avait totalement oublié l'incident.) Ce n'est pas grave.

– Il faut le nettoyer et le désinfecter, insista Holt.

Elle ne pouvait le contredire. Elle s'agenouilla à côté de lui devant le feu, lui tendant son bras pour qu'il l'examine. D'un geste froid, il releva la manche déchirée de son chemisier. Diana restait le regard fixé sur les flammes.

Holt se retourna pour ouvrir la trousse.

– Dégagez votre bras.

Cette demande était légitime, Diana le savait, car les lambeaux de sa blouse l'empêchaient de nettoyer la plaie. Guy émit un faible grognement de protestation mais Diana déboutonnait déjà son chemisier pour libérer son bras.

Holt nettoya et désinfecta la plaie avec dextérité. Lorsqu'il eut fini, il remit la trousse dans le sac attaché à la selle. Diana avait l'impression d'avoir reçu les soins de quelque infirmier anonyme.

– Merci.

Tandis que Diana se rajustait, Rube déclara :

– Si vous m' le demandez, j' vous dirai qu' vous avez eu une sacrée chance de vous en sortir juste avec une égratignure.

– De la chance, admit Holt.

– De la chance, grogna Rube. On en a tous eu. On a eu de la chance que tous nos chevaux ne s'enfuient pas vers des régions inconnues. J' croyais qu' ça allait être le sauve-qui-peut général quand j'ai vu cet étalon se ruer vers nous.

– On n'y était absolument pas préparés, répliqua Guy. L'étalon nous a eus par surprise. Je suis sidéré par l'audace et la ruse dont il a fait preuve. Il s'est précipité vers la barricade et l'a démolie sans l'ombre d'une hésitation. Ensuite, il nous a attaqués. Quand il s'est rué sur moi, j'ai cru qu'il allait me tuer. Il a même tenté de disperser nos chevaux pour nous empêcher de le poursuivre.

– Ne prends pas pour de l'intelligence ce qui n'était que de l'instinct, dit Holt. L'étalon savait que l'entrée qu'il avait empruntée pour pénétrer dans le ravin était la seule issue. Il s'est rué sur toi parce que tu étais sur son chemin, tout comme la barricade. Quant à nos chevaux, ils ont simplement été pris de panique dans toute cette débandade. On ne peut parler d'attaque ou de calcul.

– Y a quelque chose de vrai dans c' que vous dites, admit Rube. Mais c'est pas forcément exact qu'un étalon sauvage n'attaque pas, ça arrive. C'est un diable monté sur quatre pattes, l'animal dont vous parlez. Vous avez vu ce qu'il a fait dans l'enclos du Commandant.

– Puissant comme il est, pourquoi n'a-t-il pas plutôt provoqué l'un des étalons de sa harde? Pourquoi s'est-il attaqué à ceux de notre ranch? Cela n'a aucun sens alors qu'il y a des juments sauvages dans ces collines, dit Guy.

– Eh bien, y a peut-être une réponse à ça. (Rube s'accroupit près du feu.) Quand j'étais gamin et qu' je chassais les chevaux sauvages, des vieux m'avaient dit qu'ils avaient toujours vu les plus beaux chevaux sauvages sans jument. Ils pensaient que ces étalons étaient solitaires parce qu'ils se trouvaient trop bien pour des juments ordinaires. C'est peut-être ce que cet étalon blanc pensait aussi jusqu'à ce qu'il découvre les pur-sang du Commandant. Et y a pas un étalon sauvage qui hésiterait à voler une jument domestiquée s'il en a l'occasion.

– Quelle théorie! s'exclama Holt d'un air sceptique.

– J'ai jamais dit que c'était la vérité, se défendit Rube. Tout ça, c'est peut-être que des légendes. J'ai juste raconté ça au cas où ça aurait pu vous éclairer. J'ai jamais prétendu qu' c'était parole d'Evangile.

– Vrai ou faux, nous partirons à la recherche des juments dès qu'il fera jour. On a eu assez de péripéties et de discussions pour ce soir, déclara Holt. Il est temps de dormir un peu.

Personne ne songea à le contredire, et surtout pas Diana. Les selles étaient posées autour du feu en guise d'oreillers. Diana s'allongea et s'enroula dans une des couvertures raides et rugueuses.

Elle ferma les yeux pour essayer de dormir, mais elle ne pouvait chasser les idées qui lui trottaient dans la tête. Quelques instants plus tard, Rube se mit à ronfler et la respiration lente et régulière de Guy témoigna qu'il dormait aussi. Elle resta longtemps étendue ainsi, sentant le sol dur sous elle et tremblant de froid. Elle ne pouvait trouver le sommeil.

Il y eut un mouvement, le bruit de quelqu'un qui se lève doucement. Elle entrouvrit les yeux et elle aperçut Holt qui rajoutait quelques branches dans le feu. Il resta ensuite immobile devant les flammes.

Diana se releva doucement, mais elle dut faire quelque bruit, car il se retourna aussitôt vers elle. Sans se troubler, elle le rejoignit.

– Vous ne pouvez pas dormir non plus? demanda-t-elle à voix basse.

– Je ravivais le feu.

Ramenant davantage la rugueuse couverture autour de ses épaules, Diana essaya d'oublier l'air glacé qui la transperçait.

– Je ne vous ai pas remercié de m'avoir sauvé la vie, dit-elle. Je veux dire quand vous m'avez tirée des pattes de l'étalon. J'ai oublié de vous dire merci.

– Vraiment? (Son regard insultant parcourut son corps comme pour signifier qu'elle l'avait remercié par des actes sinon par des mots. Elle ne put réprimer un frisson.) Vous avez froid? demanda Holt avec une indifférence voulue.

– Evidemment!

– Vous pouvez toujours vous allonger près de Guy. Je suis sûr qu'il serait ravi de vous réchauffer.

A la fois blessée et furieuse, elle sentit les larmes lui monter aux yeux.

– Comment osez-vous me proposer d'aller dormir avec votre fils après que je vous ai permis de me faire l'amour? Pour qui me prenez-vous?

– Vous avez braqué mon fils contre moi. Voulez-vous vraiment que je réponde à cette question, Diana?

– Alors pourquoi... là-bas, nous... vous...

Holt savait quel trouble elle essayait d'exprimer, et il se tourna vers elle.

– Pensez-vous que je regrette maintenant d'avoir posé la main sur votre cou gracieux quand votre cheval est tombé? Et pensez-vous que je regrette aussi d'avoir mis mon pouce sous votre menton? Un tout petit coup et j'aurais pu vous rompre le cou et mettre cela sur le compte de votre chute. Si vous étiez morte, j'aurais une chance de voir mon fils me revenir.

Au lieu de cela, il lui avait fait l'amour, et Diana voyait combien il le regrettait.

– Pourquoi ne me tuez-vous pas maintenant?

Elle se devait de le défier.

Holt soupira d'un air fatigué.

– Allez vous coucher, Diana.

Il retourna vers son lit de fortune, ne lui laissant pas d'autre choix que de l'imiter.

Une heure après le lever du soleil, Rube couvrit les braises de sable pour éteindre le feu. Les bêtes étaient sellées. Comme le cheval de Diana donnait encore des signes de faiblesse, il ne lui resta plus qu'à monter le cheval déjà chargé des sacs et bagages. Elle n'aurait jamais choisi un tel animal, mais c'était la seule solution, si elle ne voulait ni marcher ni se trouver en selle avec quelqu'un d'autre.

– Qu'allons-nous faire? interrogea Guy. Allons-nous retourner au point d'eau?

– Non. L'étalon a fui, déclara Holt. Nous devons découvrir sa piste.

– On retourne au camp? demanda Guy.

– Non. Rube va y aller. (Il se tourna vers le vieil homme.) Tu prends le cheval de Diana et tu emportes le maximum de choses. Mais ne le surcharge pas. On te rejoindra.

– Pour l'amour du ciel, Holt! l'interrompit Guy avec colère. Nous n'avons rien avalé depuis hier midi. On ne peut pas partir à la poursuite de ces chevaux avec l'estomac vide. Nous devons retourner au camp et manger.

Holt hésita avant de répondre et les balaya tous trois du regard. Diana était d'accord avec Guy. Elle se sentait faible et affamée.

– Soit, dit Holt. Vous allez manger au camp tous les trois et vous prendrez tout ce que le cheval blessé ne pourra pas porter. Voici les jumelles. (Il donna l'étui à Rube.) Je vais suivre les traces de l'étalon. Montez sur une crête et cherchez-moi. Je ne serai pas loin de vous.

C'est ainsi qu'ils se séparèrent. Holt s'éloigna, allant un peu à l'aventure, tandis que les trois autres cheminaient vers le camp.

– Pourquoi n' partez-vous pas devant? suggéra bientôt Rube à ses deux compagnons. Je ne veux pas presser la bête blessée et vous pourrez préparer le petit déjeuner le temps qu' j'arrive.

– C'est une bonne idée, Rube, approuva Guy et il donna un coup de talon dans les flancs de sa monture.

Le cheval de Diana le suivit avec difficulté et sa démarche pesante ne faisait qu'accentuer le malaise qu'elle ressentait tant elle avait faim. Ils trottèrent pendant la moitié du chemin, puis ils ralentirent quand ils entrèrent dans le canyon. Ils arrêtèrent soudain leurs chevaux : une tornade semblait avoir ravagé le camp.

– Mon Dieu! Que s'est-il passé?

Guy regardait autour de lui sans y croire.

– Peut-être des coyotes, murmura Diana tandis qu'ils mettaient pied à terre.

– Je ne pense pas. Regarde ça.

Diana regarda les traces qu'il lui désignait. Elles provenaient de chevaux non ferrés, donc sauvages.

– C'est l'étalon sauvage qui a fait cela, déclara Guy.

– Pourquoi? demanda-t-elle. Non, c'est impossible.

– Vraiment?

Diana, troublée, secoua la tête.

– Allons voir ce que nous pouvons sauver.

Les ravages n'étaient pas aussi terribles qu'il leur avait semblé au premier abord. Les duvets avaient été piétinés et plus ou moins déchirés. Ils les secouèrent et les roulèrent. Les provisions étaient en piètre état. A part quelques bosses, les ustensiles de cuisine n'étaient pas abîmés.

Diana s'était agenouillée pour récupérer ce qu'elle pouvait du sac de farine qui s'était renversé quand Rube et Holt arrivèrent. Elle ne fut pas surprise de voir Holt dans la mesure où il suivait la piste de l'étalon.

– Ce foutu étalon est venu ici, affirma Guy. Il a pratiquement détruit toutes nos provisions.

Il provoquait Holt par son attitude, le forçant à expliquer cette catastrophe... si toutefois il le pouvait.

– C'est vraiment grave?

Holt posa cette question à Diana.

– On n'avait plus grand-chose, de toute façon. Il doit nous rester assez pour deux repas, pas plus.

Holt inspecta les alentours comme s'il espérait voir l'étalon blanc en train de les regarder d'un air moqueur.

– Allez-vous préparer le petit déjeuner? demanda Rube. Je m' sens tout à fait prêt pour quelques bonnes crêpes. J'imagine que ce sacré étalon a aussi détruit la poêle. Pensez-vous qu'il l'a fait exprès?

– L'homme a une odeur, dit Holt. L'étalon a amené directement les juments ici pour qu'elles boivent. Et il a probablement fait un rapprochement entre l'odeur de nos affaires et celle qu'il avait sentie quand il s'est fait prendre au piège.

– La nuit dernière, il a essayé de disperser nos chevaux, lança Guy. Maintenant il a saccagé nos réserves. Essaies-tu de me faire croire que cet animal ne sait pas ce qu'il fait?

– Nos chevaux ont été pris de panique hier soir, lui rappela Holt. Ils auraient réagi de la même façon si un troupeau de bétail s'était rué hors du ravin. L'étalon n'a pas détruit volontairement nos provisions. C'est arrivé seulement parce que c'était plus fragile au camp. Ce n'était pas de la ruse, Guy. C'était de l'instinct.

– J' crois que Holt a raison, approuva Rube, et Guy, écœuré, se détourna d'eux. J'ai vu un cheval sauvage piétiner la cachette d'un puma. Ça lui était égal au cheval que ce soit seulement une cachette et non un animal de chair et de sang. On dirait que cet étalon blanc a fait exactement la même chose ici. (Rube mit pied à terre. Il secoua la tête et regarda Holt en jouant l'indignation.) Regardez-moi ça! Guy était si affamé qu'il a même fait un feu. On dirait que j' suis le seul ici qui sache faire partir un feu. C'est jamais fait si c'est pas moi qui m'y mets.

– Alors pourquoi ne pas vous taire et vous y mettre précisément? marmonna Guy.

– Est-ce que vous grognez contre moi, p'tit gars? se rebiffa Rube. C'est à votre père de me dire de me taire. Il est...

– Ouais, je sais, le coupa Guy d'un ton amer. C'est le grand chef.

– Ça suffit, Guy.

La voix de Holt claqua dans l'air.

Diana regardait l'un et l'autre avec appréhension. C'était la première fois que le père et le fils faisaient état de leurs rapports difficiles devant quelqu'un d'autre qu'elle.

Guy céda :

– Je vais vous aider à préparer le feu.

– Attendez voir une minute, dit Rube. Inutile de se donner du mal tant que Diana nous a pas dit si on va manger ou non. J' vais pas le faire juste pour pas perdre la main.

– Je pense que j'ai de quoi fabriquer quelques crêpes pour chacun, répondit-elle.

Holt descendit de cheval.

– Guy, laisse Rube s'occuper du feu pendant que toi et moi nous nous occupons du matériel.

– Vous voyez! Je l'avais dit! J' suis le seul ici à savoir faire un feu!

Diana avait tellement faim que la nourriture lui parut d'un goût déplaisant, mais elle se força, car elle savait que la journée s'annonçait rude. Elle regarda les autres, qui mangeaient tranquillement. Holt et Guy ne s'étaient pas rasés ce matin, tout leur équipement étant resté au camp. Et, depuis qu'ils étaient arrivés, aucun des deux n'en avait pris le temps. Les ombres de sa barbe naissante donnaient à Holt un visage encore plus dur. Au contraire, la barbe de Guy était blonde et se remarquait peu. Quant à Rube, il ne s'était pas rasé depuis leur départ du ranch.

Ils paraissaient peu recommandables avec leur air hagard et leurs vêtements couverts de poussière. A les voir ainsi, Diana se rendait compte de ce que devait être sa propre image : les cheveux en désordre, sans maquillage et aussi sale que les autres. Elle soupira. Elle savait qu'elle avait peu de chances de remédier à tout cela, car Holt était très impatient de repartir à la poursuite des chevaux.

Les derniers paquets furent bouclés après le repas. Bien que le hongre arabe de Diana ne boitât que très peu, ils le chargèrent légèrement et se partagèrent les autres fardeaux. Diana reprit sa monture du matin.

Rube avait déjà quitté le camp pour suivre la piste de l'étalon quand Holt tendit la longe à Diana pour tenir le hongre.

– Quand nous rattraperons l'étalon, essayez de ne pas vous éloigner de nous, ordonna-t-il. Ne vous perdez pas, je n'ai pas envie d'aller vous chercher.

– Je ne veux pas que vous me cherchiez, rétorqua-t-elle, consciente que sa réponse pouvait être prise à double sens.

– Pourquoi Diana doit-elle conduire le hongre? demanda Guy, prêt à saisir chaque occasion d'affrontement.

Holt serra les dents.

– Tout d'abord, le cheval de Diana est plus lent que les nôtres, et cet animal qui boite ne la ralentira donc pas beaucoup. Ensuite, il se peut que notre poursuite nous entraîne dans une terrible chevauchée. Et je ne veux pas qu'elle se casse le cou.

– Je ne pense pas que cela vous pose réellement un problème, répliqua Diana. En fait, j'aurais plutôt pensé que vous seriez ravi de vous débarrasser de moi.

Il lui jeta un regard glacial.

– Je n'apprécie guère l'idée de rapporter votre cadavre au Commandant.

– Je vois. (Elle s'assit, raide comme un piquet, sur la selle.) Ce n'est pas l'idée de ma mort qui vous ennuie. C'est d'affronter le Commandant.

– Rien ne vous échappe! lança-t-il en bondissant sur son cheval.

– Bon Dieu, Holt! gronda Guy.

– Laisse-le, Guy.

Maintenant que Holt était parti, la fierté de Diana faisait place à une grande fatigue.

– Mais...

– Cela m'est égal de fermer la marche. Après ma chute de la nuit passée, la dernière chose dont j'ai envie est de recommencer une chevauchée diabolique.

Cela n'était pas vrai, mais c'était un excellent motif.

Guy l'accepta comme tel.

– Je ne savais pas...

– Ce n'est pas grave.

Diana tira sur la longe et claqua la langue pour que le hongre la suive. Ils partirent dans la direction qu'avaient prise Holt et Rube. Ils se rejoignirent tous peu avant dix heures et repérèrent les trois chevaux qui broutaient sur une pente couverte de genévriers. Comme la première fois, l'étalon se tenait sur ses gardes, en éveil, moins tendu cependant.

– Il est là, murmura Guy, comme fasciné.

– Si cet étalon reste fidèle à ses habitudes... commença Rube, se penchant vers Holt, quand vous lui sauterez dessus, il va courir vers la gauche et retourner vers le canyon. Nous pourrons poursuivre la harde. Tôt ou tard, l'étalon va abandonner les juments et se sauver en espérant nous éloigner d'elles. C'est à ce moment-là que nous pourrons attraper nos juments.

– D'accord. Je vais les faire venir par ici. Guy et toi vous vous postez à quatre ou cinq kilomètres le long du chemin que, d'après toi, l'étalon va prendre. Diana, vous restez ici. (Il se tourna vers les deux autres.) Quel que soit celui d'entre nous qui se trouvera en position, qu'il force l'étalon dans sa fuite, pendant que les autres attrapent les juments.

Le cheval de Diana voulut suivre ses compagnons quand ils s'éloignèrent, mais elle le retint. Rube et Guy se séparèrent en se dirigeant vers la gauche, tandis que Holt se rapprochait des fuyards.

De l'endroit où elle était, Diana pouvait voir Holt progresser lentement le long d'un ruisseau à sec. Il n'y avait presque pas de vent. Lorsqu'il fut très près de la pente, elle vit l'étalon tressaillir, soudain en alerte, les oreilles tendues.

Quand Holt fut visible pour lui, le cheval blanc ne hennit pas ni ne dispersa les juments. Au contraire, il défia le cavalier d'un air aigu et sa longue queue d'ivoire se redressa. D'un pas orgueilleux, il se dirigea vers son adversaire.

– Mon Dieu, murmura Diana, et elle sentit son cœur battre de peur. Il va l'attaquer.

Holt aurait dû se méfier de la réaction inhabituelle du cheval, mais il continua à avancer. Trente mètres les séparaient quand l'étalon fit demi-tour d'un bond : la retraite lui semblait soudain plus sage que l'intrépidité. Il hennit violemment vers les juments et elles s'élancèrent d'un bond toutes ensemble. A nouveau, la femelle brune prit la tête, tandis que l'étalon les poussait.

Les chevaux s'enfuirent. Holt galopait mais ne poussait pas sa monture à fond. Il se contentait de les garder dans son champ de vision. Ils disparurent derrière une colline. Debout sur ses étriers, Diana essayait de les apercevoir, s'attendant à ce qu'ils débouchent sur la gauche, comme Rube l'avait annoncé. Une minute plus tard, elle les vit tous, les juments galopant pendant que l'étalon marchait au pas, sans effort, derrière elles.

Elle les perdit de vue, et n'aperçut plus que les nuages de poussière qu'ils soulevaient. Diana attendit, le cœur battant. Elle aurait aimé participer à cette chasse. Une éternité s'écoula.

Puis elle les vit sur sa droite, au sommet d'une colline. Ils venaient vers elle. La jument brune était toujours en tête, galopant maintenant avec difficulté. Les deux autres juments semblaient également fatiguées mais l'étalon les obligeait à poursuivre leur course, leur montrant les dents et les mordant sauvagement dès qu'elles ralentissaient l'allure. Rube apparut, galopant derrière eux.

Les juments passèrent dans un tourbillon à moins de deux mètres, écumantes et essoufflées. L'étalon avançait toujours au pas, tout en continuant implacablement à pousser les femelles. Son poil n'était plus d'un blanc étincelant : il était couvert de sueur et de poussière. Ses naseaux battaient. Il ne pourrait probablement continuer cette course effrénée très longtemps.

Quand ils approchèrent de la pente où ils avaient été surpris, ils durent traverser le ruisseau que Holt avait suivi. Il semblait avoir à peine plus d'un mètre de large. La jument brune ralentit, prit son élan et sauta d'un bond. Les deux juments la suivirent. Les roches de la rive s'effritèrent sous l'une d'elles et elle s'affala dans le ruisseau. C'était Cassie, la jeune jument primée. Elle se débattit pour essayer de se remettre debout. De l'autre côté de la rive, l'étalon hésita, regardant vers l'homme qui les poursuivait. Il secoua la tête avec colère puis abandonna la jument qui était tombée et rejoignit rapidement les deux autres.

– Je vais attraper Cassie, cria Diana à Rube. Vous, continuez!

Il fit un signe de la main pour montrer qu'il avait entendu. Il n'essaya pas de faire sauter le ruisseau à sec à son cheval mais fit un léger écart pour rejoindre l'autre rive.

Quand Diana atteignit le ruisseau en traînant le hongre blessé, la jument venait juste de se relever. Elle était sous le choc mais ne semblait pas blessée. Elle essaya sans grande conviction de résister, puis resta tranquille quand Diana la captura au lasso.

Elle ramenait les deux chevaux vers l'endroit où elle montait la garde quand elle entendit un cri. Jetant un regard par-dessus son épaule, elle vit Holt et Guy qui trottaient vers elle. Holt lança un mot qu'elle ne comprit pas. Diana se retourna et se mit debout sur ses étriers.

Comme Rube l'avait prévu, l'étalon avait abandonné les juments. Quittant sa route, il avait dévié sur la droite et Rube lui donnait la chasse. La jument sauvage poursuivait son chemin mais l'arabe Nashira avait déjà ralenti.

Diana comprit aussitôt et s'élança. Holt et Guy barraient la route à la jument. Ils l'attrapèrent aussi facilement que Diana avait capturé Cassie. Lorsque Diana s'arrêta derrière eux, Holt avait mis pied à terre et passait une corde autour du cou de la jument. Il prit également au lasso sa compagne.

– Rattrapons Rube, dit-il.

L'étalon blanc traversait un terrain accidenté. Rube ne prit pas conscience du mouvement des autres cavaliers, tant il se concentrait sur l'étalon. Le bras de Diana était meurtri par la corde à force de traîner les chevaux, mais elle ne voulait pas rester en arrière.

Elle arriva sur un plateau. Guy et Holt la précédaient de peu. Au loin, elle apercevait Rube et la silhouette de l'étalon blanc. Rube finit par regarder derrière lui et s'arrêta, en attendant qu'ils le rejoignent. Diana arriva près du petit groupe.

– L'étalon est pris au piège, lui dit Guy. Il n'y a aucune issue pour quitter ce plateau hormis le chemin que nous avons emprunté.

Elle se tourna vers Holt.

– Qu'allez-vous faire?

– Laissons-le partir. Nous avons réussi à l'éloigner de son territoire. Peut-être n'y retournera-t-il pas.

– On pourrait le prendre, reprit Rube. Il est fatigué, je vous l'ai dit. Guy et moi pouvons l'attraper au lasso. Ça sera fait en un clin d'œil. On ne retrouvera jamais une telle occasion.

– Que veux-tu qu'on fasse d'un étalon sauvage? demanda Holt. Il ne nous servira à rien. Il serait impossible à dresser. Nous avons eu ce que nous cherchions. Il est temps de ramener les juments au ranch.

– Mais je vous dis...

– Regardez! (Guy leur montra du doigt l'étalon.) C'est du suicide!

L'étalon disparut de l'autre côté du plateau dans un bruit d'éboulement. Ils se précipitèrent aussitôt vers l'endroit et s'arrêtèrent au bord du vide. A mi-chemin de la pente formée de roches friables, l'étalon s'était accroupi et se laissait glisser. Une avalanche de pierres s'abattit sur lui. Il tomba et roula jusqu'au fond du ravin.

– S'il s'en sort sans une jambe cassée, murmura Rube, je veux bien être pendu...

L'étalon resta étendu sans bouger.

– Il est mort, dit Guy d'une voix étouffée.

Diana sentit sa gorge se serrer.

Puis l'animal releva la tête. Une seconde plus tard, il réussit à se remettre debout. Il se secoua vigoureusement et se redressa. Il fit quelques pas et reprit son allure habituelle. Son pas semblait lent et un peu pesant mais l'étalon n'était pas blessé.

Diana sourit, heureuse.

– Avez-vous vu cela? s'exclama Guy. Mon Dieu! Comment a-t-il pu faire?

– J'ai même pas vu une égratignure sur sa robe! déclara Rube.

– J'étais sûr qu'il s'était cassé le cou, dit Guy.

– Dommage que cela ne soit pas arrivé, dit Holt sèchement.

Il n'était guère impressionné par le miracle auquel ils avaient assisté.

– Vous ne pouvez pas dire cela, protesta Diana.

– Si. J'ai le pressentiment que cet étalon va revenir.

La façon dont Holt regardait l'étalon blanc lui fit penser à l'expression d'un chasseur qui voit sa proie lui échapper. Du moins provisoirement. Non, cette impression était ridicule. Diana chassa cette idée de son esprit. L'étalon n'intéressait pas Holt. Il n'était venu ici que pour rechercher les juments.

– Pourquoi a-t-il fait cela?

Guy était encore abasourdi.

– L'étalon était pris au piège et il le savait, répondit Rube.

– Mais se jeter dans le vide comme cela...

– Les chevaux sauvages savent qu'il vaut mieux risquer n'importe quoi plutôt que d'être attrapés. Ils se jettent du haut des falaises ou plongent dans des torrents.

Holt fit pivoter son cheval et s'éloigna pour reprendre le chemin par lequel ils étaient venus. Les autres le suivirent tandis que Rube poursuivait son discours.

– Quand je chassais les chevaux sauvages, j'ai entendu parler de bêtes qui refusaient de boire ou de manger après avoir été capturées. On leur mettait du foin et de l'eau et ils se laissaient mourir. Un type m'a dit un jour qu'il avait pris un cheval sauvage. Avec d'autres gars, ils l'ont ramené à leur ranch. Sur le chemin, ils devaient traverser une petite rivière, d'à peine vingt centimètres de profondeur. Eh bien, il m'a dit que le cheval avait plongé ses naseaux dans l'eau et qu'ils n'ont jamais réussi à lui sortir la tête de là. Il s'est noyé, il s'est noyé dans vingt centimètres d'eau. Et un autre gars m'a raconté...

Diana n'écoutait plus. Elle pensait au moment où le cheval s'était redressé alors que Guy venait d'affirmer qu'il était mort. Holt avait dit que l'étalon reviendrait. Serait-ce vrai?

11

Lorsqu'ils aperçurent le ranch de loin, le ciel était zébré de rose. Les chevaux accélérèrent spontanément l'allure. Diana était si fatiguée, si affamée qu'elle se demandait si elle aurait eu la force de restcr une heure de plus en selle.

Un petit comité d'accueil salua leur retour. Les questions fusèrent. Diana les ignora, laissant aux autres le soin d'y répondre. D'un faible sourire, elle remercia l'homme qui lui prit son cheval.

– Le Commandant a dit que vous voudriez sans doute avant tout vous laver mais il vous attend ensuite chez lui, Holt, annonça Floyd Hunt. Et il a dit de ne pas vous préoccuper de la nourriture. Le repas sera prêt.

– Merci. (Holt acquiesça d'un signe.) Dites au Commandant que nous serons là dans moins d'une demi-heure.

– D'accord.

Sentant ses jambes se dérober sous elle, elle se dirigea vers la maison principale. Le Commandant était au salon. Il leva les yeux vers elle et lui sourit quand elle entra.

– Comment s'est passée cette chasse?

Il ajouta quelques cubes de glace dans un verre. Diana respira profondément, puis répondit :

– Elle a été couronnée de succès.
– Tu veux boire quelque chose?
– Un whisky avec des glaçons.
Il prit un carafon de cristal sur un plateau et versa l'alcool ambré.
– Tu es dans un état épouvantable, lui dit-il en revenant vers elle pour lui donner le verre.
– Merci.
– Quand on m'a dit que vous arriviez, j'ai demandé à Sophie de te préparer un bain moussant et parfumé, bien chaud. Il t'attend.
– Pas étonnant que les gens m'accusent d'être une enfant gâtée.
Diana eut un rire bref et l'embrassa.
Elle sirota le whisky en se dirigeant vers sa chambre tout en déboutonnant son chemisier.
– Qui dit que tu es gâtée? lui demanda le Commandant en la suivant.
Elle enleva sa blouse et la jeta par terre dans sa chambre. Elle se dirigea vers la salle de bains qui embaumait : son bain était prêt.
– Holt, pour commencer, répondit-elle.
Elle posa son verre sur le bord de marbre et continua à se déshabiller.
– Tu veux ton peignoir?
– Oui.
Diana se glissa dans le bain.
– Ainsi, Holt pense que je t'ai pourrie, dit le Commandant tandis qu'il apportait son peignoir et l'accrochait à un portemanteau. Vous êtes-vous disputés pendant toute cette chevauchée?
Diana ferma les yeux. Elle essayait d'oublier tout ce qui s'était passé entre Holt et elle ces jours derniers.
– Si cela ne te dérange pas, je préférerais éviter de parler de lui.

– Vous êtes restés plus longtemps absents que je ne le pensais.

– Oui.

Diana soupira d'aise : le bain détendait ses muscles endoloris.

– Comment vont les juments?

– Cassie a une vilaine morsure sur la croupe. Elles ont toutes les deux un peu maigri mais, dans l'ensemble, elles ont l'air en bonne forme.

– Je crois avoir vu un des chevaux boiter.

– C'est le mien. Holt pense qu'il s'est froissé un muscle. Ce n'est pas grave.

– Comment est-ce arrivé? Et comment t'es-tu blessée au coude?

– Je suis tombée. Mon cheval a buté sur je ne sais quoi. Je suis passée par-dessus sa tête et j'ai fait un superbe saut. (Diana sourit devant le visage soudain préoccupé de son père.) Ce n'est pas ma première chute, Commandant.

– Non, bien sûr.

– Et comment ça s'est passé au ranch pendant que nous étions partis?

– Bien. Nous n'avons eu aucun problème.

– Et Fath, l'étalon, comment va-t-il?

– Il se remet très vite. Il est encore trop tôt pour dire s'il va retrouver complètement l'usage de sa jambe avant gauche. Il risque de rester boiteux mais nous ne le saurons pas avant quelque temps. Nous avons assez parlé. (Il sourit.) Détends-toi dans ton bain. Quand tu seras prête, rejoins-moi à la salle à manger. Sophie a préparé un monceau de sandwiches.

Quand il se détourna pour partir, Diana le rappela soudain.

– J'ai oublié : Holt m'a chargée de te dire qu'il serait là dans une demi-heure.

Le Commandant acquiesça d'un signe. Puis il

sortit. Diana se détendit, ne pensant plus à rien et se laissant aller au plaisir sensuel de ce bain.

Elle enroula ensuite ses cheveux tout propres dans une serviette qu'elle noua en turban. Elle passa du mascara sur ses cils, et mit une touche de rouge à lèvres couleur corail. Elle attacha la ceinture de son peignoir et, pieds nus, se dirigea vers la salle à manger.

Le Commandant l'accueillit d'un regard souriant et admiratif.

– C'est beaucoup mieux.

– Moi aussi, je me sens mieux.

Un instant plus tard, Holt pénétra dans la pièce, suivi de Guy et de Rube. Ses yeux gris l'effleurèrent avant de se tourner vers le Commandant, et Diana se sentit aussitôt nerveuse. Ils avaient tous pris une douche et s'étaient changés. Ils s'étaient également rasés.

Holt avait l'air en pleine forme. On n'aurait jamais pensé qu'il venait de passer l'essentiel de ces quatre derniers jours à cheval. Mais Diana remarqua que le coup qu'il avait reçu à la mâchoire faisait une marque bleuâtre. Le Commandant ne pouvait pas ne pas la voir.

– De quoi avait l'air votre adversaire, Holt?

A cet instant, Guy tourna la tête et le Commandant vit qu'il avait la lèvre fendue et la joue contusionnée. Son regard vif revint à Holt.

– Nous avons tous eu des problèmes, pour sûr, Commandant, déclara Rube. Guy est tombé. Holt a buté contre quelque chose. Diana a déchiré sa blouse dans les broussailles. Cet étalon blanc a essayé de disperser nos chevaux puis s'est attaqué à notre camp et a détruit toutes nos provisions. J'ai pas mangé depuis midi.

– Tout cela est-il vrai?

– Un peu embelli, dit Holt.

– Comment cela? (Puis il marqua un temps.) Les explications peuvent attendre. Sophie a tout préparé. Venez remplir vos ventres vides.

Lorsque Diana s'approcha de la table, Guy était là et lui présentait une chaise. Son regard reflétait sa passion. Il se pencha vers elle.

– Tu es ravissante, murmura-t-il à son oreille. Tu as l'air d'une reine.

– Merci.

Diana évita soigneusement de regarder Holt, tandis que Guy s'asseyait à ses côtés.

Personne ne parla d'abord, tant ils étaient affamés, impatients de se restaurer. Le Commandant attendit, puis demanda :

– Parlez-moi de l'étalon.

– Il est blanc, très grand, solidement bâti et très bien proportionné. Et il est en compagnie d'une jument sauvage de couleur brune. De plus, il marche toujours au pas, ajouta Holt comme si cela lui était soudain revenu à l'esprit.

– Comment?

Diana comprit sans peine la réaction incrédule de son père. Ils avaient tous réagi de la même manière la première fois qu'ils avaient vu l'étalon.

– C'est un sacré animal, précisa Rube. Nous l'avons pourchassé pendant plus de quatre jours et il a jamais changé d'allure... pas une seule fois. Commandant, si vous l'aviez vu rouler de gauche à droite : on aurait dit un fauteuil à bascule. C'était quelque chose!

– C'est vraiment sérieux ce que vous dites là?

– Parfaitement sérieux, dit Holt en reprenant de la salade de pommes de terre.

– C'est la réincarnation de l'Etalon Blanc Qui Va Toujours Au Pas... rien de moins, déclara Rube. Vous avez sûrement entendu les histoires qu'on raconte sur lui, Commandant.

– L'Etalon Blanc Qui Va Toujours Au Pas? Oui, oui. Bien sûr, j'en ai entendu parler.

– A-t-il vraiment existé? demanda Guy d'un ton sceptique.

– Oui, répondit le Commandant, mais j'ai toujours été convaincu qu'il ne s'agissait pas d'un seul et unique étalon. Les chroniques de l'Ouest américain relatent des tas d'histoires sur l'Etalon Qui Va Toujours Au Pas. Il a eu différents surnoms tels que : Le Cheval Sauvage Blanc Qui Va Toujours Au Pas, Le Coursier Blanc Des Plaines et bien d'autres encore. Vous devez savoir que les chevaux blancs n'étaient pas rares dans l'Ouest autrefois.

– Mais un cheval qui va toujours au pas?

Guy, toujours incrédule, secoua la tête.

– La plupart des chevaux d'Amérique du Nord étaient des animaux d'origine espagnole. Les Espagnols avaient des chevaux qui, disait-on, pouvaient aller si vite au pas qu'ils distançaient les autres dans leur galop. On pensait que la race des Narragansett de la côte est – c'étaient des chevaux qui allaient au pas – descendait d'un étalon espagnol. Cette espèce a aujourd'hui disparu. En fait, cette race de marcheurs a été mieux préservée en Amérique du Sud. J'ai lu quelque part que ces chevaux d'Amérique du Sud étaient généralement de couleur claire – gris, beige ou blanc – et qu'ils avaient la peau noire. (Après cette explication, le Commandant fit une pause puis conclut :) C'est donc votre théorie, Holt. Cet étalon serait un descendant de cheval espagnol.

– Ce n'est pas mon opinion, c'est celle de Rube, précisa Holt. Mais après ce que vous venez de dire, cela semble plausible.

– Je regrette de ne pas avoir vu cet animal, dit le Commandant.

– Je pense pas que vous en ayez l'occasion maintenant. On l'a poussé jusqu'en Utah.

Rube parlait la bouche pleine et l'on entendit mal ce qu'il disait.

– On est allés très près de la frontière de l'Etat. Je ne sais pas si on l'a traversée.

Holt ne voulait pas que Rube fasse croire que leur poursuite les avait entrainés si loin.

– Mais vous pensez que l'étalon va revenir, n'est-ce pas? dit Diana.

Holt sembla hésiter à répondre puis il jeta froidement :

– Oui, je le pense. (Il regarda le Commandant.) Cela vaudrait peut-être mieux de garder les juments plus près de la cour du ranch dans les jours à venir.

– Faites ce que vous estimez nécessaire, répondit le Commandant.

– Shetan étant mort et Fath blessé, nous allons avoir besoin d'un nouvel étalon, reprit Holt. Je vais passer quelques coups de fil demain pour voir ce que je peux trouver. En fonction des disponibilités actuelles, j'achèterai un étalon ou j'en louerai un.

Diana les regardait, incrédule : Holt avait simplement informé le Commandant de ce qu'il avait l'intention de faire. Puis la conversation tourna sur les différentes qualités des étalons suivant leurs origines.

Diana observa discrètement son père. Il était marqué par l'âge et la maladie. Le Commandant n'était plus l'homme fort et indomptable qu'il avait été. Ses cheveux noirs étaient devenus gris, sa pâleur frappait. Sa main était agitée de légers tremblements.

Elle avait toujours pensé qu'il se remettrait totalement. Mais aujourd'hui elle comprenait qu'il ne serait jamais plus le même homme. Par instants, on le sentait redevenir lui-même, mais cela ne durait pas. Le Commandant avait délégué ses pouvoirs à un étranger et n'avait plus qu'un rôle de prestige. C'était un vieil homme, malade et affaibli. Elle sentait un désir impérieux de le protéger des autres.

Elle interrompit la conversation.

– Il se fait tard, Commandant.

Elle se sentait soudain comme une mère rappelant à son enfant qu'il est temps d'aller au lit.

– Comment? (Il la regarda un instant, l'air absent, puis dit :) Oui, c'est vrai.

Le repas était terminé. Il n'y avait plus de raisons que les autres s'attardent. Holt comprit et se leva aussitôt.

– Excusez-nous, Commandant. Je pense qu'il est temps de nous séparer, à moins que vous ne vouliez discuter d'autre chose avec moi.

A ces mots, Diana se hérissa. Holt parlait soudain à son père comme s'il était toujours le patron, alors qu'il savait bien qu'il ne l'était plus. Qui pensait-il tromper?

– Non, je pense que nous en avons terminé, répondit le Commandant, révélant ainsi sa fatigue. Voyez avec Floyd pour le reste.

Diana se leva. Guy était à côté d'elle et dit d'un ton empressé :

– Diana...

Bien qu'elle ne sût pas ce qu'il voulait lui demander, elle l'interrompit aussitôt :

– Je suis fatiguée, Guy. (Elle s'approcha de son père et effleura le dossier de sa chaise. Elle avait une attitude à la fois protectrice et possessive.) Bonne nuit.

Elle adressa ces derniers mots aux trois hommes. Ils la saluèrent et quittèrent la pièce. En partant,

Rube saisit hâtivement deux sandwiches qu'il emporta avec lui.

Quand ils furent seuls, Diana murmura :

– Je ne sais pas comment tu te sens, mais moi je vais me sécher les cheveux et me mettre au lit.

Ces mots semblaient pousser le Commandant à aller se coucher, ce dont il avait grand besoin.

– Je suis également fatigué, acquiesça-t-il. Ces quatre jours ont dû être une véritable aventure pour toi.

– Oui, c'est certain. Bonne nuit.

– Bonne nuit.

Le lendemain matin, quand Diana entra dans la salle à manger, le Commandant prenait son petit déjeuner. Il avait l'air reposé, et Diana se sentit un peu rassurée.

– Bonjour, Commandant, lui lança-t-elle gaiement.

Quand la gouvernante entra, Diana lui demanda quelques toasts.

– Très bien, mademoiselle, dit Sophie en regagnant la cuisine.

– La journée s'annonce superbe, non?

Diana se versa un peu de café.

– C'est vrai. (Le Commandant la regarda d'un air indulgent.) Mais quelque chose me dit que tu as autre chose en tête que la pluie et le beau temps.

– Tu as bien deviné. (Elle était contente de ne pas avoir à louvoyer pour aborder le sujet dont elle voulait l'entretenir.) J'ai réfléchi la nuit dernière et j'ai décidé que je devrais te décharger de certaines responsabilités pendant la fin de ta convalescence.

– Holt s'occupe très bien de tout.

– Je sais qu'il t'a fallu lui confier beaucoup de

choses. Vu les circonstances, tu n'avais personne d'autre à qui déléguer tes pouvoirs... Mais je suis là maintenant. Il n'y a aucun travail au ranch que je ne connaisse... Tu pourrais même dire que je l'ai appris à la sueur de mon front. (Elle rit, affectant un ton léger.) Il n'y a aucune raison pour que je ne reprenne pas les choses en main. Holt a fait du bon travail, mais tu dis toi-même que personne ne peut s'occuper des affaires d'autrui aussi bien que des siennes.

– C'est vrai.

– Outre que j'en suis capable et que j'ai l'expérience requise, j'ai envie de m'en occuper... N'cst-ce pas naturel puisque je suis ta fille? C'est aussi chez moi ici.

– Que puis-je répondre à cela?

Le Commandant avait l'air plutôt satisfait.

– Rien, j'espère!

– Je vais en discuter avec Holt au déjeuner.

Une brusque colère monta en elle.

– Pourquoi as-tu besoin d'en parler avec lui?

– Si tu veux éviter un drame, tu ne peux démettre un homme capable de ses fonctions sans en parler d'abord avec lui. Question de tact, lui expliqua-t-il avec plus que de l'indulgence. (Sophie apporta les toasts et le jus de fruits de Diana, et se retira aussitôt.) Nous parlerons à Holt à l'heure du déjeuner. Quand tu auras terminé, essaie de le trouver pour lui demander de venir un peu plus tôt s'il le peut.

– Très bien.

Elle descendit quelques instants plus tard vers les bâtiments du ranch. Les chevaux et les cavaliers étaient réunis près de l'écurie. Parmi eux, il y avait Guy mais elle n'aperçut pas Holt. Guy quitta ses compagnons pour venir à sa rencontre.

– Bonjour. (Il s'arrêta devant elle et son visage

s'éclaira d'un sourire radieux.) Veux-tu dire à Sophie que Holt ne sera pas là pour déjeuner?

– Pourquoi? Où est-il?

– Il est parti de bonne heure pour aller voir quelques étalons. Il a dit qu'il ne rentrerait que tard ce soir.

Elle serra les lèvres.

– Il ne perd sûrement pas son temps en essayant de trouver un nouvel étalon, ajouta Guy.

– Oui, tu as raison.

– Holt a donné des ordres pour que l'on conduise les juments dans l'enclos intérieur. C'est ce que nous allons faire. Pourquoi ne nous accompagnes-tu pas?

– Non.

Elle refusa d'un air absent, ses pensées étaient déjà ailleurs.

– Tu ne sais plus que dire non. (Il lut dans son regard.) Pourquoi ne me dis-tu pas d'aller me faire voir ailleurs? C'est ce que tu faisais autrefois.

Diana se retourna vers lui, mais Guy rejoignait déjà les autres. Elle ne le rappela pas.

Ce soir-là, quand elle alla se coucher, Holt n'était toujours pas rentré et elle n'avait donc pas pu lui transmettre le message du Commandant. Le lendemain matin, après le petit déjeuner, elle retourna dans la cour du ranch.

Diana s'adressa à l'un des hommes.

– Où est Holt?

– Il soigne une jument dans l'écurie.

Elle le trouva avec un des employés dans la stalle de Cassie. Ils soignaient ses morsures. Diana s'approcha.

– Je vais m'en occuper. Vous pouvez disposer,

Tom, dit-elle à l'homme qui tenait la tête de la jument.

Avant de lâcher prise, l'homme lança un regard vers Holt pour qu'il lui confirme cet ordre, puis il obéit. Cela déplut à Diana.

Elle prit fermement la jument par le cou et lui parla doucement, laissant à Holt le soin de finir son travail avant de lui expliquer la raison de son retour. Il s'éloigna et reboucha la bouteille d'antiseptique.

– Avez-vous trouvé un étalon? demanda Diana.

– Peut-être. (Il finit par la regarder et ses yeux gris essayèrent de la percer à jour.) Mais ce n'est pas ce qui vous amène ici. Que voulez-vous?

– Le Commandant veut vous parler. Il faudrait que vous veniez de bonne heure pour déjeuner.

– Je ne peux pas venir. Je ne serai pas là à midi. (Holt quitta la stalle et pénétra dans le large couloir central.) Dites-lui que je serai de retour ce soir.

Diana le suivit, furieuse.

– Le Commandant vous dit de venir et vous répondez : « Qu'il attende! » Il fut un temps où vous étiez plus obéissant.

– Je n'ai jamais été « obéissant ». Je faisais ce qu'il me demandait et je continue. S'il avait su que j'avais pris d'autres engagements, il aurait été le premier à me proposer de remettre cette entrevue. Et, s'il avait été urgent qu'il me voie, il aurait dit : « Venez immédiatement. »

Diana ne put lui répondre : lorsqu'ils sortirent de l'écurie, elle aperçut une voiture qui s'engageait dans la cour du ranch. On voyait sur la portière un insigne officiel. Diana oublia sa colère et lança un regard interrogateur à Holt.

– Que pensez-vous qu'il veuille?

– Nous allons le savoir très vite.

La voiture s'arrêta devant la maison. Diana et

Holt la rejoignirent. Un homme d'une quarantaine d'années, petit et trapu, en descendit. Il portait l'uniforme classique : un Levi's, une chemise écossaise et un chapeau de paille. Il se dirigea vers la maison, puis les aperçut et s'arrêta.

– Bonjour.

– Bonjour, répondit Diana avec son sourire le plus charmant. Pouvons-nous quelque chose pour vous ?

– Peut-être. (Sa voix était bourrue mais pas agressive.) Je m'appelle Keith Jackson. Je suis du Bureau de l'Aménagement du Territoire. Je suis venu voir M. Somers.

– Je suis sa fille, Diana Somers. (Lorsqu'elle se présenta, l'homme retira poliment son chapeau.) Mon père n'est pas très bien. Peut-être puis-je vous aider ?

L'homme lança un regard hésitant vers Holt comme s'il répugnait à parler à une femme. Holt lui tendit la main.

– Je me présente : Holt Mallory. Je dirige le ranch du Commandant.

– Il n'est pas absolument indispensable que je parle au Commandant en personne, dit l'homme en s'adressant à Holt. Je pense que vous pouvez me donner les renseignements dont j'ai besoin.

– Je vais essayer, lui répondit Holt d'un air aimable. Que voulez-vous savoir ?

– On nous rapporte au Bureau que vous avez eu quelques problèmes avec des chevaux sauvages.

– Comment avez-vous entendu parler de cela ?

– Vous savez comment ces histoires font vite le tour de la région. (L'homme rit.) Quelqu'un le dit à un autre qui le rapporte à un troisième. Tôt ou tard, cela arrive jusqu'à nos oreilles.

– Qu'avez-vous entendu dire ? demanda Diana.

– Qu'un étalon sauvage avait volé deux de vos juments.

– Nous avons effectivement perdu deux juments, admit Holt. Et nous avons dû aller les chercher. Mais quand nous les avons retrouvées, elles n'étaient pas avec un étalon sauvage.

Diana eut une moue : ce demi-mensonge l'amusait. Quand ils avaient retrouvé les juments, l'étalon blanc n'était effectivement pas avec elles.

– Oh, je vois. (L'homme sembla hésiter.) Nous avons également entendu parler d'une bagarre entre étalons. Avez-vous eu des problèmes de ce genre ?

– Hélas! oui. Nous ne savons pas comment cela est arrivé car personne n'a assisté à la scène. Quelqu'un a peut-être mal fermé un des enclos. Un de nos étalons est mort et l'autre est blessé.

– J'en suis désolé pour vous.

– C'est une grande perte. L'étalon qui est mort était remarquable. Il sera difficile à remplacer.

– Je l'imagine volontiers. J'ai entendu dire que le Commandant avait des chevaux de prix. Eh bien, soupira-t-il, il semble que j'aie fait tout ce chemin pour rien. Vous paraissez n'avoir eú aucun problème avec des chevaux sauvages.

– Il y a beaucoup d'eau et de fourrage cette année, dit Holt, comme si cela expliquait leur tranquillité actuelle.

– Oui, ça nous change. (L'homme se prépara à partir et remit son chapeau.) Si jamais vous avez des problèmes avec des chevaux sauvages, n'hésitez pas à nous contacter.

– Je ne le souhaite pas. (Holt sourit sèchement.) Personnellement, je pense que la loi protège ces chevaux sauvages.

Diana lui lança un regard à la fois inquiet et

furieux. Mais l'homme ne sembla pas touché par sa remarque. Il eut un petit rire et lui serra la main.

– La plupart des fermiers partagent votre opinion, déclara-t-il. On se reverra. Bonne journée.

– Pour vous de même, lui répondit Holt.

– J'ai été ravi de vous rencontrer, mademoiselle Somers.

– Au revoir, monsieur Jackson.

Quand l'homme eut démarré et presque quitté la cour, Diana se tourna vers Holt et lui demanda :

– Pourquoi diable avez-vous dit une chose pareille ?

– Si je n'avais pas été aussi coopératif, il se serait peut-être montré soupçonneux. Alors qu'ainsi j'avais l'air d'être de l'avis des fermiers à qui il a parlé.

– J'ai toujours pensé que vous étiez rusé mais je n'avais jamais réalisé que vous étiez un tel menteur, lui rétorqua Diana. Il faudra que je m'en souvienne.

Il avait perdu son air aimable et retrouvé son expression froide et moqueuse. Il sourit, indifférent, et s'éloigna.

– Dites au Commandant que je le verrai ce soir, à sept heures et demie, lança-t-il par-dessus son épaule.

12

Holt arriva chez le Commandant à sept heures trente précises. Quand elle entendit ses pas sur le porche, Diana quitta le bureau et entra dans le salon au moment même où il franchit la porte.

– Le Commandant est dans son bureau. Suivez-moi.

Quand ils entrèrent, le Commandant, installé à sa table de noyer, se leva. Il s'approcha de Holt pour lui serrer la main.

– Je n'ai pas eu l'occasion de vous voir au déjeuner ces deux derniers jours.

– J'ai été occupé.

– Je le sais. (Il hocha la tête.) Diana, veux-tu nous apporter un peu de café?

Elle revint quelques instants plus tard, avec le plateau. Holt décrivait un étalon qu'il avait vu. Elle posa le plateau sur le bureau et commença à servir le café. Quand Holt prit sa tasse, il remarqua qu'il y en avait trois. Il comprit alors qu'elle comptait assister à cette conversation.

Diana prit sa tasse et s'installa. Elle dégusta son café, laissant au Commandant le soin d'en venir au vif du sujet quand il le voudrait.

Holt finit par conclure en ces termes :

– Je veux voir deux autres étalons avant de prendre ma décision.

– J'ignorais que la décision définitive serait la vôtre, lança Diana sèchement.

– Ce n'était pas à prendre au pied de la lettre, répliqua Holt.

– Holt a un excellent jugement pour les chevaux, répliqua le Commandant. En fait, c'est lui qui avait choisi Fath.

Diana retint le violent ressentiment qui l'avait envahie.

– Je n'étais pas au courant.

– Nous n'avons pas encore vu assez de poulains pour être certains que mon choix est le bon, dit Holt.

– Suffisamment quand même pour être optimistes, insista le Commandant. Mais cela nous éloigne de notre sujet. Je ne vous ai pas demandé de venir ici pour parler d'étalons, Holt.

– Je ne le crois pas. (Holt termina son café et déposa sa tasse sur le plateau.) De quoi vouliez-vous m'entrenir, Commandant?

Il jeta un regard à Diana, certain qu'elle avait un rapport direct avec cette conversation.

– Diana m'a fait part de son désir de s'occuper du ranch, déclara le Commandant.

– Ce qui signifie que je suis congédié, rétorqua Holt d'un air quasiment indifférent.

– Absolument pas! Ce que Diana a en tête, c'est d'assumer mon rôle pendant ma guérison. Votre situation resterait la même. La seule différence est que vous auriez à répondre de vos activités devant quelqu'un d'autre.

Il fronça les sourcils pour exprimer sa désapprobation.

– J'ai peur que cela ne marche pas.

– Pourquoi? répliqua Diana. Cela vous ennuierait-il d'être dirigé par une femme?

– Je n'ai rien contre cela, mais je ne veux pas recevoir d'ordres de vous, Diana.

– Je sais que ma fille et vous avez eu des différends par le passé, mais...

– Je regrette, Commandant, dit Holt. (On ne sentait, en fait, aucun regret dans sa voix cinglante.) Si je ne travaille pas pour vous, je ne travaillerai plus ici. Ou les choses resteront ce qu'elles sont, ou vous céderez à ce caprice de votre fille et je m'en irai.

Diana se raidit. Elle imaginait aisément ce qu'allait dire son père avant même qu'il ne répondît :

– Il est évident que je ne veux pas que vous partiez. Diana non plus, d'ailleurs.

– Commandant, dit-elle d'une voix tremblante, cela te dérange-t-il si je parle à Holt en tête à tête?

Un silence suivit sa question. Puis son père se leva et dit :

– Oui, peut-être vaudrait-il mieux que vous mettiez tout cela au clair entre vous.

Quand le Commandant eut quitté la pièce, Holt se leva à son tour et marcha jusqu'à la cheminée sur laquelle il s'appuya. Le cœur de Diana battait à tout rompre.

– Eh bien, Diana, qu'avez-vous à me dire? Qu'avez-vous en tête? Un petit chantage? Je suppose que vous allez me menacer de dire au Commandant que je vous ai agressée...

– Allez-vous prétendre que cela est faux?

– Et que vous avez été une victime non consentante?

Diana tressaillit des pieds à la tête et se leva.

– Cela manque d'élégance! Je suis sa fille, sa fille

unique. C'est à moi de m'occuper du ranch, non à vous!

Holt, impassible, la dévisagea.

– C'est au Commandant de décider.

– Pourquoi l'avez-vous forcé à choisir entre vous et moi? cria-t-elle d'une voix étranglée d'émotion. Vous saviez que c'était vous qu'il choisirait, n'est-ce pas? ajouta-t-elle tandis que les larmes lui montaient aux yeux. Il vous a toujours donné la préférence! Toujours!

– Diana, ne soyez pas ridicule.

Il s'approcha d'elle.

– Ce n'est pas bien!

Eclatant en sanglots, elle le frappa de toutes ses forces à la poitrine. Holt lui saisit les poignets.

– Le choix du Commandant est celui d'un homme d'affaires, dit-il. Cela n'a rien à voir avec ses sentiments personnels.

– Vraiment? Il n'a jamais eu besoin de moi. Et pourquoi en aurait-il besoin à présent puisqu'il vous a!

– Vous ne savez pas ce que vous dites, murmura Holt.

Il l'avait prise dans ses bras et l'avait forcée à se blottir contre lui. Elle sentait son menton contre son front et, d'une main hésitante, Holt lui caressa les cheveux.

– C'est vrai, Holt, murmura-t-elle contre sa poitrine. Il en a toujours été ainsi depuis que vous êtes là.

– Non, Diana, ce n'est pas vrai.

Quand elle leva la tête, elle découvrit son visage tout proche. Elle ouvrit la bouche pour parler mais ne dit rien. Il glissa sa main derrière sa tête. Sa bouche se rapprocha de la sienne, puis embrassa gentiment son nez et ses joues pour enfin glisser jusqu'à ses lèvres.

Diana trembla sous la pression de son baiser. Quand elle y répondit, elle le sentit se raidir. Elle ouvrit les yeux et le dévisagea.

– Ecoute! murmura-t-il. Il y a un problème avec les chevaux...

– A cause de l'étalon?

Holt fit une grimace.

– Oui. (Il relâcha son étreinte.) A cause de l'étalon.

Il traversa la pièce à grandes enjambées jusqu'à la porte. Diana le suivit. Ils n'aperçurent pas le Commandant quand ils traversèrent le salon, ni quand ils franchirent le porche. Une fois dehors, ils repérèrent d'où venait le bruit. Il venait du grand enclos où l'on avait parqué les juments et les poulains.

Un quartier de lune se dessinait dans le ciel et éclairait le chemin. Holt se courba sous la clôture sans attendre Diana qui l'enjambait. Elle entendit quelqu'un derrière elle et regarda par-dessus son épaule : c'était Rube qui se précipitait vers elle.

– C'est ce sacré étalon blanc? (Rube se hissa par-dessus la clôture à son tour.) J'ai entendu les juments s'agiter et j'ai tout de suite su pourquoi.

Devant eux, elle aperçut Holt qui montait sur la barrière de l'enclos pour avoir une vue d'ensemble sur tous les pâturages environnants. Diana le rejoignit et Rube l'imita.

– Il est là!

Diana désigna l'extrémité de l'enclos.

A l'autre bout de la barrière, la lune éclairait la robe blanche de l'étalon. Il marchait au pas le long de la clôture. Il arqua son cou musclé, releva dédaigneusement la tête et sa longue queue se dressa derrière lui comme une bannière blanche. Puis il appela les juments d'un ton cajoleur et persuasif. Elles lui répondirent, d'abord inquiètes, puis bientôt conquises.

Diana était si fascinée par le spectacle qu'elle ne se rendit pas compte que les autres employés du ranch, attirés par le bruit, s'étaient joints à eux. Elle n'entendit pas davantage les ordres de Holt qu'ils mirent aussitôt à exécution. Rien ne troubla la scène jusqu'à ce que les cris et les sifflements des hommes dispersent les juments groupées à l'autre bout de la clôture. L'étalon, soudain en alerte, se figea telle une statue, et fixa ses adversaires. Il releva dédaigneusement la tête, pivota avec la grâce d'un danseur et disparut dans la nuit.

– C'était donc le fameux étalon sauvage. (Le Commandant était là, légèrement essoufflé, partagé entre l'admiration et l'inquiétude.) J'aurais aimé le voir mieux.

– Il est vraiment magnifique, murmura Diana.

– Je n'ai jamais vu pareil cheval sauvage, admit-il.

L'étalon étant parti, les hommes commencèrent à se disséminer tout en discutant entre eux. Holt rejoignit Diana et le Commandant. La lune éclairait son visage et donnait à ses yeux des reflets argentés.

– Il va revenir, leur annonça-t-il. Il faudra surveiller l'enclos vingt-quatre heures sur vingt-quatre.

– Je suis d'accord avec vous, dit le Commandant.

– Peut-être aurons-nous la chance qu'il se décourage après quelques tentatives infructueuses.

– Sans doute, oui. (Le Commandant les regarda.) Et vous deux, vous êtes-vous...

– Tu n'as pas à t'inquiéter, Holt ne nous quittera pas, dit Diana. Nous nous sommes mis d'accord. Il va continuer à s'occuper du ranch et je n'interviendrai pas dans ses affaires. Je continuerai à faire travailler les chevaux, à dresser les poulains et j'ai pensé que je pourrais t'aider pour le secrétariat. Mais c'est tout.

Diana regrettait déjà ce qui s'était passé avec Holt dans le bureau. Elle lui avait révélé sa faiblesse.

– Tout est donc réglé, déclara le Commandant.

Cette fois-ci, ce fut Holt qui acquiesça. Il ajouta :

– Excusez-moi, Commandant. Je dois organiser les tours de garde avec les hommes.

– Allez-y. Et bon voyage pour demain. (Quand Holt se fut éloigné, le Commandant se tourna vers Diana.) Rentrons-nous à la maison ?

– Oui. (Elle descendit de la barrière.) Où va Holt ?

– Il va voir un étalon en Californie. Il prend l'avion demain. Je suis soulagé que Holt et toi soyez arrivés à un compromis...

– Oui, bien sûr.

– J'ai toujours désiré que vous arriviez à vous entendre. Holt aurait été un bon mari pour toi. Il ne rechigne pas à la tâche, il est loyal, mais... (Le Commandant soupira.) C'est que cela ne devait pas être. J'ai eu raison de ne pas essayer d'arranger votre mariage.

Diana resta abasourdie.

– C'est pour cela que tu l'as engagé ? Comme un éventuel mari pour moi ?

– Grand Dieu, non ! Je l'ai engagé parce qu'il était qualifié pour cette place. C'était... trois ou quatre ans avant que je ne commence à penser qu'il aurait pu être un homme pour toi. Mais à l'époque, vous étiez déjà des ennemis. J'espérais que cette agressivité pouvait cacher autre chose entre vous. Je me trompais.

– Et tu n'as jamais rien dit.

– Non. La dernière chose au monde que je te souhaitais était un mariage sans amour..

– L'amour est parfois une chose dangereuse.

– Tu penses à Rand et à ce qui s'est passé entre vous. Ce n'était pas de l'amour qu'il ressentait pour toi. Sinon il n'aurait jamais raconté toutes ces histoires. L'amour est une chose merveilleuse.

Diana sentit que son cœur allait s'arrêter de battre.

– Tu es au courant de ces histoires?

– Oui, admit-il.

– Je...

– Tu n'as rien à expliquer, l'interrompit le Commandant. Tu dois les oublier.

Diana comprit au ton de sa voix qu'elle ne devait rien ajouter. Il voulait que le sujet soit clos et qu'ils l'oublient tous deux. Elle glissa les mains dans les poches de son jean et laissa la conversation s'orienter vers des sujets moins brûlants.

La nuit suivante, l'étalon revint voir les juments. Diana fut réveillée par le bruit et eut du mal à se rendormir. Le lendemain matin, elle se leva tard. Le Commandant avait déjà pris son petit déjeuner et se reposait comme chaque matin.

Ne sachant que faire, Diana sortit et se dirigea vers les écuries. Le soleil était déjà haut. Cet après-midi, il ferait certainement tres chaud. Les montagnes étaient couvertes d'une légère brume et les ombres des nuages jouaient sur les pentes.

– Diana!

Elle reconnut la voix de Guy et se retourna.

Une certaine inquiétude la traversa quand elle le vit s'approcher à grands pas. Etait-il conscient de ce que son attitude impérieuse lui rappelait parfois celle de Holt? Diana chassa cette pensée en apercevant les fleurs qu'il tenait à la main.

Quand il s'arrêta devant elle, il la regarda timidement :

– Je te propose de faire la paix.

Elle prit le bouquet.

– Des fleurs sauvages! Elles sont belles, Guy.

Ces mots semblèrent le détendre un peu.

– Je l'ai fait exprès... Je veux dire de choisir ces fleurs sauvages, expliqua-t-il en riant. J'avais pensé aller en ville chez un fleuriste, mais celles-ci sont comme toi. Tu es une fleur sauvage, Diana... délicate, indomptable et vulnérable. L'autre jour, j'ai essayé de te contraindre. On ne peut pas faire cela avec une fleur sauvage. Je suis désolé. Tu me pardonnes?

Pourquoi était-il si généreux et avait-il tant d'attentions pour elle? Elle était si lasse de blesser les autres! Il aurait mieux valu qu'il reste fâché contre elle... mieux pour lui.

– J'ai été dure. La seule excuse que j'aie, si c'en est une, est que j'avais d'autres idées en tête, dit-elle.

– On a tous nos moments où on a envie d'être seul.

Diana regarda les fleurs jaunes et murmura :

– Tu ne devrais pas être si compréhensif, Guy. Ce n'est pas naturel.

– La seule chose qui me soit naturelle est mon amour pour toi. (Puis sa voix changea et se fit vibrante.) J'ai l'impression de t'avoir toujours aimée, Diana.

– Ne dis pas cela.

– Très bien, je ne le dirai plus. (Mais tous deux savaient que cela ne changerait rien à ses sentiments.) Je voulais te voir. Je dois aller chercher quelque chose en voiture à Ely. J'ai pensé que tu aimerais peut-être m'accompagner. Cela t'aurait donné l'occasion de faire quelques courses.

Sa proposition était attirante. Au lieu de refuser son invitation comme elle l'aurait dû, elle l'accepta.

– Tu pars maintenant?

– Dans une heure environ. J'ai deux, trois choses à faire avant et... (Il jeta un regard sur ses vêtements de travail.) Je veux me rafraîchir.

– Très bien, dit-elle.

Diana profita de cette heure de répit pour se changer et pour dire à Sophie où elle allait. Vêtue d'une jupe indienne et d'un chemisier blanc légèrement décolleté, elle partit à la recherche de Guy. Il n'était pas dans la cour du ranch. Comme il ne lui avait pas dit quelle voiture ils prenaient, elle se dirigea vers les bâtiments des employés.

Elle s'arrêta devant la porte d'entrée du plus grand bloc, frappa et appela :

– Guy?

A l'intérieur, un ventilateur rafraîchissait un peu l'atmosphère. Diana entra sans hésiter. Elle s'arrêta un instant, tendant l'oreille. Elle n'était pas entrée dans ces bâtiments depuis des années. Le corps principal comprenait le salon, la salle à manger et la cuisine. Il y avait encore deux chambres et une salle de bains. Tout était très propre et parfaitement rangé. Sur une étagère, Diana remarqua deux coupes. Etonnée, elle s'approcha. C'étaient des trophées récompensant des épreuves de tir. Le nom de Guy était gravé sur une plaque dorée. Au-dessus des coupes, elle aperçut un étui de fusil vide.

La porte d'une des chambres s'ouvrit : Diana se retourna. Holt la dévisagea et referma la porte derrière lui. Diana était si émue que son cœur se mit à battre à tout rompre.

Sans aucun doute, il sortait juste de sa douche. Ses cheveux mouillés avaient des reflets sombres. Il était torse nu et quelques gouttes d'eau brillaient sur sa peau. Son pantalon de couleur foncée accentuait la minceur de ses hanches. Elle sentit au creux de son ventre une curieuse sensation, à la fois primitive et subtile.

D'un regard insolent, il parcourut lentement la ligne de sa poitrine et de ses hanches délicates que l'on devinait sous sa jupe ample.

– Vous êtes ici pour me souhaiter la bienvenue après mon voyage?

– Je... Je ne savais pas que vous étiez rentré.

Pourquoi diable bafouillait-elle comme une collégienne?

– Je suis rentré il y a vingt minutes.

– J'étais à la maison. Je ne vous ai pas entendu revenir.

D'un regard vif, Holt examina la pièce.

– Faites-vous une inspection des lieux? Cherchez-vous quelque chose?

– Je vais en ville avec Guy. Nous devions nous retrouver à cette heure-ci. Je ne l'ai pas vu dans la cour. Et, comme il m'avait dit qu'il allait se rafraîchir, je suis venue.

– Il n'est pas là.

– De toute évidence... Je veux dire...

Holt l'interrompit brutalement :

– Il n'habite plus ici.

Diana fut si abasourdie qu'elle prit un temps avant de répondre.

– Où?... Pourquoi?...

– Pensiez-vous réellement qu'il continuerait à vivre sous le même toit que moi alors qu'il me hait? lui lança-t-il d'une voix cinglante.

Diana, piquée au vif, recula d'un pas.

– Je ne le savais pas. Quand...

– Il a dormi dans la grange la nuit où nous sommes rentrés. Le lendemain, il a nettoyé cette vieille roulotte et y a mis ses affaires. Je suis étonné qu'il ne vous l'ait pas dit. (Holt avait un ton sarcastique.) Vu l'isolement de la caravane, il aurait pu vous recevoir nuitamment!

– J'ai à peine vu Guy depuis que nous sommes rentrés et je ne lui ai pour ainsi dire pas parlé!

– Vous vous êtes toujours très vite lassée de lui...

– Pensez-vous que je ne sois pas consciente de la façon dont je l'ai traité autrefois? Et pensez-vous que je ne le regrette pas aujourd'hui?

– Essayez-vous de compenser votre attitude d'alors? C'est cela que vous me dites? (Il haussa les épaules.) Et puis d'ailleurs quelle importance? Vous me l'avez pris, Diana. Je ne peux plus rien faire. Il est à vous... un jouet à aimer... ou à détruire.

– Je ne veux pas de lui. (Elle se tut et regarda les cicatrices qui lui marquaient le dos. Ses doigts les avaient caressées. Elle se souvint de ce lointain été, quand elle les avait vues pour la première fois, et elle posa de nouveau la question qu'elle lui avait alors posée :) Ces cicatrices que vous avez sur le dos... d'où viennent-elles?

Holt se raidit aussitôt et elle vit ses muscles se tendre. Il marcha vers le bar de la cuisine et prit un verre.

– Allez donc chercher Guy!

Il ouvrit le robinet et remplit son verre. Poussée par une force irrésistible, elle le suivit. Elle s'arrêta juste derrière lui et fixa les marques qui marbraient sa peau bronzée.

– Quelqu'un vous a... fouetté? murmura-t-elle. (Ses doigts effleurèrent la cicatrice.) Pourquoi?

Quand elle sentit ses doigts, le verre lui échappa des mains. Il se retourna, lui saisit le poignet et le tordit. Ses yeux brillaient de fureur.

Diana renversa sa tête en arrière. Dans l'effort qu'elle fit pour se dégager, elle se pencha vers lui. Elle sentit ses cuisses musclées à travers les plis de sa jupe. Ce contact physique lui ôta soudain toute peur. Ses yeux d'un profond bleu saphir brûlaient de désir. Il regarda ses lèvres entrouvertes. Elle sentit qu'une seconde plus tard elle serait dans ses bras.

13

– Diana?

Dehors, Guy l'appelait.

Le désir s'évanouit aussi vite qu'il l'avait envahie. Holt la repoussa brutalement et son regard se voila de mépris.

Ils n'échangèrent pas un mot. Diana se détourna, marcha calmement jusqu'à la porte d'entrée et l'ouvrit. Quand Guy, alerté par le bruit, se retourna, elle lui sourit.

– Je te cherchais, dit-elle.

Guy jeta un coup d'œil vers la porte fermée. Savait-il que Holt était rentré? Il la prit par le bras et l'entraîna vers le break qui était garé tout près de là.

– Je ne vis plus ici, dit Guy. J'ai déménagé.

– Tu ne m'en as rien dit.

– Je dors dans la vieille roulotte du côté des réservoirs de gaz. (Il lui ouvrit la portière et l'aida à monter.) Ce n'est pas formidable comme installation. Cela aurait bien besoin des talents d'une femme, Diana.

– Pas des miens, dit-elle gaiement. J'en ai assez de jouer les " parfaites maîtresses de maison ". Tu devras trouver quelqu'un d'autre pour en faire un nid douillet!

– Très drôle! (Il se força à sourire.) Seulement, je n'ai aucune envie de chercher quelqu'un d'autre.

Diana reprit plus sérieusement :

– Je ne veux pas que tu m'aimes. Je ne souhaite pas te faire de peine.

Il s'installa au volant.

– Tu ne peux rien y changer...

Pendant plusieurs kilomètres, ils n'échangèrent pas un mot. Guy essaya de briser ce silence en orientant la conversation sur les chevaux. Diana lui donna la réplique et l'atmosphère se détendit un peu. Bientôt, ils retrouvèrent le ton de franche camaraderie qu'ils avaient connu quand Diana était rentrée au ranch.

Quand ils approchèrent d'une aire ombragée, aménagée pour pique-niquer ou pour se reposer, Guy ralentit.

– Que dirais-tu d'une petite halte? Il y a une glacière à l'arrière avec quelques canettes de bière et des sodas.

– Le hasard fait bien les choses!

– C'est ma trousse d'urgence au cas où j'aurais un coup de fatigue ou une terrible soif en plein désert! (Il était presque à l'arrêt.) Eh bien, que faisons-nous? Tu as soif? Je ne suis pas pressé d'arriver en ville, à moins que tu ne le sois.

– D'accord. Arrêtons-nous.

Guy quitta l'autoroute et s'engagea dans la contre-allée pour se garer sous les arbres. Il arrêta le moteur et descendit.

– Et qu'est-ce que ce sera pour Mademoiselle?

Diana répondit sur le même ton enjoué :

– Un coca bien frais!

Guy lui donnait l'impression qu'elle était redevenue une adolescente.

Guy se dirigea vers le coffre. Elle entendit le bruit d'une bouteille qu'on décapsule. Puis il revint et lui tendit un coca. Diana s'appuya contre le dossier de son siège.

– Hum, c'est bon, murmura-t-elle.

– Il n'y a rien de meilleur qu'une boisson fraîche quand il fait chaud. Il buvait une bière et l'arôme du malt envahissait le break.

Elle regarda distraitement par la vitre et remarqua quelques bouteilles vides. Des papiers et des canettes de bière jonchaient le sol. Ils étaient seuls. Personne ne s'était arrêté pour profiter de l'ombre et du silence.

– Il y a beaucoup de gens qui viennent ici. Et certains semblent manquer de courtoisie pour autrui.

– C'est vrai, acquiesça-t-il. Il y a beaucoup d'amateurs pour venir boire quelques bières... c'est un peu le coin des amoureux.

Dans ce climat de camaraderie, Diana ne prêta pas attention à sa remarque. Elle le taquina :

– Parles-tu d'expérience? Combien de fois es-tu venu ici pour faire la cour à une fille?

– Si tu me dis combien de fois tu es venue ici, je te répondrai, répliqua-t-il.

– C'est très simple. Je ne suis jamais venue. Les garçons que je fréquentais au lycée n'avaient pas le cran d'amener la fille du Commandant dans ce lieu de perdition.

Quand il releva la tête, il avait à nouveau ce regard qu'elle craignait tant.

– Je suis heureux que tu ne sois jamais venue ici avec quelqu'un d'autre, Diana... parce que moi non plus.

Il posa sa bière sur le tableau de bord et se retourna pour lui faire face.

– Alors c'est une première pour nous deux, dit-elle gaiement en feignant d'ignorer ce qu'il voulait dire. Nous buvons quelques bières ensemble. Enfin, toi, tu bois de la bière. (Elle fit un geste vers sa canette.) Tu ferais mieux de la boire avant qu'elle ne soit tiède.

– Diana, ne me traite pas comme... Tu me dédaignes !

– Je ne te dédaigne pas. Simplement, je ne veux pas...

– Ne dis rien. (Il glissa son bras autour de ses épaules.) Tu es si belle, Diana. Je sais que je te l'ai déjà dit, mais c'est vrai.

– Guy, tais-toi.

– Ce ne sont pas des mots. Je le pense vraiment, insista-t-il. Tes cheveux sont merveilleux. (Il les caressa et enroula délicatement une mèche autour de son pouce.) Noirs comme la nuit et doux comme un velours.

Elle tourna légèrement la tête et la mèche lui échappa.

– Et tes yeux sont si bleus que je pourrais m'y noyer, murmura-t-il.

Diana se saisit de son poignet pour essayer de l'arrêter. Elle écarta sa main de son visage.

– Et j'aime ta bouche. Dieu, que j'aime ta bouche. Ne me dis pas non à nouveau!

Ces mots qui exprimaient combien il était vulnérable la touchèrent. Elle se laissa embrasser mais ne répondit pas à son baiser ardent.

Diana se détourna mais Guy ne sembla pas y prêter attention. Ses lèvres glissèrent vers son cou.

– Je t'aime, Diana. (Il écarta l'élastique qui retenait le décolleté de son chemisier jusqu'à son épaule.) J'aime tout en toi.

– Guy...

– J'aime ta peau... Sa main se glissa dans son décolleté et effleura ses seins avec une délicatesse infinie.

– Et j'aime ta poitrine. Elle est si ronde et si pleine avec ces deux boutons roses plus beaux que...

– Non!

Guy semblait ne pas comprendre. Il la laissa le repousser, mais quand il bougea la tête, ce fut pour chercher ses lèvres. Diana se détourna et lui tendit la joue. Quand il l'embrassa, il sentit le goût salé de ses larmes.

– Diana, qu'y a-t-il? Pourquoi pleures-tu?

Diana le regarda : elle savait qu'elle pleurait à cause de lui mais aussi à cause d'elle-même.

Elle se détourna pour sécher ses larmes.

– Cesse... ne me touche plus...

Diana réajusta son chemisier et ouvrit son sac pour chercher son tube de rouge à lèvres.

– Je suis désolé. (Les mains serrées sur le volant, il baissait la tête.) Je t'aime tant, murmura-t-il. Je me suis laissé emporter.

Le rouge à lèvres à la main, Diana baissa le rétroviseur pour s'y regarder.

– Tu aurais peut-être dû prendre le temps de savoir si j'étais consentante.

L'image que lui renvoyait le miroir était-elle la sienne? Belle, mais si froide et calme!

– Chaque fois que je m'approche de toi, je me souviens de ce que j'ai ressenti la première fois. Même quand je suis loin de toi, je me le rappelle. Diana, tu étais si belle... ton corps... ta peau était encore mouillée et brillait sous les gouttelettes d'eau. Chaque centimètre de toi m'appartenait. Je pouvais te caressser et t'embrasser. Nous avons fait l'amour. Après je me suis allongé à tes côtés en pensant à cet enfant que nous avions peut-être fait et je...

– Ne parle pas ainsi, Guy. Je ne suis pas folle à ce

point. (Elle suffoquait tant elle se sentait mal.) Donne-moi ta canette de bière que j'aille la jeter.

Guy obéit sans comprendre. Quand elle ouvrit la portière et descendit du break, il la suivit.

– Tu m'avais dit que c'était agréable... que tu ne regrettais rien. Tu ne me mentais pas, Diana? Tu ne regrettais pas que nous ayons fait l'amour?

– Non. Pas à ce moment-là.

Les regrets étaient venus ensuite. Elle jeta leurs bouteilles et revint vers le break.

– Alors pourquoi ne veux-tu pas que je te fasse l'amour? Oui, tu m'as dit que tu ne voulais pas t'engager sérieusement avec quelqu'un mais je ne peux croire que ce soit là la raison. C'est à cause d'autre chose, n'est-ce pas?

– Guy...

– C'est parce que Holt t'a violée? C'est lui qui t'a rendue frigide. J'aurais dû le tuer!

– Non! Quand cesseras-tu de me regarder comme une femme parfaite, incapable de la moindre erreur? Ce n'était pas un viol!

Une grande incrédulité apparut sur son visage.

– Tu voulais qu'il te prenne? Tu l'as toujours haï autant que moi. Je ne peux croire que tu voulais...

– Je ne le voulais pas... pas au début. (Elle cherchait désespérément ses mots.) Comment puis-je te faire comprendre? Le désir et l'amour sont deux choses qui ne sont pas forcément liées... même pour une femme. (Elle se détourna.) Crois-moi, je ne suis pas très fière de t'avouer tout cela.

– Tu le regrettes?

– Oui.

Guy refusait de la croire.

– Cela ne change rien au fait que Holt t'a prise de force alors que tu ne le voulais pas. J'ai vu que tu essayais de résister. Rien de ce que tu pourras dire ne peut l'excuser. Regarde ce qu'il a fait de toi. Il doit payer pour cela!

– Essaie d'oublier, Guy. (Sa voix trahissait sa lassitude.) Ne penses-tu pas qu'il serait temps d'aller en ville?

Il acquiesça à contrecœur. Quand ils reprirent l'autoroute, le vent qui s'engouffrait par la vitre ouverte ébouriffait ses boucles noires. Pendant plusieurs kilomètres, on n'entendit que le crissement des pneus et le ronflement du moteur. Cette fois-ci, ce fut Diana qui parla la première.

– As-tu jamais demandé à Holt d'où venaient ces cicatrices qu'il a sur le dos?

Un silence suivit sa question et Guy ne détourna pas les yeux de la route.

– Oui, je le lui ai demandé.

– Et alors?

– Il ne m'a pas répondu.

La conversation s'éteignit jusqu'à ce qu'ils arrivent dans les faubourgs de la ville. Guy ralentit à une des intersections et regarda Diana.

– Où veux-tu que je te dépose?

– N'importe où en ville, ça ira. Je vais juste regarder quelques vitrines. Tu en as pour combien de temps?

– Une heure environ.

Le feu passa au vert et Guy redémarra.

– Où nous retrouverons-nous?

Guy jeta un regard à sa montre.

– Cela va nous mener jusqu'à midi. Nous pouvons déjeuner avant de rentrer au ranch, si tu veux.

– Très bien. Alors, je te retrouve à l'hôtel vers midi, dit Diana.

– Tu m'en veux toujours?

Il posa cette question d'une voix hésitante. Il voulait être sûr qu'elle lui avait pardonné.

– Je n'ai jamais été fâchée contre toi, Guy.

Comment aurait-elle pu lui en vouloir alors qu'il n'était nullement responsable de ce qui était arrivé?

Guy la laissa dans le quartier des magasins. Elle entra dans quelques boutiques en pensant à autre chose.

Elle arriva à l'hôtel avec vingt minutes d'avance. Quelques joueurs profitaient des machines à sous. On entendait le grincement des leviers, le bruit des ressorts et parfois la sonnerie du jackpot.

Diana n'y prêta pas attention et se dirigea vers le restaurant.

L'endroit était déjà bondé : la foule de l'heure du déjeuner. Diana cherchait des yeux une place libre pour attendre Guy. Elle aperçut quelqu'un qui lui faisait un signe de la main.

– Viens t'asseoir avec nous, Diana.

C'était Peggy Thornton qui lui proposait de s'installer à sa table.

– Ce serait avec plaisir mais j'attends Guy pour déjeuner avec lui. (Diana s'approcha.) Je ne m'attendais pas à vous trouver ici. Où sont les enfants?

– Assieds-toi et prends un thé glacé avec nous en attendant Guy. Nous avons laissé les enfants à ma mère. (Peggy jeta un regard à son mari qui était assis à côté d'elle.) Alan a décidé que je devais un peu me changer les idées. Il m'a emmenée en ville faire quelques courses et m'a invitée à déjeuner. C'est un amour.

Il était en effet très rare que Peggy vienne en ville. Mais cela semblait si facile à arranger que Diana était irritée qu'Alan ne le fasse pas plus souvent. Peggy, assise à côté de lui, rayonnait de bonheur.

– Assieds-toi, Diana. (Alan Thornton insistait à son tour.) Que veux-tu? Peut-être un café plutôt que du thé?

– Un thé glacé, ce sera parfait.

Tandis qu'Alan appelait le serveur, Diana s'apprêta à s'installer en face d'eux. Mais le siège n'était pas vide... Holt était assis là, devant une tasse de café. Elle ne l'avait pas vu. Peut-être avait-elle simplement supposé qu'Alan et Peggy étaient seuls.

– Je ne savais pas que vous étiez là.

Ces mots étaient presque une accusation et Diana hésita à s'asseoir.

– Avez-vous soudain changé d'avis pour votre thé? suggéra Holt.

– Bien sûr que non! (Peggy éclata de rire.) C'est stupide de dire cela. Assieds-toi, Diana. Ne fais pas attention à lui. Je voulais t'appeler mais Amy a été malade et j'ai été débordée.

Diana s'assit à contrecœur à côté de Holt.

– Comment va Amy? J'espère qu'elle va mieux...

– Oui, elle va mieux mais je crains que Sara n'ait attrapé ses microbes. Et elle est si exigeante quand elle est malade que je préfère ne pas penser à ce que ça va être de l'avoir au lit avec les deux petits sur le dos! Ah, la vie de mère de famille, soupira Peggy. C'est bon de s'échapper un peu de temps en temps.

– Elle dit cela, déclara Alan, mais ce ne sont que des mots. Nous avons laissé les enfants à sa mère depuis ce matin et elle a déjà appelé deux fois pour savoir comment ça se passait. Si elle disait la vérité, elle avouerait qu'elle préférerait être avec eux plutôt qu'ici.

– Ce n'est pas vrai. Je suis ravie d'être avec toi, avec mes amis, sans avoir les enfants en train de me harceler.

– Alan! Vieux frère! Que fais-tu ici? s'exclama une voix d'homme. Je ne t'ai pas vu depuis... Je ne me rappelle même plus quand c'était!

Un homme d'un certain âge s'approcha de leur

table. Diana avait un vague souvenir de lui : c'était un fermier de la région qui avait vendu et qui s'était retiré. Une turquoise ornait son épingle de cravate et une pierre semblable brillait sur sa boucle de ceinture. Alan les présenta.

– Vous êtes la fille du Commandant. (Il lui fit un large sourire.) Mon Dieu, ce que vous avez grandi! La dernière fois que je vous ai vue, vous étiez haute comme trois pommes. Mademoiselle! (Il appela la serveuse.) Apportez-moi un café. (L'homme, très jovial, s'était joint à eux sans même leur demander la permission. Quand il s'assit à ses côtés, Diana dut se rapprocher de Holt pour lui faire de la place.) Comment va votre père? J'ai entendu dire qu'il avait eu des problèmes de santé. Des ennuis cardiaques?

– Oui. Mais il va beaucoup mieux.

Son cœur battait la chamade. Elle sentait la cuisse de Holt contre la sienne. Son épaule touchait son bras.

Le fermier reporta son attention vers Alan et Peggy et Diana se sentit encore plus isolée dans son coin avec Holt.

– Pourquoi êtes-vous en ville? demanda-t-elle.

– L'étalon que j'ai acheté arrivera cet après-midi. Je suis venu le chercher.

Holt parlait à voix basse pour ne pas déranger la conversation des trois autres. Il buvait son café paisiblement.

– Pourquoi attendez-vous ici? (Diana ne cherchait pas à dissimuler son agacement.) Pourquoi pas...

– L'étalon arrive par avion. Le pilote doit m'appeler de l'aéroport.

Il reposa sa tasse. Diana avait du mal à respirer, elle avait peur de bouger. Les yeux mi-clos, elle observait son profil rude, aigu. Il possédait un charme redoutable. Holt dut ressentir le faible tremblement qui la traversa, car il leva les yeux vers sa bouche. Il lui sembla que par ce seul regard, il la prenait tout entière.

– Diana, voici Guy. (Elle entendit la voix de son amie.) Guy! répéta Peggy, par ici!

– Bonjour, Peggy. Salut, Alan. (Guy s'approcha de la banquette.) Je cherchais... Diana.

Il marqua un temps quand il aperçut Holt.

– Prends une chaise et assieds-toi en bout de table, lui proposa Alan.

– Merci, mais je pense que vous êtes déjà trop serrés ici. Diana et moi allons trouver un autre coin.

– Alors, bonne chance, Guy, dit Alan en riant. Il y a un monde fou et pas une table de libre. Va prendre une chaise quelque part et installe-toi avec nous.

– Eh bien, je...

La serveuse étant proche, Alan se tourna vers elle :

– Nous avons un autre convive. Voulez-vous lui trouver une chaise? Nous sommes prêts pour la commande quand vous voudrez.

Guy dut céder.

La serveuse revint pour remplir leurs tasses et débarrasser les assiettes. Holt couvrit la tasse de sa main.

– Ça suffit pour moi, dit-il. (Il se leva.) Excusez-moi de vous déranger, tous. Je voudrais aller à la réception vérifier s'il n'y a pas eu d'appel pour moi.

La conversation reprit, animée.

– On dirait que Holt ne reviendra pas, remarqua Peggy après quelques minutes.

– Je ne pense pas qu'on le revoie, ajouta Alan. Je

l'ai vu payer sa note avant de quitter le restaurant.

– Mais que faisait-il ici, d'ailleurs? demanda Guy d'un ton agressif.

Diana lui expliqua qu'il était venu chercher le nouvel étalon.

– Holt a probablement eu le message qu'il attendait.

– J'imagine que oui, dit-il d'une voix toujours irritée. (Il regarda sa montre.) Il est temps de rentrer au ranch.

– Pas encore! protesta Peggy. Diana et moi avons rarement l'occasion de bavarder. Ne peux-tu rester un peu plus longtemps, Guy?

– J'aimerais bien, mais j'ai du travail qui m'attend.

– Diana n'est pas obligée de partir. N'est-ce pas, Diana? dit Peggy. Alan et moi pouvons te déposer. Cela ne nous fera pas un détour puisque nous devons de toute façon passer par le ranch. Nous pourrons ainsi parler tranquillement. Et j'ai quelques achats à faire. Tu pourrais m'accompagner. Il y a si longtemps que je n'ai pas fait d'emplettes avec une amie! Alan, de son côté, a des courses à faire. Oh, je t'en prie, dis oui!

Diana n'avait pas l'intention de refuser. Elle n'avait aucune envie de rentrer seule avec Guy; et cela lui plaisait de passer quelques heures avec son amie.

– Tout à fait d'accord. On va bien s'amuser. (Elle se tourna vers Guy et ignora son regard plein de ressentiment.) Dis au Commandant que je suis restée en ville avec Peggy et Alan.

Pendant une seconde, Diana pensa qu'il allait insister pour qu'elle l'accompagne, mais il salua et partit.

14

Le fermier, Ed Bennett, avait rencontré un autre ami et les avait quittés pour aller discuter avec lui. Alan décida qu'il était temps pour lui d'aller faire ses courses. Quand Peggy lui proposa d'aller se rafraîchir, Diana acquiesça.

Devant la glace, elle se brossa les cheveux : le vent les avait emmêlés. Peggy se remit du rouge à lèvres. Elle avait bien besoin de cette touche de couleur pour égayer un peu sa pâleur. Elle surprit le regard de Diana dans le miroir.

– Guy semble jaloux de Holt et toi.

Diana suspendit un instant son geste puis reprit avec vigueur.

– De quoi parles-tu?

– Allons, Diana, il a toujours été amoureux de toi. Tu es assez féminine pour sentir ces choses-là. Ce qui n'était qu'un amour d'enfant semble être devenu quelque chose de sérieux... avec de la jalousie, en plus.

– Guy imagine qu'il est amoureux de moi. Mais tu as tort de croire qu'il y a quelque chose entre Holt et moi. Nous nous détestons depuis toujours.

– C'est curieux. J'avais l'impression... (Peggy ne termina pas sa phrase et haussa les épaules.) Alan m'a toujours dit que j'avais beaucoup d'imagination.

– Certainement.

Peggy remit son tube de rouge à lèvres dans son sac.

– Tu es prête?

Diana fit bouffer ses cheveux avec ses doigts, puis hocha la tête. Tandis qu'elles descendaient, Diana aperçut Holt au pied de l'escalier, derrière un joueur installé à la table de black-jack. Il n'était donc pas parti.

Comme s'il l'avait sentie approcher, Holt se retourna et la regarda de ses yeux gris acier. Elle sentit le sol se dérober sous ses pieds.

– Holt, dit Peggy avec surprise, nous pensions que vous étiez parti.

– L'avion n'est pas arrivé? demanda Diana.

– Pas encore. Où est Guy?

– Il est rentré au ranch. Je profiterai de la voiture d'Alan et Peggy.

– Oui. Nous allons faire quelques emplettes. Ce sera une grande première pour Diana, car je vais la traîner dans les rayons pour enfants. Après cela, elle saura tout sur les brassières et barboteuses.

– Puisque vous restez en ville, vous pouvez rentrer avec moi. Cela éviterait un détour à Alan.

La lueur qui brillait dans les yeux de Holt la défiait de refuser.

– Cela ne nous dérange pas, insista Peggy.

– De plus, ajouta Diana, vous ne savez pas à quelle heure vous rentrerez.

– Vu le plan de vol du pilote, l'avion arrivera dans deux heures. Vous pourrez me donner un coup de main avec l'étalon.

Pourquoi cherchait-il soudain sa compagnie? Diana ne pouvait s'empêcher d'être sceptique. Pourquoi lui demandait-il cela? Certainement pas à cause de l'étalon.

– Nous avons rendez-vous à l'hôtel avec Alan quand nous aurons fini nos courses. Si vous n'êtes pas parti à l'aéroport, je rentrerai avec vous.

Diana voulait lui faire comprendre qu'elle n'était pas impatiente de se retrouver seule avec lui.

– Très bien.

– Alors, peut-être à plus tard, dit Peggy en s'éloignant.

Diana s'apprêtait à la suivre mais Holt l'arrêta d'un geste. Elle sentit qu'il lui mettait quelque chose de dur et de métallique dans la main, et s'arrêta. Ses doigts pressèrent l'objet. Elle rougit quand elle comprit qu'il s'agissait d'une clé... la clé d'une chambre. Elle aurait voulu la lui jeter au visage mais Peggy se retourna.

– Tu viens, Diana?

Elle soutint le regard de Holt une seconde de plus, choquée et furieuse.

– Oui. (Puis elle se détourna, et glissa la clé dans son sac avant que Peggy ne la voie.) Oui. J'arrive.

Il lui semblait que la clé pesait une tonne.

Comme Peggy l'avait annoncé, elles passèrent leur temps dans les rayons pour enfants.

– Sara est si difficile à habiller! Elle abîme tout. Quand c'est trop petit et que je veux les passer à Amy, tout est en lambeaux. Et Brian, évidemment, vient après. Mais je dois être attentive à mes choix. Et cela agace Alan de voir Brian habillé en rose tendre! (Peggy fouillait parmi les portemanteaux. Elle brandit une petite salopette.) N'est-ce pas adorable?

– C'est charmant, approuva Diana.

Peggy regarda l'étiquette et écarquilla les yeux.

– C'est hors de prix. On ne peut payer si cher des

vêtements qui seront trop petits dans quelques mois. Il va falloir que j'apprenne à coudre.

– Quand en trouveras-tu le temps?

– Le soir, quand ils sont couchés. (Peggy semblait envisager cette solution.) Je crois que je vais proposer à Alan d'acheter une machine à coudre d'occasion. Ce serait plus pratique que de continuer à me servir de celle de ma mère.

Peggy regarda toutes les petites salopettes et finit par acheter quelques tee-shirts et quelques shorts bon marché. Quand elles quittèrent le rayon pour enfants, elles traversèrent le département des robes. Diana aperçut un fourreau de jersey vert qui lui plut.

– Regarde, Peggy. Avec ton teint, cette robe t'irait à merveille.

Diana savait qu'elle avait raison. Le modèle mettrait en valeur la minceur de Peggy et la couleur rehausserait l'éclat auburn de ses cheveux.

– Elle est ravissante.

– Essaie-la, suggéra Diana.

– Non. Les enfants ont besoin de vêtements, moi pas. J'ai un placard rempli de jupes et de robes que j'ai gardées du temps où j'enseignais.

Elle avait abandonné son métier depuis dix ans.

– Elles doivent être complètement démodées.

Peggy rougit et Diana regretta aussitôt ses paroles.

– Elles vont redevenir à la mode. Dans deux ans, je serai la femme la plus élégante du coin.

– N'importe quelle femme a besoin d'une robe neuve de temps en temps. Ça remonte le moral.

– Peut-être, mais ce sera pour une autre fois.

Diana décida soudain que son amie, qui avait si peu de joies dans la vie, devait avoir cette robe.

– Elle a été faite pour toi, Peggy. Si c'est une

question d'argent, je te l'offre. Ce sera un cadeau de Noël avec un peu d'avance.

– Je sais ta générosité mais je ne peux accepter. Alan devinera que ça vient de toi et il en sera blessé. De plus, quand aurai-je l'occasion de porter une robe pareille? Nous sortons très peu à cause des enfants. Et cette robe est trop hardie pour aller à la messe le dimanche. Merci quand même, Diana.

« Qu'Alan aille au diable, lui et son amour-propre! pensa Diana tandis qu'elles sortaient du magasin. Qu'il aille au diable avec sa façon de faire vivre Peggy dans un ranch minable! Il n'avait même pas les moyens d'avoir un enfant et il lui en a fait deux autres! » (Elle se souvint soudain de la clé qui était dans son sac et referma soigneusement la boucle.) « Qu'ils aillent d'ailleurs au diable tous ces hommes! »

– Alan doit probablement nous attendre. (Peggy ne remarqua pas la colère qui était montée au visage de Diana.) Nous y allons?

« Et, bien sûr, Alan ne doit pas attendre », pensa Diana amèrement.

– D'accord, approuva-t-elle avec un calme apparent.

Quand elles arrivèrent en face de l'hôtel, un sourire radieux éclaira le visage de Peggy.

– Tu vois. Je t'avais bien dit qu'il nous attendait!

Alan Thornton se tenait devant l'entrée. Il eut un air heureux quand il les vit attendre que le feu passe au rouge pour traverser.

– Tu as terminé tes courses?

Il lui prit ses paquets qui l'encombraient.

– Tout à fait. Tu attends depuis longtemps?

– Non. (Il se tourna vers Diana.) J'ai vu Holt à l'hôtel il y a vingt minutes. Il m'a dit que vous rentriez avec lui.

– Oui. Je ferais mieux d'aller voir s'il est prêt.

– Je suis très heureuse que tu sois restée avec moi, Diana. C'était charmant. Tu viens me faire une petite visite bientôt, d'accord?

– Très bientôt, je te le promets.

Diana leur fit un signe de la main et entra dans l'hôtel. Elle parcourut la salle de jeu et le restaurant et ne trouva pas trace de Holt. Elle ne l'avait d'ailleurs pas espéré, sachant très bien où il l'attendait.

Elle monta les deux étages et suivit le couloir qui desservait les chambres. Fort heureusement, il était désert. Personne ne pourrait la surprendre à regarder les numéros inscrits sur les portes.

Quand elle trouva enfin la chambre, elle frappa et attendit. Aucune réponse ne lui parvint. Elle hésita une seconde puis mit la clé dans la serrure. Elle ouvrit la porte et vit Holt devant la fenêtre, qui regardait au-dehors : il tenait une cigarette à la main. Elle traversa la chambre en trombe en essayant de contenir sa colère.

Quand il entendit la porte se refermer, il la regarda longuement sans quitter la fenêtre.

– Je ne pensais pas que vous viendriez.

– Vraiment? explosa-t-elle. Et que pensiez-vous que je ferais?

– Vous feriez mieux de parler à voix basse si vous ne voulez pas que nos voisins se plaignent.

Il se dirigea vers un cendrier et écrasa calmement sa cigarette.

– Et qu'imaginez-vous que la direction de l'hôtel pense à l'heure actuelle? siffla-t-elle. Pensez-vous qu'ils ignorent pourquoi vous avez pris une chambre?

– Ils savent pourquoi, en effet. (Holt sourit.) En réalité, j'ai réservé trois chambres : une pour le pilote, une pour le copilote et une pour l'homme qui accompagne l'étalon. Ils passeront la nuit ici et repartiront pour la Californie demain matin.

– Et celle-ci est pour qui?

– Cela importe-t-il? Je l'utilise pour le moment en attendant que la standardiste me prévienne de l'arrivée de l'avion. C'est plus agréable que de traîner en bas à attendre l'appel.

Diana, méfiante, ne le croyait qu'à moitié.

– L'avion arrive dans combien de temps?

– Dans deux heures.

– C'est ce que vous m'avez déjà répondu tout à l'heure.

– C'est exact. (Il la regardait, le visage calme, mais on sentait, malgré sa nonchalance, qu'il était sur le qui-vive.) Le mauvais temps a retardé leur décollage.

– Et vous vous imaginez que je vais attendre ici deux heures? rétorqua-t-elle.

– C'est moins ennuyeux ici que dans le hall.

– Parce que vous vous ennuyez, c'est cela? (Diana était si furieuse qu'elle en tremblait.) Et je suis supposée vous distraire, sans doute? Que voulez-vous que je fasse? Que je me déshabille et que je me mette au lit comme une vulgaire traînée? La voilà, votre clé! (Elle la lui jeta.) Vous pouvez en faire ce que vous voulez. Moi, je m'en vais.

La clé tomba à terre.

– Alan et Peggy sont déjà partis.

– Et alors? Il y a d'autres moyens pour rentrer au ranch. (Elle hésita un instant puis l'attaqua.) Je peux par exemple appeler Guy et lui demander de venir me chercher. Il sera ravi de me sauver de vos griffes.

Elle n'avait fait qu'un pas quand Holt la rattrapa par les cheveux.

– Vous êtes odieuse!

Il l'attira et la prit dans ses bras.

Il lui tirait les cheveux si violemment que Diana haletait.

Sa tête était renversée en arrière. Il la fixa, les yeux dans les yeux, pendant une minute qui lui sembla durer une éternité. Elle suffoquait de crainte. Mais elle n'était pas seulement submergée par la peur, elle ressentait autre chose.

– Soyez maudite, marmonna-t-il.

Il écrasa sa bouche contre la sienne. Ses seins se pressèrent contre sa poitrine. Il l'embrassa subtilement, cruellement, et se fit plus pressant. Elle répondit à ses baisers, elle s'abandonna. Il passa les doigts dans ses cheveux et frotta sa tête endolorie. Il la saisit à la taille et la souleva de terre; il la porta jusqu'au lit, où ils tombèrent ensemble.

Toute la colère qui brûlait en elle s'était transformée en une immense vague de désir. Ses caresses, ses baisers, son corps contre le sien allumaient en elle un feu dévorant. Il l'amena au bord de l'abandon. Sa jupe était remontée autour de sa taille et l'attente la tordait de douleur.

– Voulez-vous que je m'arrête, Diana? (Sa voix rauque résonna dans son cou.) Le voulez-vous?

Elle émit un faible grognement de protestation. Elle le haïssait de l'interroger. Pourquoi ne se contentait-il pas de la prendre et de satisfaire leurs désirs?

Holt se dégagea.

– Le voulez-vous? demanda-t-il à nouveau.

Elle ferma les yeux

– Non, répondit-elle d'une voix à peine audible.

Mais il ne lui donna pas le baiser qu'elle attendait. Au contraire, Holt se redressa et lui lança:

– Déshabillez-vous.

Elle gémit pour protester mais Holt déboutonnait déjà fiévreusement sa chemise.

– Je ne tiens pas à sortir de l'hôtel avec des vêtements déchirés ou froissés...

Diana enleva son chemisier et dégrafa sa jupe. Elle tremblait de désir et de honte quand elle se leva. Elle se dégagea de ses sandales. Elle l'entendait se déshabiller derrière elle. Quand ses collants glissèrent sans bruit, le silence régnait dans la pièce. Diana se retourna et rejeta ses cheveux en arrière.

Le regard de Holt parcourut lentement ses longues jambes, ses hanches minces et sa poitrine ronde pour arriver enfin jusqu'à son visage. Pour la première fois de sa vie, Diana était consciente de leur double nudité. Il aurait suffi qu'il prononce un mot grossier ou insultant et elle se serait enfuie plutôt que de supporter cette humiliation. Il leva la main et lui effleura les pommettes.

– Pourquoi diable êtes-vous si belle?

Désormais, Diana le savait. En une seconde, elle comprit tout : Holt la désirait plus qu'il ne la méprisait. Il n'était plus maître de lui, pas plus qu'elle ne l'était elle-même. Comme elle, il était entraîné par le tourbillon vertigineux de sa passion. Avec le désespoir de deux amants qui s'unissent dans la mort, ils s'abandonnèrent.

Après l'amour, Diana, épuisée, se blottit dans ses bras. Elle ne voulait pas parler, craignant que les mots ne rompent le charme de cet instant. Holt essuya doucement les larmes sur ses joues et remit les couvertures sur eux. Rassurée par son bras qui la tenait tendrement, elle s'abandonna à son bonheur. Elle flottait loin de toute réalité.

Quelque chose la troubla et elle s'agita. Une voix douce chuchota à son oreille :

– Chut. Dors, mon ange.

Et elle obéit à cet ordre délicieux.

Un peu plus tard, elle eut froid. Elle aurait voulu

se pelotonner contre le corps chaud de Holt. Ne le sentant pas contre elle, elle tendit les bras sous les couvertures. Dans son demi-sommeil, elle se rendit compte qu'il n'était plus là.

Un instant plus tard, elle ouvrit les yeux et reprit conscience. La chambre était vide. Les vêtements de Holt avaient disparu. Un rayon de soleil éclairait la pièce. Il était tard : le soleil se couchait presque.

Diana s'assit sur le lit. Elle gémit et se cacha le visage dans les mains. Pourquoi se retrouvait-elle seule maintenant ? Elle se mordit les lèvres pour retenir un sanglot.

Elle repoussa violemment les couvertures et sortit du lit, se dirigea vers la salle de bains et s'arrêta quand elle vit son reflet dans le miroir : son visage était pâle et ses cernes trahissaient la violence de leur étreinte. Elle avait un regard éperdu. Elle noua une serviette autour de sa tête et se mit sous la douche en prenant soin de tirer le rideau. L'eau acheva de la réveiller. La tête en arrière, les yeux fermés et les mains ouvertes, elle savoura cette fraîcheur qui la ravivait.

Le bruit de l'eau l'empêchait d'entendre quoi que ce soit. Soudain le rideau de douche s'ouvrit et elle cria. Holt la regardait, impassible. Elle reprit lentement son souffle.

– Où étiez-vous ?

– L'avion est arrivé. (Il tenait toujours le rideau de la douche, sans quitter des yeux son visage.) J'ai dû installer l'étalon dans le camion et ramener l'équipe.

– L'équipe ? (Diana se rappela que la chambre était destinée à l'un des hommes.) Je vais faire le lit dès que je serai sortie de la douche. Je suppose qu'ils attendent en bas.

– Le pilote et le copilote se sont installés dans

une autre chambre, il n'y a donc pas urgence de quitter la nôtre.

Holt lâcha le rideau, qui resta entrouvert, et Diana vit qu'il se déshabillait.

– Que faites-vous? murmura-t-elle.

Ses yeux s'écarquillèrent quand Holt la rejoignit sous la douche. Il paraissait plus grand, ses épaules plus larges : penché sur elle, il la protégeait du ruissellement de l'eau. Elle plongea le regard dans ses yeux sombres.

Elle se sentit de nouveau envahie de désir mais ne bougea pas quand Holt prit le savon et le fit mousser. Elle baissa les yeux quand la main savonneuse caressa sensuellement son cou. Ses oreilles bourdonnaient tandis qu'il caressait lentement tout son corps. Etourdie de désir, Diana s'accrocha à ses épaules. La bouche de Holt écrasa la sienne dans un long baiser.

L'eau coulait sur leurs visages et leurs corps mêlés. La douce chaleur de l'eau n'était rien en comparaison du feu qui les dévorait. Holt la tint longuement dans ses bras, attendant que leurs tremblements s'arrêtent.

Puis il l'entraîna hors de la douche et l'enveloppa dans un peignoir. La serviette nouée en turban tomba. Elle vit dans le miroir le mouvement de ses cheveux noirs. Elle était différente de ce qu'elle avait jamais été. Elle se trouva d'une beauté radieuse qui l'effraya un peu.

L'image de Holt apparut dans la glace : mince, puissant, viril. Il se tenait derrière elle. Diana le vit se pencher vers son cou. Ses mains glissèrent le long de ses bras et se croisèrent délicatement sur son ventre tandis qu'il lui embrassait l'épaule. Holt la retourna vers lui et la prit dans ses bras. Puis il la porta dans la chambre, maintenant plongée dans l'obscurité.

Ils s'allongèrent sur le lit, côte à côte, leurs lèvres s'effleurant par instants; ils se caressaient tendrement. La main de Diana glissa lentement de l'épaule vers le dos. Elle sentit les cicatrices.

– D'où vient cela?

Elle tourna la tête pour le regarder en face.

– Quoi donc?

– Ces cicatrices.

– Je ne m'en souviens pas.

Holt se pencha pour l'embrasser.

– C'est ce que tu m'as répondu il y a longtemps quand je t'ai posé la même question.

Elle s'éloigna légèrement de sa bouche.

– Es-tu étonnée que ma réponse n'ait pas changé?

– Quelqu'un t'a fouetté. Pourquoi?

Il répondit par un long baiser silencieux. Diana s'abandonna à son plaisir mais, quand il relâcha son étreinte, elle revint sur le sujet.

– Dis-moi ce qui est arrivé, Holt.

Il serra les dents.

– Ce n'est pas le moment de se rappeler des souvenirs pénibles.

– Oui, cela a dû être douloureux, dit-elle en laissant errer ses doigts.

Comme il l'avait fait le matin, Holt rejeta sa main. Il la bloqua sur le drap. Sa silhouette se profila au-dessus d'elle. Une colère froide passa dans ses yeux, mais elle se dissipa aussitôt que son regard effleura le visage de Diana.

– Je n'ai jamais rencontré une femme comme toi. (Il lui fit ce compliment à contrecœur.) Tu tournes la tête à un homme jusqu'à ce qu'il ne puisse plus penser.

– Vraiment?

– Tu savais que tu me mettais dans un état

terrible quand tu te serrais contre moi sur cette banquette.

– Je ne l'ai pas fait exprès. (Elle lui caressa la joue.) Je n'y pouvais rien. La banquette était pour deux. Je devais choisir entre ton genou et celui de cet homme... Ed Bennett.

– J'ai même essayé de me convaincre de ne pas te donner la clé, en y pensant.

– Pourquoi voulais-tu que je vienne, alors?

Diana fronça les sourcils.

– Cela n'a pas d'importance. C'est parce que je te voulais pour moi tout seul. C'est aussi pour cela que tu es venue, n'est-ce pas?

– Oui, admit-elle sans hésiter.

– Alors, nous avons eu tous les deux ce que nous voulions.

Il se pencha et l'embrassa dans le cou. Il fit bouger le lit sous son poids et sa main se glissa sous le sein de Diana pour l'amener jusqu'à ses lèvres. Lorsqu'il la sentit frissonner, il abandonna sa poitrine et ses lèvres glissèrent doucement le long du ventre. Il s'arrêta un instant et Diana frémit. Quand il poursuivit plus bas son exploration, elle se raidit.

– Holt, non, protesta-t-elle dans un murmure.

Il se moqua d'elle gentiment, tandis que sa bouche errait toujours sur son corps.

– Tu veux dire que tu as encore cette pudeur... Ou tu veux que je te demande d'abord la permission?

Tout son corps était tendu de plaisir.

– Holt, je t'en prie. Rand ne m'a jamais... Il trouvait que...

Diana ne put finir sa phrase car elle fut submergée de plaisir.

15

Diana ronronna comme un petit chat et se pelotonna contre lui. Ses doigts glissèrent sur l'épaule et le bras de Holt. Elle ne se lassait pas de le caresser.

– Tu as de la famille ? murmura Diana. Je ne me rappelle pas un seul jour où tu aies quitté le ranch. Tu es de quelle région de l'Arizona ? (Les poils de sa poitrine lui chatouillaient le nez et elle respirait son odeur. Devant son silence, elle poursuivit :) Ta femme... Je sais que tu l'as quittée quand Guy était tout petit, mais tu as dû l'aimer. N'est-ce pas ?

– C'est bien là une réaction féminine. On fait l'amour avec une femme et elle pense que cela lui donne le droit de tout savoir de votre vie.

Son ton était moqueur et, quand Diana leva la tête pour le regarder, elle vit qu'il avait fermé les yeux.

– Tu voudrais me réduire au silence, comme tu le fais avec Rube ? Mais avec moi, cela ne marche pas.

– J'ai peut-être un autre moyen de te réduire au silence !

Il la prit par le cou et l'attira vers lui. Il l'embrassa; puis ses lèvres se mirent à lui dévorer le cou.

Diana sentit son souffle sur sa peau.

– J'aime ton odeur. Je pourrais la reconnaître même dans le noir.

– Il fait nuit.

Le désir s'empara d'elle. Elle l'avait cru assouvi mais les caresses et les baisers de Holt le réveillaient.

Quand il sentit son corps se raidir contre le sien, il gronda :

– Tu es insatiable !

Holt la saisit et la mit sur le dos. Puis il s'allongea sur elle et dévora sa bouche. Et leurs corps s'embrasèrent.

Diana, épuisée, s'assoupit à nouveau. Elle se sentait chez elle dans ses bras, blottie contre son épaule. Même endormie, elle garda un léger sourire sur ses lèvres.

Une main la secoua doucement.

– Réveille-toi, Diana. (Elle se pelotonna contre sa poitrine.) Allez. Réveille-toi. Il est presque minuit.

Elle grogna mais finit par ouvrir les yeux. Holt repoussa les couvertures. Elle s'assit et se protégea les yeux quand il alluma la lumière. Il sortit du lit et se dirigea vers la salle de bains, où il avait laissé ses affaires.

– Habille-toi, ordonna-t-il.

Diana obéit. Quand il ressortit de la salle de bains, elle remettait ses sandales.

– Je vais chercher le camion et je t'attends devant l'hôtel.

Avant de quitter la pièce, il jeta la clé sur la commode en lui recommandant de la donner au bureau en partant. Diana prit sa brosse dans son sac et entendit la porte se refermer. L'image de son visage, que lui renvoya le miroir, la fascina. On y lisait qu'elle s'était totalement donnée. Elle avait perdu toute trace d'arrogance. Elle sut qu'elle était désormais vulnérable.

Diana descendit les marches, le regard aux aguets. Personne ne semblait pourtant prêter attention à elle. Il n'y eut que quelques regards qui s'attardèrent sur cette jolie femme qui traversait l'hôtel à cette heure avancée de la nuit. Diana craignait d'être reconnue par quelqu'un.

Elle se précipita dehors. Elle goûta le silence et l'air frais de la nuit. Le camion l'attendait de l'autre côté de la rue : le moteur tournait. Le cœur battant, Diana courut jusqu'à la portière du passager et monta. Holt passa la première et démarra lentement. Diana entendit les sabots du cheval dans la remorque.

– J'espère que le Commandant ne s'est pas inquiété.

Diana essayait de lui faire partager son sentiment de culpabilité.

– Il te considère comme une adulte maintenant. Il ne sera pas resté à t'attendre.

– Sans doute, non.

Quand ils arrivèrent à l'entrée de l'autoroute, Holt accéléra un peu mais garda cependant une vitesse raisonnable : leur chargement était trop précieux. Diana appuya la tête contre le dossier et se laissa bercer par le vent frais qui lui caressait le visage.

Elle se demandait pourquoi Holt se montrait si distant. Pensait-il, lui aussi, au Commandant ? Et craignait-il sa réaction s'il apprenait quelque chose ? Elle se tourna vers lui.

– Cela t'ennuierait-il si le Commandant l'apprenait ?

Il hésita une seconde puis répondit simplement : « Non », tout en gardant les yeux fixés sur la route.

– Ne crois-tu pas qu'il serait déçu s'il découvrait la vérité?

– Il est peu probable qu'il l'apprenne, à moins que tu ne lui dises comment nous avons passé l'après-midi et la soirée à faire l'amour comme des fous. (Le ton cynique de sa voix la blessa.) Et si jamais cela arrivait, que penses-tu qu'il ferait? Tu crois qu'il jouerait les pères outragés? On m'a forcé une fois à me marier. Ça n'arrivera pas deux fois.

– Il pourrait te renvoyer.

L'allusion ne le toucha pas.

– Nous sommes deux adultes responsables et conscients. Ton père aussi est un homme. Dans les mêmes circonstances, il ne se serait pas conduit autrement.

– Non, il ne te mettra pas à la porte. Il a besoin de toi, ajouta-t-elle d'un ton acide. Il dépend de toi. Et tu n'as fait que ce que tout homme normalement constitué aurait fait à ta place.

Diana regretta d'avoir abordé ce sujet. Pourquoi ne l'avait-elle pas laissé tranquille? Elle se retourna vers la vitre et contempla les montagnes sombres qui bordaient l'autoroute.

Quelques kilomètres plus loin, Holt ralentit. Diana ouvrit les yeux, pensant voir les lumières du ranch. Il croisa son regard et fit un signe de tête vers la droite.

– Veux-tu que nous fassions une petite halte?

Elle regarda dans la direction qu'il lui indiquait et reconnut l'endroit où elle s'était arrêtée avec Guy le matin même. Elle dévisagea Holt, soudain méfiante.

– Pourquoi?

– Tu trouvais cet endroit charmant. Je pensais que tu serais toujours du même avis.

– Tu nous a vus?

Elle aurait voulu se jeter sur lui, lui arracher les yeux.

– J'ai quitté le ranch peu après vous ce matin. Quand j'ai reconnu le break arrêté, j'ai ralenti. Vous auriez pu avoir un ennui mécanique. (Il parlait calmement mais Diana sentit que sa colère montait.) Je n'avais pas encore vu ce qui se passait à l'avant. Tu joues très bien la comédie, Diana. Si je ne t'avais pas vue avec Guy ce matin, j'aurais pu croire que...

Il ne finit pas sa phrase et serra les lèvres.

– C'est pour cela que tu m'as amenée... dans cette chambre... (Diana était bouleversée.) Tu étais guidé par une logique du genre : " Si elle est avec moi, elle n'est pas avec lui. " C'était encore plus vulgaire que de coucher avec une putain.

Il la dévisagea d'un regard cruel.

– C'est peut-être la solution... Te faire l'amour jusqu'à cc que tu sois si épuisée que tu n'aies plus envie d'aller voir ailleurs... et surtout pas Guy.

Diana se détourna et retint ses larmes.

Le silence qui régnait entre eux l'exaspérait et le trajet lui sembla durer une éternité. Enfin, elle aperçut les lumières du ranch à travers les arbres. Holt stoppa près de l'enclos et descendit sans même attendre que le móteur se soit arrêté. Diana sortit à son tour, mais lentement. Quand elle arriva à l'arrière de la remorque, il avait déjà abaissé la rampe et faisait sortir l'étalon.

Diana jeta un regard absent vers le cheval. Le nouvel étalon était d'un gris tacheté de noir. Ses poils avaient des ombres argentées et sa silhouette était élégamment musclée. Ses petits naseaux, ses oreilles en pointe et son port altier prouvaient ses origines de pur-sang arabe. Il piaffa en découvrant ce lieu inconnu. Il tourna la tête vers l'enclos où étaient parquées les juments, respira leur odeur et se mit à hennir violemment.

– Du calme, du calme. (Holt lui caressa l'encolure.) Tu les approcheras bientôt.

On entendit un terrible vacarme venant de l'enclos. Des hennissements terrifiés et des piétinements de sabots suivirent dès cris et un coup de fusil. Diana se précipita vers le corral et escalada la barrière. Elle aperçut au loin une silhouette blanche qui marchait au pas et s'éloignait vers les montagnes. Leur retour avait coïncidé avec la visite nocturne de l'étalon sauvage.

Le nouveau venu, perturbé par cette agitation, se montrait rétif. Holt essayait de le calmer tout en le retenant.

– Ouvrez la porte de l'écurie et celle de sa stalle, ordonna-t-il à Diana.

Elle obéit aussitôt. Elle se précipita vers l'écurie, ouvrit la porte et s'avança jusqu'à la large stalle qui avait été celle de Shetan. Elle revenait déjà sur ses pas quand Holt entra dans l'écurie. Diana se dirigea rapidement vers la maison. En traversant la cour plongée dans l'obscurité, elle passa près de la grange. Elle entendit des pas sur le gravier et sursauta.

– J' suis désolé. On vous a réveillée. (Rube surgit de l'ombre, tenant un fusil qui brillait à la lumière de la lune.) C'est ce sacré étalon qu'est revenu.

– C'est ce que je pensais.

– La seule chose qu'il respecte, c'est les coups de fusil.

– Vous n'avez pas tiré sur lui?

– Grand Dieu, non. Est-ce que vous me prenez pour un fou? Je ne voulais pas risquer de toucher une des juments du Commandant. Il m' tuerait si j ' faisais ça. En plus, Holt a jamais donné l'ordre de l' tuer. Il a seulement dit de l'effrayer.

– Excusez-moi, Rube. Je sais bien que vous êtes quelqu'un de responsable. Bonne nuit.

– Bonne nuit à vous aussi.

Il y avait de la lumière dans la chambre de son père. La porte était restée ouverte.

– C'est toi, Diana? demanda-t-il quand elle entra.

– Oui, Commandant.

– Je suppose que tout ce vacarme est lié à l'étalon sauvage?

Le Commandant avait l'air à moitié endormi, fatigué.

– Oui, en effet.

Le Commandant soupira et éteignit sa lampe de chevet.

– Je m'en doutais. Bonne nuit.

Le lendemain matin, le Commandant ne s'intéressa qu'à l'animal qui venait d'arriver et il n'adressa qu'une vague remarque à Diana :

– Il devait être très tard quand tu es rentrée. J'espère que vous n'avez pas eu de problèmes avec l'étalon.

Diana avait préparé sa réponse :

– Non. C'est simplement le mauvais temps qui a retardé le décollage de l'avion.

Elle avait mal à la tête, ce qui lui servit d'excuse pour ne pas accompagner le Commandant jusqu'à l'enclos pour voir le nouvel étalon. Cela lui permit également d'éviter le déjeuner : elle ne verrait pas Holt aujourd'hui. Elle passa une grande partie de l'après-midi allongée sur son lit. Elle se sentait malade, aussi bien physiquement que moralement. Après le dîner, elle prit deux somnifères et passa une nuit tranquille.

– Comment te sens-tu ce matin? lui demanda le Commandant quand elle entra le lendemain dans la salle à manger.

– Beaucoup mieux.

– La meilleure façon de se soigner est de se reposer, surtout quand on a la chance de ne pas être dérangé pendant son sommeil.

Il lui tendit le pot d'orangeade.

– Oui, dit-elle sans saisir l'allusion.

– Nous n'avons pas eu droit à une nouvelle visite de l'étalon sauvage.

Diana releva la tête.

– Il a peut-être abandonné la partie.

– Je l'espère.

Après le petit déjeuner, Diana fit sa traditionnelle randonnée du matin. Elle galopa très loin dans le désert et poursuivit un lièvre qui finit par déjouer ses pièges et lui échappa. Elle s'arrêta pour contempler un vol d'oiseaux bleus qui virevoltaient au-dessus de la sauge. Bientôt, elle dut rentrer au ranch.

La cour paraissait déserte. Il n'y avait qu'un seul break. Il était encore trop tôt pour aller déjeuner et Diana décida de pousser jusqu'à l'enclos pour voir le nouvel étalon dans la lumière du jour.

Quand elle aperçut Guy qui faisait travailler le cheval à la longe, elle hésita un instant puis poursuivit son chemin. Il ne la vit pas quand elle se percha sur la barrière. Il tourna lentement au rythme du cheval et finit par la voir. Elle engagea la conversation avant qu'il ait pu placer un mot.

– Il est superbe, tu ne trouves pas?

– C'est de la dynamite. (Il arrêta le cheval et détacha la longe.) C'est assez pour aujourd'hui, mon beau.

Le cheval releva dédaigneusement la tête et s'éloigna en trottinant. Guy enroula la longe tout en marchant vers la barrière. Il s'installa à côté d'elle et admira l'animal.

– Tu n'étais pas là au déjeuner hier.

– J'avais mal à la tête. Sophie m'a monté un peu de bouillon.

– Je ne t'ai jamais vue avec des maux de tête. En fait, je ne me rappelle pas t'avoir vue malade une seule fois.

– C'est vrai. Mais, l'année dernière, quand j'ai eu tous ces problèmes avec Rand qui nous ont poussés jusqu'au divorce, j'ai eu très souvent des migraines. Le médecin m'a dit que c'était nerveux. Cela ne dure jamais longtemps.

Elle était étonnée de constater à quel point elle mentait bien.

– Tu t'es bien amusée l'autre jour avec Peggy?

– C'était formidable.

– Tu m'avais dit qu'ils te ramèneraient.

Et voilà : il abordait enfin le sujet. C'était presque un soulagement.

– Oui, c'est vrai.

– Mais tu n'es pas revenue avec eux.

– Non. Je suis rentrée avec Holt.

– Il était très tard. Je le sais parce que je ne me suis pas couché avant minuit et vous n'étiez pas encore de retour.

– L'avion qui amenait l'étalon a été retardé par le mauvais temps.

– Et qu'as-tu fait pendant tout ce temps?

Il posa cette question comme si elle lui appartenait et cela l'irrita. Elle se tourna vers lui et lui jeta un regard glacial.

– Tu n'as aucun droit à m'espionner comme cela.

Il ne put soutenir son regard.

– Diana, je...

On entendit soudain un hennissement de douleur. Diana regarda aussitôt vers l'enclos où étaient parquées les juments. Il y régnait une agitation incroyable; les poulains hennissaient de terreur. Diana aperçut une silhouette blanche parmi les robes foncées, dans la poussière que soulevaient les sabots.

– Mon Dieu, l'étalon est dans le corral!

– Comment a-t-il su que personne ne les gardait dans la journée?

Ils restèrent paralysés devant ce spectacle. Puis Guy se ressaisit et descendit de la barrière.

– Je vais faire entrer l'étalon gris dans l'enclos. Va chercher un fusil et rejoins-moi.

Diana courut vers la maison et se précipita vers le bureau où étaient rangées les armes.

– Que se passe-t-il, Diana?

Le Commandant se tenait sur le seuil.

– L'étalon blanc est dans le corral avec les juments.

Elle attrapa un fusil et une boîte de cartouches. Elle prit juste le temps de vérifier que le calibre était le bon et ressortit sans fermer la porte.

– Comment? En ce moment?

– Oui.

Diana passa devant lui et sortit de la maison.

Haletante, elle continua à courir jusqu'à l'enclos. Ses jambes tremblaient quand elle escalada la barrière. Elle retomba sur ses pieds et s'arrêta un instant pour reprendre son souffle et chercher Guy. Il était au milieu du corral et repoussait les chevaux vers l'autre bout. En entendant un claquement dans l'air, elle comprit qu'il avait pris un fouet dans l'écurie.

Tout en trébuchant, elle courut vers lui. Elle voyait maintenant très distinctement l'étalon blanc. Il avait séparé deux juments des autres : Cassie et

Nashira, les deux femelles qu'il avait volées. Il les poussa vers un endroit de la barrière où deux planches étaient cassées. Mais il ne se contenta pas de reprendre les juments qu'il avait déjà choisies : quand elles furent sorties du corral, il revint à la charge, sans prêter la moindre attention à Guy qui s'approchait de lui.

Il choisit une jument bai et un poulain qui se tenait près d'elle. La jument essaya frénétiquement de lui échapper et de rejoindre le reste du troupeau, mais l'étalon la mordit sauvagement et lui donna des coups de sabots. La jument et le poulain finirent par sortir du corral et rejoignirent les deux autres, qui attendaient sagement.

Quand l'étalon revint en chercher une quatrième, Diana fit un faux pas et tomba. Guy était à cinq mètres. Elle n'avait pas la force de l'appeler. Et il n'y avait pas une seconde à perdre.

Le fusil sur les cuisses, elle ouvrit la boîte de cartouches et commença à charger le canon. Elle jeta un coup d'œil sur l'étalon. Cette fois, il avait porté son choix sur une jument grise et un autre poulain.

Les doigts tremblants, Diana n'avait réussi à mettre que quatre cartouches. Elle enclencha l'arme, en espérant que cela suffirait. Une balle siffla dans l'air. La jument et le poulain galopaient vers la barrière, tandis que l'étalon les suivait de près. Elle fit feu une deuxième, une troisième et enfin une dernière fois.

Les quatre juments, les deux poulains et l'étalon blanc galopaient vers les montagnes. Deux des juments connaissaient déjà le chemin. Les deux autres et les poulains le découvraient.

– Mon Dieu, tu as vu cela? (Guy tomba à genoux à côté d'elle. Il secouait la tête en regardant s'enfuir les chevaux.) Cette fois, il en a pris quatre. Et sous notre nez.

– Quatre juments et deux poulains, rectifia Diana dans un souffle.

Des pas se rapprochèrent derrière eux. Elle se tourna et vit le Commandant, essoufflé et curieusement surexcité.

– Il n'y avait personne dans les parages? Personne n'a vu l'étalon pénétrer dans le corral? Personne ne le surveillait?

– Non. (Guy se remit péniblement sur ses pieds.) Qui aurait pu imaginer que l'étalon aurait l'intrépidité de faire cela en plein jour? C'est incroyable.

– Oui, je sais.

– Faut-il partir immédiatement à leur poursuite? Essayer de les rattraper avant qu'ils n'atteignent les montagnes?

– Non. (Le Commandant secoua la tête.) Au rythme où ils vont, ils seront dans les montagnes avant même que vous ayez eu le temps de seller un cheval et de quitter le ranch. Mais réparez la barrière avant que d'autres juments ne s'échappent.

– Tout de suite.

Guy tendit le fouet à Diana et s'éloigna.

Elle se leva, le fusil sous le bras, en prenant soin de le diriger vers le sol. Elle regarda son père et sa pâleur l'inquiéta.

– Tu n'aurais pas dû venir.

– C'est probablement la seule fois où j'aurai pu le voir d'aussi près.

Il semblait partagé entre son admiration pour cet extraordinaire étalon sauvage et la menace qu'il représentait.

– Rentrons à la maison, Commandant.

Diana n'était pas très sûre qu'il l'ait entendue

mais il finit par se détourner et se diriger vers le porche.

– Il y avait beaucoup de superstitions dans l'Ouest autrefois à propos des chevaux blancs. Certaines existent toujours. (Il semblait penser à haute voix, ne prêtant pas attention à elle.) On racontait que les chevaux blancs étaient faibles et n'avaient aucune endurance. Pendant la campagne de Crook contre les Indiens Sioux, en 1876, une partie de sa cavalerie montait des chevaux blancs... et ils étaient aussi bons que les autres. Les Indiens n'en voulaient pas car on les voyait trop facilement la nuit. C'est probablement pour la même raison que les pionniers, et plus tard les cow-boys évitèrent de monter des chevaux blancs. Mais malgré cet inconvénient, un cheval blanc demeure le symbole de la puissance et de la fierté. Combien de grands hommes et de conquérants ont galopé sur des chevaux blancs? La liste serait probablement sans fin. Quelle étrange contradiction, murmura-t-il pour lui-même. Quelle étrange contradiction!

16

C'était l'heure du déjeuner. Diana observait Holt. Il ne l'avait regardée qu'une fois quand il était entré et l'avait saluée d'un bref signe de tête. L'air furieux, il lui faisait penser à une panthère prise au piège. Elle frissonna et son regard glissa vers les mains de Holt... ces mains qui connaissaient si intimement son corps.

Elle fixa son assiette en essayant de chasser l'émotion qui l'envahissait et de se concentrer sur ce qu'il disait plutôt que sur la douleur qui déchirait son ventre.

– ... On pourrait prendre une autre longe et des vivres pour une semaine, au cas où on en aurait besoin. Nous partirons demain à la première heure.

Le Commandant acquiesça d'un geste puis demanda :

– Qui emmenez-vous avec vous?

– Rube, Guy et probablement Don.

Cette fois-ci, Diana ne se proposa pas. Guy la regarda, dans l'espoir qu'elle réagirait. Il paraissait tendu et profondément troublé.

Diana passa l'après-midi à s'occuper du secrétariat. Après le dîner, elle aurait pu s'échapper, mais elle se contenta d'une promenade sous la véranda. Elle s'assit sur la barrière, les jambes ballantes, contemplant le coucher du soleil qui colorait les montagnes d'ombres jaunes et orangées.

Elle aperçut dans la pénombre Guy qui s'approchait de la maison. Il ne se dirigea pas vers la porte mais vers la barrière où se tenait Diana et leva les yeux.

– Tu veux marcher un peu avec moi? Je dois te parler de quelque chose.

Elle faillit lui répondre qu'elle était fatiguée mais son ton était si pressant qu'elle décida d'accepter. Il ne lui proposait pas une promenade romantique au crépuscule, main dans la main. Il était réellement préoccupé et ce n'était pas à cause d'elle.

– D'accord.

Elle se laissa glisser à terre. Guy passa la main autour de sa taille pour l'aider à descendre, puis il mit ses mains dans ses poches et commença à marcher à grandes enjambées. Quand ils furent loin de la maison, Diana posa la main sur son bras pour l'arrêter.

– Qu'y a-t-il?

Guy la fixa anxieusement et chercha son regard.

– Le Commandant t'a dit ce qu'il comptait faire avec l'étalon blanc? demanda-t-il.

– Non.

– Il n'en a pas parlé à Holt?

– Ils ont simplement décidé de ramener les juments. Pourquoi?

– Parce que je crois... (Il se passa la main dans les cheveux.) Je crois que Holt va le tuer.

– Quoi? L'a-t-il dit?

– Non. (Il serra les poings.) C'est juste un pressentiment. Mais je sais que j'ai raison.

– Non!

– Tu sais ce qu'il pense de l'étalon. Il le considère comme un fléau. Il n'aurait pas plus de pitié pour lui que pour une mouche. Tu ne le vois donc pas? Holt n'en dira probablement rien au Commandant, craignant qu'il ne le désapprouve.

– Je pense que tu dramatises un peu.

Elle s'éloigna pour échapper à l'angoisse de Guy. Il lui saisit le bras.

– Et si j'ai raison? Et si Holt part demain avec l'intention de ramener sa dépouille?

– Tu n'as qu'à l'en empêcher... si c'est vraiment dans ses intentions.

– Moi? Comment? Qui acceptera de m'écouter? Holt? Rube? Don? Ils pensent tous que je ne suis qu'un gamin. De plus, il peut les convaincre de n'importe quoi. Rube et Don font tout ce qu'il leur dit. Je ne pourrai pas les arrêter. Mais toi, tu es la fille du Commandant... tu peux faire quelque chose.

– Holt ne m'écoutera jamais.

– Mais si tu nous accompagnes, il réfléchira peut-être à deux fois avant d'agir. Et les autres tiendraient sûrement compte de ton avis. Il ne serait plus vraiment maître de la situation. Tu dois venir avec nous.

– Non. (Elle détourna la tête. Guy ne se rendait pas compte de ce qu'il lui demandait.) Parles-en au Commandant.

– Cela ne servirait à rien. Holt et le Commandant se tiennent toujours les coudes. Ils sont aussi liés que...

Guy cherchait ses mots...

– Un père et son fils, ajouta Diana.

– Oui, comme un père et un fils devraient l'être, acquiesça-t-il. C'est à toi de décider, Diana. Désires-tu la mort de l'étalon?

– Non!

– Alors tu dois faire quelque chose. (Il posa la main sur sa joue et l'obligea à le regarder.) As-tu jamais vu un animal aussi extraordinaire? Il est fier, sauvage et, par-dessus tout, il est libre. Si on lui tire une balle dans la tête...

– Non!

L'image de l'étalon gisant à terre l'assaillit comme dans un cauchemar.

– Tu dois venir avec nous.

– Holt n'acceptera jamais.

– Et alors? Il n'a pas pu t'en empêcher la dernière fois et il en sera de même cette fois-ci. Tu dois nous accompagner.

Diana hésitait. Le raisonnement de Guy lui paraissait logique. Ne savait-elle pas combien Holt pouvait se montrer cruel? Ne leur avait-il pas déjà fait comprendre qu'il estimait que l'étalon devait disparaître?

– Je viendrai, finit-elle par dire.

– Je savais que je pouvais compter sur toi. J'étais sûre que tu serais de mon côté. Ah! La tête qu'il fera quand je vais lui annoncer cela. (Il rit d'un air triomphant.) Maintenant, va préparer tes bagages et tiens-toi prête à partir demain matin. Je vais aller prévenir que tu nous accompagnes pour qu'on prépare des provisions pour toi.

– D'accord. (Diana était déjà beaucoup moins enthousiaste mais elle ne pouvait revenir sur sa décision.) Je vais préparer mes affaires.

Et le moment du départ arriva. Les cavaliers étaient plutôt silencieux. Ils n'échangèrent que quelques mots à voix basse. Le Commandant ne s'était pas montré surpris de la décision de Diana. Il lui avait dit qu'il s'y attendait. Rube et Don l'avaient accueillie chaleureusement. Quant à Holt, il ne lui avait pas adressé la parole.

Ils traversèrent la vallée au petit trot et atteignirent les montagnes. Don avait pris la longe; Rube tirait les deux chevaux porteurs; Holt marchait en tête et Guy trottait à côté de Diana. Ils se dirigeaient vers le point d'eau. Holt observait de temps à autre les traces de l'étalon pour vérifier que leur direction était la bonne.

Après avoir chevauché pendant une heure dans la montagne, Diana remarqua deux oiseaux qui décrivaient des cercles dans le ciel.

– Regarde, Guy, dit-elle.

– Oui, je les vois. Ces rapaces tournent sûrement au-dessus d'une charogne.

Plus ils avançaient, plus ils se rapprochaient de l'endroit au-dessus duquel tournaient les oiseaux de proie. Le cadavre devait se trouver tout près du chemin qu'ils empruntaient. Soudain, ils se retrouvèrent devant une pente ravinée par des pluies torrentielles. Ils étaient déjà passés par là, la première fois. La montagne était escarpée mais on pouvait la dévaler à cheval.

Holt arrêta un instant sa monture, puis la poussa le long de la pente. Il s'ensuivit un vacarme de croassements et de bruissements d'ailes : les rapaces, affolés, se dispersaient. Quand Diana et Guy atteignirent le ravin, Holt mettait déjà pied à terre. L'un des poulains gisait au fond du canyon. Holt s'agenouilla à côté du cadavre. Quand Rube et Don arrivèrent à leur tour, Diana sentit sa gorge se nouer.

– Il s'est rompu le cou.

Holt se releva, les lèvres serrées.

– Il est probablement tombé en dégringolant la pente, grommela Rube. Il devait être épuisé après avoir parcouru tout ce chemin. Quelle horreur!

– Sors une pelle pour que nous puissions l'enterrer.

Le cheval de Holt tirait sur les rênes, énervé par cette odeur de sang et de mort.

Quand le poulain fut enterré, ils poursuivirent leur chemin en silence. Arrivés au point d'eau, ils aperçurent des traces toutes fraîches. L'étalon avait amené les juments jusque-là et était reparti. Diana observa le sol, là où la terre était retournée.

– Il dresse les nouvelles. (Rube avait remarqué l'expression de surprise de Diana et avait deviné ses pensées.) Un étalon sauvage doit toujours apprendre à une nouvelle jument à lui obéir. Il passe des fois des heures à les regrouper ou à les disperser. Il peut même les priver de boire. Il a dû avoir des problèmes avec la jument qui a perdu son poulain.

– Oui, probablement. (Diana tourna les yeux vers le point d'eau, où les autres faisaient boire leurs chevaux.) Et où croyez-vous qu'ils soient maintenant?

– J'parie qu'ils sont pas loin. On ferait mieux de rejoindre les autres pour savoir c' que Holt a derrière la tête. Vous croyez pas?

Ils retournèrent vers le point d'eau. Rube se dirigea vers Holt, qui dessanglait son cheval. Celui-ci jeta un coup d'œil vers Rube.

– Nous sellons les chevaux qui ne sont pas fatigués. Don, Guy et moi allons faire un tour dans les parages pour essayer de les repérer. Tu peux installer le camp ici.

Diana se retourna quand elle entendit cela.

– Ici? Mais si nous nous installons ici, ils ne viendront pas boire.

– L'étalon ne viendra pas. Mais si les juments ont vraiment soif, elles viendront. (Il jeta la selle à terre et recouvrit son cheval d'une couverture.) Nous serons de retour dans trois heures.

Vingt minutes plus tard, les trois hommes avaient changé de cheval et quittaient le canyon. Rube et Diana commencèrent à installer le campement. Rube choisit un coin relativement éloigné de l'eau pour que les animaux sauvages puissent venir boire sans être effrayés par l'odeur de l'homme.

Quand les trois cavaliers revinrent, tout était prêt. Les chevaux broutaient non loin du feu. Rube avait marmonné qu'on ne l'avait emmené que pour préparer le feu, comme d'habitude. Le café était déjà chaud.

– Vous l'avez vu? demanda Rube.

– On ne l'a même pas entr'aperçu, répondit Guy.

Holt s'était approché du feu pour se verser une tasse de café, sans jeter un regard à Diana.

– Vous avez pas suivi sa trace? demanda encore Rube.

– Nous l'avons perdue. Après, nous avons fait un tour dans le coin, en vain. (Don se dirigea vers le feu. C'était un petit homme nerveux. Il avait toujours le sourire aux lèvres et rougissait facilement.) Ce café sent bien bon. Où sont les gobelets?

Rube et Guy dessellèrent les chevaux, les brossèrent et les attachèrent près des autres. Diana mit le repas à chauffer. Le silence oppressant de Holt la rendait de fort méchante humeur. Don n'était pas très bavard non plus.

Ils étaient assis autour du feu, les jambes croisées et dînaient, leurs assiettes sur les genoux.

– Ça sera pas facile de s'approcher de ce sacré étalon, cette fois-ci, dit Rube, la bouche pleine. J' parie qu'il sera aussi discret qu'un fantôme. Y a des chances qu'il nous repère bien avant qu'on le voie, et alors il emmènera les juments loin d'ici. Ça va être très dur, ce coup-ci. On aurait besoin d'un avion.

– Il nous faudrait un hélicoptère pour surveiller ce terrain. Mais si nous en louons un, nous risquons de devoir donner des explications.

Holt avala sa dernière bouchée et posa son

assiette. Il se leva et s'approcha du feu pour remplir sa tasse. Sans un mot, il quitta le camp et disparut dans l'obscurité.

– Qu'est-ce qu'il a? grommela Rube.

Quand les autres eurent terminé, Diana fit la vaisselle et la rangea. Le pot de café était presque vide. Elle jeta ce qui restait.

– Je vais chercher de l'eau pour le café de demain matin, dit-elle.

– Je vais le faire, lui proposa Guy, en se levant d'un bond.

– Non, merci. Je dois, de toute façon, m'absenter un instant.

Elle alla jusqu'au point d'eau où se dressaient des peupliers rabougris. Entre les ombres des arbres, Diana aperçut la lune qui se reflétait dans l'eau.

Elle s'agenouilla, remplit le pot de café, le secoua et le renversa par terre. Puis elle le plongea dans l'eau et le remplit de nouveau. A quelques mètres d'elle brillait un point rouge : le bout d'une cigarette. Holt était là. Il l'avait vue arriver et n'avait rien dit.

– Votre silence ne m'impressionne pas, fit-elle, irritée. Si vous croyez qu'en m'évitant vous allez me blesser et me forcer à rentrer au ranch, vous vous trompez.

– Pourquoi êtes-vous venue? (La voix impersonnelle troubla le silence de la nuit.) Vous ne pouviez supporter l'idée d'être séparée de Guy pendant une semaine?

Elle se releva, très raide et furieuse.

– Ma décision n'a rien à voir avec cela.

– Vraiment?

Il quitta l'obscurité et s'approcha d'elle.

– Non, absolument pas.

– Votre décision soudaine n'a aucun rapport avec

cette escapade que vous avez faite avec Guy la nuit dernière, bien loin du ranch...

– Pour votre gouverne, nous n'avons fait que parler. Et que vous me croyiez ou non m'est complètement égal.

– Parler? (Holt se moquait d'elle.) Vous avez parlé très longuement.

– Nous discutions d'un sujet fascinant... vous, pour ne pas le nommer. (Il rejeta la tête en arrière, tant il était étonné, et elle comprit qu'elle venait de marquer un point.) Guy pense que vous avez l'intention de tuer l'étalon. Et il espère vous en empêcher.

– Et vous?

– Je ne veux pas le voir mort. Et le Commandant non plus, j'en suis sûre.

– Nous avons eu deux chevaux tués : l'étalon et maintenant le poulain... tous les deux sont morts à cause de ce cheval sauvage. Si un coyote envahit une basse-cour, on le tue. Si un puma attaque du bétail, on lui tire dessus. Si un chien de berger agresse le troupeau, on s'en sépare. (Il parlait à voix basse, d'un ton amer.) Que faut-il pour que vous compreniez tous les deux que ce cheval est une dangereuse menace?

– Vous allez le tuer?

– Non. Nous sommes ici pour récupérer les juments.

– Holt...

– Diana?

Guy l'appelait.

– Allez-y. Votre amoureux vous demande.

Il fit deux pas en arrière.

Diana hésita un instant, mais elle ne voulait pas que Guy la trouve avec Holt et l'accable de ses questions. Elle s'éloigna vers le camp.

– Je commençais à me demander ce qui t'était arrivé.

Guy était venu à sa rencontre.

– Je suis une grande fille. (Elle rit pour le tranquilliser.) Je suis assez grande pour veiller sur moi. Et si j'ai des problèmes, je peux appeler.

Holt revint au camp par un autre chemin.

Une heure plus tard, ils étaient tous allongés dans leurs sacs de couchage. Quand Diana s'endormit, elle rêva qu'elle revivait les heures merveilleuses qu'elle avait passées avec Holt à l'hôtel. Tout avait été extraordinaire... sauf la fin, plutôt amère.

Une main effleura son épaule et une voix familière lui ordonna de se réveiller. Elle ouvrit les yeux et découvrit le visage de Holt. Cela semblait faire partie de son rêve. Elle lui sourit amoureusement.

– Réveillez-vous, répéta-t-il sèchement.

– Bonjour, ronronna-t-elle.

Elle passa les bras autour de son cou et s'étira. Elle le vit froncer les sourcils mais elle savait comment le dérider. Elle leva la tête et l'embrassa longuement. Il lui résista un instant puis répondit avec passion à son baiser. Sous la pression de ses lèvres, elle reposa la tête sur le sol tandis que la main de Holt se posait sur sa poitrine. Elle entrouvrit les lèvres pour goûter pleinement son baiser.

Soudain, sans aucune raison, Holt se dégagea brusquement. Ses yeux brillaient de colère.

– Préparez le café pendant que je réveille les autres.

Son rêve prit fin. Elle jeta un coup d'œil vers les hommes qui dormaient. Elle s'assit, tremblante, et saisit ses bottes.

Ils avalèrent le petit déjeuner très rapidement. Personne ne remarqua la mauvaise humeur de Diana ou tout au moins personne ne lui fit de réflexions. Don sella les chevaux pendant qu'elle terminait la vaisselle. Elle s'aperçut qu'il avait oublié son cheval.

Holt lui tendit son gobelet vide et elle lui jeta :

– Pourquoi ne selle-t-on pas mon cheval? (Il ne lui répondit pas et se contenta de lui lancer un regard impassible, ce qui l'exaspéra.) Si vous vous imaginez que je vais rester au camp comme une squaw pendant que vous allez chercher les juments, vous vous trompez.

– Vous...

– Je n'ai pas d'ordres à recevoir de vous. Don, sellez mon cheval! Je pars avec vous.

– Soit! C'est votre peau, pas la mienne, répliqua Holt en s'éloignant.

Ils cherchèrent l'étalon et les juments toute la matinée, et revinrent au camp à l'heure du déjeuner pour se restaurer et pour changer de chevaux. Ils aperçurent les fuyards de loin, par deux fois. Ils rentrèrent au camp à la nuit tombante. Ils étaient épuisés et mouraient de faim.

Le second jour fut aussi infructueux. Le troisième jour, ils n'eurent guère plus de chance. Quand les chevaux revinrent dans le canyon au petit trot, Diana avait l'impression que la poussière lui collait à la peau. Lorsqu'ils mirent pied à terre, elle tendit ses rênes à Guy.

– Tu veux bien t'occuper de mon cheval? Je vais essayer de me laver un peu avant de préparer le dîner.

– C'est la chose la plus raisonnable que j'aie entendue de toute la journée. (Guy lui prit les rênes et esquissa un sourire las.) Garde-moi un peu d'eau.

Elle ramassa un broc et s'éloigna vers le point d'eau. Quand elle quitta le camp, elle aperçut Rube qui rentrait à son tour.

– Quand vous aurez fait le feu, voulez-vous

réchauffer le café qui reste du déjeuner? lui lança Diana par-dessus son épaule sans s'arrêter.

Elle l'entendit parler tout seul tandis qu'elle s'éloignait.

– Préparez le feu, Rube. Mettez le café à chauffer, Rube. Vous me prenez pour qui...

A l'ombre des peupliers, Diana dégagea la cordelette qui maintenait son chapeau autour de son cou. Elle se pencha et emplit le pot d'eau. Elle éprouva une sensation de douce fraîcheur contre sa main.

Elle prit un mouchoir dans sa poche, le trempa dans l'eau et se le passa sur le cou pour éponger la sueur. Elle le remouilla et se rafraîchit les joues et le front. Cela lui permettrait d'attendre d'arriver au camp pour avoir de l'eau chaude et du savon. Elle entendit des pas s'approcher.

– Tu n'aimerais pas plonger, Guy? Qu'est-ce que je donnerais pour un bon bain bien frais! soupira-t-elle.

– Et faire l'amour après.. C'est ce que vous avez en tête?

La voix sarcastique de Holt résonna à ses oreilles et elle se releva aussitôt. Son cœur se mit à battre la chamade. Il était tout près d'elle, l'air menaçant. Diana, au bord de l'eau, ne pouvait reculer.

– Pourquoi déformez-vous même les choses les plus simples? Je n'ai pas voulu dire cela et je ne l'ai d'ailleurs pas dit.

– Vraiment? gronda-t-il, les dents serrées. Vous oubliez que je vous connais très bien.

Il fit un pas vers elle. Diana essaya de lui échapper mais il la rattrapa facilement. Quand elle sentit sa main sur elle, elle ne lui opposa plus aucune résistance. Il mit la main derrière sa tête pour l'obliger à le regarder en face.

– Cela fait longtemps, vous ne trouvez pas?

Elle trembla des pieds à la tête. Peu lui importait

ce à quoi il faisait allusion. Tout son corps lui rappelait combien les caresses et les baisers lui manquaient. Et elle répondit à son étreinte insultante.

Holt commença à couvrir ses joues et ses lèvres de baisers violents.

– Vous vouliez plonger nue... marmonna-t-il à son oreille. Vous vouliez ensuite vous étendre sur la rive et faire l'amour. C'est ce que vous avez fait avec Guy.

Diana détourna la tête. Elle le détestait de lui rappeler cette erreur.

– Oui, murmura-t-elle d'une voix haletante. Ainsi, vous nous avez vus. Cela vous excite de nous regarder, n'est-ce pas?

Il lui serra le bras si fort qu'elle crut qu'il allait le lui casser. Mais elle ne put découvrir comment il comptait se venger, car la voix de Guy les interrompit.

– Eh, Diana, que se passe-t-il? Le point d'eau est à sec, ou... (Il apparut entre les arbres et s'immobilisa. Il eut d'abord l'air sidéré puis fou de rage.) Laisse-la tranquille!

Diana était terrifiée. Elle se débattit pour se dégager de l'étreinte de Holt. Il la dévisagea froidement et un léger sourire se dessina sur ses lèvres.

– Bien sûr. Mais elle a besoin de se rafraîchir un peu.

Tout en la lâchant, il la poussa en arrière. Elle perdit l'équilibre en glissant sur des rochers et hurla, puis elle tomba assise, dans un jaillissement d'éclaboussures. Elle était abasourdie, vexée, et n'avait pas la force de bouger.

– Je t'avais prévenu de ne pas t'approcher d'elle. Si tu l'as blessée...

– Aide-la, dit Holt en ignorant ses menaces. Je

crois que ton amoureuse a besoin d'être secourue.

Guy était partagé entre son désir d'aider Diana et celui d'affronter son père. Mais Holt ne lui laissa pas le choix et passa devant lui, puis s'éloigna.

– Ça va?

Il prit la main qu'elle lui tendait et l'aida à se remettre debout.

Son pantalon dégoulinait. Ses bottes étaient pleines d'eau. Son chemisier aussi était trempé. Elle avait un peu mal aux fesses mais elle n'était pas blessée.

– Ça va, murmura-t-elle.

– Je devrais...

Guy jeta un regard noir par-dessus son épaule.

– Laisse tomber. (Diana prit tout sur elle.) C'est ma faute. Je l'ai mis en colère.

– Qu'est-il arrivé? Qu'as-tu dit?

Il posa la main sur son bras tandis qu'ils pataugeaient vers la rive.

– Quelle importance? (Elle haussa les épaules comme pour éluder sa question.) Après les trois jours que nous venons de vivre, nous sommes tous fatigués et irritables. Holt était énervé. Il suffisait d'un mot pour le rendre furieux. Il ne s'agit de rien de plus.

– Probablement, dit-il à contrecœur. Mais s'il...

– Tu veux me faire plaisir, Guy? (Diana s'assit pour retirer ses bottes.) Va au camp et rapporte-moi des vêtements secs. Et ne te bagarre pas avec Holt, cela n'en vaut pas la peine.

– Un de ces jours, je le tuerai.

Il s'éloigna pour aller chercher ce qu'elle demandait. Des frissons parcoururent le corps de Diana.

17

Au matin du quatrième jour, ils réussirent à approcher les fuyards et la chasse commença. Comme ils l'avaient fait la première fois, ils établirent des relais et chacun poursuivit les chevaux. Mais ce jour-là, l'étalon refusa de quitter les juments; il les poussait sans relâche, bien qu'elles eussent tenté à plusieurs reprises de lui échapper.

Il était midi passé et le soleil commençait à décliner à l'ouest. Diana était impressionnée par l'endurance dont les fugitifs faisaient preuve et surtout par celle de l'étalon. Il parcourait quatre fois plus de chemin que les juments, car il allait de l'avant à l'arrière de ses compagnes pour les empêcher de traîner.

Diana était à un kilomètre derrière eux, quand elle vit l'étalon accélérer soudain l'allure pour se glisser au milieu du groupe. Il obligea la jument brune à prendre la tête et la fit dévier de sa route pour l'engager dans la direction qu'il voulait. Quand il eut réussi, l'étalon retourna à l'arrière et continua à pousser les autres. Elle comprit qu'il les dominait totalement.

Cela fut encore plus éclatant quand le jeune poulain, incapable de maintenir l'allure, s'écroula. Sa mère essaya désespérément de rester à ses côtés mais l'étalon, impitoyable, la força à continuer en la mordant sauvagement et en lui donnant de violents coups de sabot.

Quand Diana rattrapa le poulain, il essayait en chancelant de se remettre debout pour rejoindre les autres. Il appelait faiblement sa mère; ses cris plaintifs se perdaient dans la montagne. Trop épuisé et terrifié pour s'enfuir, il ne bougea pas quand Diana s'approcha de lui.

Elle savait qu'à un kilomètre de là, un autre cavalier l'attendait pour prendre le relais. Mais elle ne pouvait abandonner le poulain. Elle arrêta son cheval, mit pied à terre et s'avança lentement vers le poulain tout en lui parlant gentiment. Il rejeta violemment la tête en arrière quand elle le toucha, puis se calma.

Elle essaya de le hisser sur sa selle, mais, comme il était trop lourd, elle le reposa sur le sol, cherchant une autre solution.

Des piétinements de sabots résonnèrent derrière elle. Les mains sur les hanches, elle se retourna et vit Holt qui s'avançait vers elle, en tirant deux autres chevaux. Il s'arrêta et fronça les sourcils.

– Qu'est-ce qui ne va pas? (Il n'aperçut le poulain qu'après avoir posé cette question.) Il est blessé?

– Il est épuisé.

Holt devina son problème et descendit de cheval.

– Je vais vous aider. (Diana remonta sur son cheval et attendit que Holt prenne le poulain dans ses bras et le hisse à califourchon sur la selle devant elle.) Ramenez-le au camp. Il est probablement aussi affamé que fatigué. Si vous avez du lait en poudre, vous pouvez lui en donner. Et si vous n'en avez pas, donnez-lui un peu d'eau sucrée. Qui est en avant de vous?

Le poulain se débattit faiblement puis se calma sous les caresses de Diana.

– Don, je crois. Il doit attendre à un kilomètre d'ici environ.

– Nous poursuivrons l'étalon jusqu'au coucher du soleil. (Holt remonta en selle.) Prenez soin du poulain. J'aimerais bien en ramener un vivant au Commandant.

Il s'éloigna au galop et Diana se dirigea au pas vers le camp.

Il faisait nuit quand les quatre hommes revinrent. Le dîner mijotait. Diana s'était assise près du feu. Le poulain alezan dormait à côté d'elle, sa tête délicate posée sur les genoux de Diana. Il était roulé en boule comme un petit chien.

– Comment va-t-il?

Holt s'approcha pour l'observer et s'accroupit à côté d'elle.

– Il ne semble pas avoir souffert de cette chevauchée.

Diana essayait de prendre le même ton impersonnel que Holt.

– Il a probablement accepté de ne plus avoir de mère puisqu'il t'a, fit remarquer Guy.

– C'est curieux comme tout le monde semble vouloir se blottir dans vos bras, murmura Holt.

– Il a eu de la chance de ne pas se casser la jambe, dit Don. Il est encore si fragile, et, vu le terrain que nous avons traversé aujourd'hui... On peut manger?

– Servez-vous, répondit-elle. J'ai déjà dîné.

– Ce jeune bougre a d'la chance d'être vivant. (Rube les rejoignit près du feu.) Un vieux chasseur de chevaux sauvages m'a dit un jour que certains étalons préféraient tuer les poulains plutôt que de les laisser retarder le reste de la harde. C'est pas une pratique courante... mais ça arrive, c'est connu.

Et rien ne m'étonnerait de la part de cet étalon-là.

– Nous les aurons demain, dit Don. Si nous les poursuivons avec autant d'acharnement qu'aujourd'hui, nous attraperons les juments demain.

– Demain, ils seront peut-être à des kilomètres.

Diana observait les hommes qui remplissaient leurs assiettes.

– Y a peu d' chances, décréta Rube. Peut-être que l'étalon n'est pas fatigué, mais les juments le sont sûrement. Elles sont même probablement trop épuisées pour pouvoir manger ou dormir. J' pense pas qu'elles soient à plus de trois ou quatre kilomètres de l'endroit où on les a laissées.

Il avait raison. Ils retrouvèrent l'étalon et les juments à trois kilomètres environ du lieu où ils les avaient abandonnés la veille. L'étalon ne montrait aucun signe de fatigue; dès qu'il aperçut les cavaliers, il regroupa les juments et les poussa au galop.

Il semblait que les choses allaient se passer comme la veille. Puis Diana remarqua qu'à chaque relais le cavalier se trouvait de plus en plus près de la harde. La distance, qui variait d'un kilomètre à huit cents mètres au début, n'était plus que de quelque quatre cents mètres. Les juments étaient passablement épuisées. Seule la tyrannie de leur maître les poussait à continuer.

Le soleil arrivait au zénith et Diana en était à son troisième relais. Ils approchaient de l'endroit où la large vallée en croisait une plus étroite. Jusqu'à présent, la jument brune avait toujours viré dans cette combe, car le terrain y était plus accidenté et rendait la poursuite plus difficile. Rube attendait pour obliger les fuyards à rester dans la vallée la plus large.

Diana ralentit et mit son cheval au petit trot

quand la jument brune tourna pour s'engouffrer dans la combe. Rube apparut aussitôt et leur barra la route. La jument de tête fit un écart, suivie des autres, et elles trouvèrent encore la force de reprendre le grand galop. Rube mit son cheval au trot pour les intercepter.

Le cheval de Diana répondit à sa pression et ralentit l'allure. Quand Diana découvrit où se trouvait Rube par rapport à la harde, elle vit que l'étalon blanc l'avait également aperçu. Il secoua sa superbe crinière et changea de direction. Un terrible hennissement retentit. Les yeux de Diana s'écarquillèrent quand elle le vit charger son ennemi, l'encolure baissée et les oreilles collées à la tête.

– Rube! s'écria-t-elle pour l'avertir du danger.

Rube l'avait déjà vu et tirait sur ses rênes. Son cheval, terrifié par l'étalon, courba la tête. Diana vit Rube lever le bras et l'agiter tout en criant pour essayer d'apeurer l'étalon. Elle donna des coups de talon à son cheval pour rejoindre Rube.

L'étalon, tel un démon, chargea le cavalier et son cheval. Rube essaya de l'éviter en tentant de faire pivoter sa monture qui, affolée, se cabra. Il s'accrocha à l'encolure mais le cheval perdit l'équilibre et tomba en arrière sur son cavalier.

L'étalon blanc ne se contenta pas de voir son poursuivant à terre. La bouche béante, il revint à l'attaque. Le cheval de Rube réussit à se remettre debout et s'enfuit. Rube essaya de l'imiter mais l'étalon était déjà sur lui : ses sabots le piétinèrent.

Diana fouetta son cheval fatigué pour le mettre au galop : il finit par accélérer l'allure. L'étalon pivota dans un tourbillon pour faire face à cette nouvelle menace. Diana fut un instant terrifiée à l'idée qu'il allait l'attaquer. Mais les yeux de feu de l'étalon se détournèrent vers les juments, qui commençaient à se disperser en profitant de l'absence de leur maître. Toujours au pas, il rejoignit les femelles en quelques secondes.

Quand elle s'approcha de Rube qui était à terre, Diana tira sur les rênes. Dans sa hâte, elle sauta de selle sans même être consciente des sanglots qui la secouaient. Elle courut vers Rube, les jambes tremblantes, encore sous le choc de cette horrible scène. Elle vit qu'il remuait. Il était allongé sur le côté et marmonna quelques mots quand elle arriva à sa hauteur.

– Rube?

Elle le roula doucement sur le dos.

– Ne me touchez pas, grommela-t-il, et il commença à cracher du sang.

– Mon Dieu!

Elle chancela, puis courut vers son cheval. Elle tira son fusil de son étui et appuya trois fois sur la détente. Puis elle se précipita de nouveau vers Rube et laissa tomber le fusil par terre.

– Saleté d'étalon, gémit-il.

– Je vous en prie, ne bougez pas. Les autres vont arriver.

Il perdit connaissance. Ne sachant que faire, Diana retourna vers son cheval et saisit la gourde. Elle humecta son mouchoir et essuya le sang qui se coagulait autour de la bouche de Rube. Sa chemise était déchirée et il était couvert de marques sur la poitrine, là où l'étalon l'avait piétiné.

Le temps lui sembla durer une éternité avant qu'elle n'entende s'approcher des chevaux au galop. Holt, Don et Guy arrivèrent à quelques secondes d'intervalle. Diana se leva, les jambes tremblantes, pour venir à leur rencontre.

– Qu'est-il arrivé? jeta sèchement Holt en passant devant elle pour s'agenouiller à côté de Rube.

Elle fut étonnée d'entendre sa voix si calme alors

qu'elle se sentait bouleversée. Bien qu'elle eût toujours les larmes aux yeux, elle avait cessé de pleurer. Elle vit comme dans un brouillard que Holt examinait Rube, vérifiant son pouls et repérant ses blessures. Il n'était pas mort. Diana vit Holt se renverser sur les talons et serrer les poings.

– Maudit Rube, bougonna-t-il, mais ces mots semblaient surtout exprimer son impuissance et la frustration qu'il ressentait.

Les yeux toujours clos, Rube esquissa un douloureux sourire.

– J' me suis mis dans un bel état, hein, Holt?

Il recommença à cracher du sang.

– Maintenant que c'est fait, essaie de tenir le coup, ordonna Holt d'un ton impatient. (Il se tourna vers Don :) Prends le cheval de Rube et ramène-le au ranch. Et essaie de trouver de l'aide là-bas. Toi, Guy, retourne au camp et rapporte-nous des couvertures. Diana, vous l'accompagnez.

– Non!

Elle avait l'horrible pressentiment qu'il voulait l'éloigner pour qu'elle ne soit pas là quand... Elle se refusait à accepter cette pensée.

Don, déjà en selle, s'éloignait.

– Laissez-la rester, Holt, murmura Rube d'une voix rauque. (Curieusement, il plaidait en sa faveur. Il tendit le bras vers elle et Diana s'agenouilla à ses côtés pour prendre sa main dans la sienne. Elle sentait que c'était ce qu'il voulait. Il ouvrit les yeux avec peine. Il semblait souffrir quand il la regarda.) Vos yeux sont aussi bleus qu' le paradis. J'ai toujours voulu vous dire ça, depuis que vous êtes gamine. Oui... comme le paradis. (Il recommença à cracher du sang. Elle chercha son mouchoir à tâtons et essuya le sang qui coulait sur son menton.) Y a peut-être pas d'anges qui m'attendent là-haut, alors je préfère en avoir un assis à côté de moi sur cette terre.

– Vas-y, Guy, ordonna Holt. Pars!

Holt dessella les trois chevaux qui restaient, posa les selles par terre et prit les couvertures, qu'il mit sur Rube pour le réchauffer.

– Vous perdez vot' temps, Holt.

Son visage se tordit de douleur. Il avait le teint gris sous son hâle.

– Chut! (Diana mit les doigts sur ses lèvres.) Ne parlez pas, Rube. Vous devez économiser vos forces.

– Ne me dites pas d' me taire. Tout le monde m'a toujours dit d' me taire! Quand un homme meurt, il a le droit de parler. Et on doit l'écouter pour une fois!

– Nous vous écoutons, Rube. Nous vous écoutons, lui dit Diana, tandis qu'une larme roulait sur sa joue. Mais vous n'êtes pas en train de mourir.

Un sourire déforma son visage mais il ne répliqua pas. Il ferma les yeux et sembla se détendre, comme si ses derniers élans de colère l'avaient épuisé. Holt s'accroupit de l'autre côté et s'assit sur ses talons.

– Même si je m'étais marié, marmonna Rube, j'aurais jamais réussi à avoir une fille aussi adorable qu' vous. J'avais pris l'habitude d' faire comme si vous étiez ma fille. C'est pas drôle, ça? (Il essaya de rire, recommença à cracher du sang mais réussit à ajouter :) Imaginez-moi en train de penser qu' je suis le Commandant.

Diana ferma les yeux, cherchant vainement à retenir ses larmes. Elle n'avait jamais pensé que Rube l'aimait ainsi. Pourquoi doit-on découvrir ces choses quand il est trop tard?

– Vous êtes un brave homme, Rube, chuchota-t-elle, la gorge serrée. Vous êtes un homme loyal, sur qui on peut compter. Le Commandant l'a toujours dit.

– Vous êtes une sacrée menteuse.

Il sourit, l'air heureux malgré la souffrance qui tordait son visage.

– Pourquoi ne te reposes-tu pas un peu, Rube? dit Holt doucement. Nous pourrons parler plus tard.

– Ouais, nous pourrons parler plus tard, approuva-t-il, et il soupira.

Ses doigts noueux s'accrochaient toujours à la main de Diana; elle ne tenta pas de se dégager. Il ne bougeait plus depuis plusieurs minutes quand Holt leva les yeux.

– Il est mort?

– Non. Il s'est évanoui.

Diana avala sa salive.

– Il saigne intérieurement?

– Oui, dit Holt en se relevant.

– Pouvons-nous faire quelque chose?

– Non.

Diana resta à côté de Rube. Elle lui tenait toujours la main et pouvait à peine bouger. Elle avait mal au dos et dans les épaules. Quand Guy revint du camp, ils déposèrent plusieurs duvets sur le blessé.

Rube s'agita et toussa.

– Il fait froid... Personne... peut préparer un feu? murmura-t-il.

– Cette fois-ci, c'est Guy qui va le faire, lui dit Diana.

Mais il semblait de nouveau inconscient. Elle ne savait pas s'il l'avait entendue.

Bien que ce fût désormais inutile, Guy construisit un feu.

Deux heures plus tard, Rube s'éteignit calmement. Diana retira doucement sa main. Les yeux secs, elle regarda Holt tirer la couverture sur son visage.

Elle marcha, très raide et en silence, vers le feu. Quelqu'un mit une couverture autour de ses épaules. Qui? Que lui importait?

Une heure s'était écoulée quand le ronflement d'un hélicoptère rompit le silence. Diana retourna vers le corps de Rube et personne ne se demanda pourquoi.

18

Un sac de vêtements était posé devant la porte du petit logement. On allait les donner à l'Armée du Salut. Diana prit la dernière boîte de conserve qui traînait dans le placard, la mit dans un autre sac et sortit. Elle le plaça à côté du premier puis rentra de nouveau dans le modeste deux-pièces et fit le tour de la salle de bains pour vérifier qu'elle n'avait rien oublié.

Elle s'arrêta un instant dans la chambre et regarda le costume brun, soigneusement posé sur le lit à côté de la chemise blanche. C'était la seule que Rube possédât. Sur le col du complet, on avait déposé une cravate ornée d'un billet d'un dollar. Par terre, à côté du lit, se trouvait une paire de bottes parfaitement cirées, mais usées jusqu'à la corde. Tout cela était destiné aux pompes funèbres.

Le placard et la commode étaient vides. Diana remarqua le petit tiroir de la table de nuit et l'ouvrit. Elle n'y découvrit qu'une Bible écornée. Diana fronça les sourcils : elle n'avait jamais deviné que Rube était croyant et ne se souvenait pas de l'avoir vu une seule fois à l'église. Elle l'ouvrit et vit un nom griffonné à l'intérieur de la couverture : Anna May Carter Spencer. Etait-ce sa mère ?

Diana soupira et se dirigea vers la table de la cuisine. Quelque chose glissa des pages du livre et tomba à terre. C'était une vieille photographie où on la voyait à l'âge de huit ou neuf ans. Diana serra les dents et replaça la photographie dans la Bible, qu'elle posa sur la table au lieu de la mettre dans le panier où se trouvaient quelques objets personnels de Rube.

Diana essaya de se rappeler ce qu'elle pensait du vieil homme quand elle était adolescente, mais ses souvenirs restaient flous. Elle songea qu'elle ne s'était jamais intéressée à lui ou à ses rêves. Et si elle avait deviné ses pensées, elle l'aurait probablement pris pour un vieux fou et l'aurait traité avec la même indifférence. Tout le monde avait des rêves.

Elle entendit des pas, puis la porte d'entrée de l'autre extrémité du bâtiment s'ouvrit et se referma. Diana jeta un regard circulaire sur la pièce vide et prit le panier. Elle sortit et traversa le bâtiment.

Elle frappa. Holt lui répondit : « Entrez. » Quand elle pénétra dans la pièce, il s'essuyait les mains. Il se retourna et eut l'air irrité de la voir.

– Qu'y a-t-il? demanda-t-il en accrochant la serviette à une patère.

Diana était trop abattue pour être peinée par sa voix sèche.

– J'ai rangé le logement de Rube. J'ai ici quelques affaires personnelles dont je ne sais pas quoi faire. (Elle posa le panier sur la table.) Ce n'est pas grand-chose. Il y a un rasoir, un canif, sa montre, une radio et deux, trois autres objets... Rien de tout cela n'a beaucoup de valeur, mais je pensais... (Elle glissa les mains dans les poches de son jean tandis que Holt s'approchait de la table.) Peut-être qu'un des hommes aimerait avoir quelque chose. J'ai pensé que vous souhaiteriez vous en occuper.

– Oui. Je vais voir ce qu'il faut faire.

Elle regardait toujours le panier.

– Il y a aussi un sac de boîtes de conserve. J'ai dû jeter des provisions. Il reste de la bière, du beurre et des œufs dans le réfrigérateur. Je les y ai laissés pour le moment. Ce n'est pas grand-chose, n'est-ce pas?

Sa voix se brisa lorsqu'elle prononça ces derniers mots.

– Vous auriez dû laisser quelqu'un d'autre le faire.

– Je voulais m'en occuper. (Diana leva les yeux vers lui.) Vous savez, je n'ai jamais pensé que... Rube était... (Elle frissonna des pieds à la tête. Elle perçut le mouvement que Holt esquissa vers elle comme pour la réconforter. Elle se sentait si désemparée qu'elle se tourna vers lui.) Prenez-moi dans vos bras. S'il vous plaît, prenez-moi dans vos bras.

Il hésita une seconde puis la prit dans ses bras et la berça doucement. La chaleur de son corps la rasséréna petit à petit. Elle se sentait coupable et triste... triste à cause d'un homme qu'elle n'avait jamais bien connu. Elle passa les bras autour de la taille de Holt, comme pour capter la force qui se dégageait de lui. Les larmes lui montèrent aux yeux.

Le premier choc était passé, mais Diana continuait à trembler et ses larmes coulaient. Elle s'était caché le visage contre la poitrine de Holt. Le battement régulier de son cœur et la main qui lui caressait tendrement les cheveux la réconfortaient. Diana était si triste qu'elle se pressa davantage contre cet homme fort et rassurant. Les lèvres de Holt effleurèrent son front.

Diana s'agrippa à ses larges épaules et se hissa sur la pointe des pieds jusqu'à ce que son front se frotte contre son menton, comme un petit chat qui a besoin d'être consolé. Il répondit à son appel en lui embrassant les tempes, continuant à la caresser pour la calmer, posant les lèvres sur ses yeux et sur ses larmes. Sa main la frôlait tendrement et cela l'apaisait. Diana frissonna, soulagée.

– Ce n'est pas juste, dit-elle, pensant à la mort de Rube. Elle parla dans un souffle tandis que la bouche de Holt errait dans ses cheveux, derrière son oreille.

– Rien n'est juste... Ce que j'éprouve en ce moment n'est pas bien non plus, mais qu'importe.

Cédant à son désir, ses lèvres glissèrent jusqu'à celles de Diana et les entrouvrirent. Le corps de Diana s'embrasa et elle s'abandonna comme elle l'avait fait autrefois.

Holt la souleva de terre et la porta dans la pièce voisine puis la déposa sur le lit défait. Il la déshabilla. Les draps étaient chauds et exhalaient son odeur. Le matelas craqua sous leur poids. Une seconde plus tard, Diana se pressa contre lui et leurs corps se fondirent dans une explosion de sensations intenses. Ils atteignirent un plaisir plus violent que jamais.

Même lorsqu'ils furent apaisés, ils ne voulurent pas s'éloigner l'un de l'autre. Diana laissa sa tête dans le creux de son bras. Elle fumait la cigarette qu'il avait allumée pour elle. Holt avait posé le cendrier sur son ventre. Parler de Rube lui sembla soudain plus facile.

– Tout est arrivé si vite ! J'ai vu l'étalon passer à l'attaque et son cheval se renverser sur lui. Je n'avais pas l'impression d'être si loin. Si j'avais pu arriver plus tôt, avant que l'étalon ne l'ait piétiné, il ne serait peut-être pas mort.

– Si tu l'avais rejoint plus vite, vous seriez peut-être morts tous les deux. Tu ne dois pas te torturer ainsi, Diana. Personne ne pouvait prévoir ce qui est arrivé. La seule chose qui aurait pu le sauver aurait été une intervention médicale immédiate. Elle était impossible.

– Je connaissais Rube depuis toujours. Et pendant toutes ces années, je n'ai jamais soupçonné la tendresse qu'il me portait. Je savais qu'il était là, c'est tout... comme Guy. Et ils étaient toujours à ma disposition quand je... (Diana ne termina pas sa phrase car elle sentit soudain la froideur qui avait envahi Holt. Elle fixa la fumée qui montait en volutes de sa cigarette, la cendre qui se consumait. Ils avaient été très proches l'un de l'autre, mais Holt s'était éloigné d'elle.) J'aurais aimé ne pas parler de Guy, murmura-t-elle.

– Cela n'a pas d'importance.

Il écrasa sa cigarette et lui tendit le cendrier.

– Si, cela en a! Tu continues à croire que nous avons une liaison. Ce n'est pas vrai.

– Cela n'a pas d'importance, répéta-t-il durement.

Les larmes lui montèrent aux yeux tandis qu'elle écrasait sa cigarette à son tour.

– S'il te plaît... Je ne veux pas discuter de Guy avec toi, pas aujourd'hui.

Après un long silence, Holt soupira longuement.

– Moi non plus, Diana. Il se tourna vers elle, lui prit doucement le menton et l'embrassa, puis se redressa. Il s'assit sur le bord du lit.

Son amour envahit le cœur de Diana. Elle se releva et s'approcha de lui, puis glissa les mains sur ses épaules et lui entoura la poitrine. Elle se pressa contre lui et embrassa les cicatrices de son dos. Holt se dégagea tendrement.

– Il est presque midi, dit-il.

Elle n'essaya pas de le retenir quand il se leva. Elle s'allongea et le regarda s'habiller : leur intimité lui octroyait ce droit. Ses yeux s'attardèrent sur ses cicatrices. Holt se retourna et croisa son regard.

– Mon père m'a battu quand j'étais enfant. (Holt boutonna sa chemise d'un air apparemment indifférent.) Il faisait des numéros de rodéo. Ma mère m'a montré des photographies de lui. Il voyageait beaucoup, était donc rarement à la maison. Certains jours, je souhaitais qu'il ne revienne jamais. Chaque fois qu'il rentrait, il me battait pour une raison ou pour une autre. Et quand il commençait, il ne s'arrêtait plus. Ma mère hurlait, pleurait et le suppliait mais généralement, quand il cessait enfin de frapper, j'étais évanoui.

– Oh, mon Dieu! Holt, non! Ce n'est pas vrai!

– J'avais onze ans quand un taureau l'a coincé contre une barrière et lui a cassé la jambe. Quand il est sorti de l'hôpital, il a passé une semaine à la maison. Il avait une cravache et me frappait avec, plutôt qu'avec ses poings.

– Mais il y avait sûrement quelqu'un... un professeur, un voisin...

– A cette époque-là, on n'admettait pas qu'il y eût des bourreaux d'enfants. Les parents faisaient ce qu'ils voulaient. Ils pouvaient toujours affirmer que le gosse le méritait.

– Mais on aurait certainement pu faire quelque chose, non?

Holt ne répondit pas aussitôt. Il continua de s'habiller.

– Quelques mois après qu'il m'eut fouetté, ma mère m'a annoncé qu'il rentrait pour le week-end. Quand elle est partie faire les courses, je me suis enfui. Je m'étais juré qu'il ne me battrait plus jamais. Deux jours plus tard, la police m'a retrouvé et m'a ramené à la maison. Ma mère était seule. Elle m'a dit qu'il était parti à ma recherche et avait promis de ne plus me frapper. Mais quand il est rentré et que j'ai vu la lueur qui brillait dans ses yeux, j'ai aussitôt compris que tout cela n'était que mensonges. Il a commencé à hurler en prétendant que je rendais ma mère folle. Quand j'ai aperçu la cravache qu'il tenait à la main, je me suis précipité dans la chambre de ma mère. Il avait insisté pour qu'elle garde toujours un fusil chargé dans son placard, parce qu'elle était souvent seule à la maison. Je me souviens de l'avoir entendu dire un jour qu'un fusil de chasse était plus pratique qu'un revolver si on voulait tirer sur une cible très proche. Je ne sais pas si j'avais l'idée de l'effrayer ou de le tuer. Je l'ai armé et je l'ai pointé vers la porte. Quand il l'a défoncée, j'ai appuyé deux fois sur la détente.

Diana se sentait mal. Elle savait qu'elle avait pâli. Le visage de Holt était impassible. Il boucla sa ceinture et saisit ses bottes.

– On ne retint aucune charge contre moi, à cause des circonstances, et parce que j'étais très jeune. Mais on me mit dans une maison de redressement pendant quelques mois avant de me rendre à ma mère. Nous avons déménagé... pour l'Arizona.

– Je... Je suis désolée.

Cela paraissait tellement dérisoire de dire cela.

– Si c'était à refaire, je le referais.

Holt sortit de la chambre.

Quelques minutes s'écoulèrent avant que Diana ne se ressaisisse et se lève pour s'habiller. Il semblait qu'il n'y eût rien à ajouter quand elle le rejoignit dans le living.

– Je dois aller m'occuper d'un des chevaux. Je te verrai au déjeuner, dit-il en ouvrant la porte.

– D'accord.

Ces phrases neutres ne servaient qu'à éviter d'aborder d'autres sujets plus brûlants. Tous deux le savaient. Un fils qui hait son père... c'était le passé mais aussi le présent.

Diana partit faire une promenade à cheval dans la fraîcheur matinale mais cela ne la détendit pas. Les obsèques de Rube étaient prévues pour le lendemain. Elle se sentait déprimée, coupable. Elle se dirigea lentement vers l'écurie en longeant les bâtiments principaux pour éviter de rencontrer qui que ce fût. Elle observa distraitement l'encolure de son cheval, qui oscillait pendant qu'il marchait.

– Hé! Diana! Viens par ici! (Elle était plongée dans ses pensées et cette voix la surprit.) Pourquoi ne m'as-tu pas dit que tu allais faire un tour? Je serais venu avec toi.

En entendant son nom, Diana avait arrêté son cheval. Sur sa gauche, se dressaient les réservoirs de gaz. La vieille caravane que Guy avait aménagée se trouvait juste derrière. Il était assis sur une chaise de jardin dont la toile était à moitié déchirée.

– Viens par ici. Nous allons parler un peu.

Il fit un geste vers elle. Il y avait quelque chose de peu naturel dans sa voix et dans sa façon d'être.

Diana fut tentée de continuer son chemin comme si elle ne l'avait pas entendu. C'était impossible maintenant qu'elle s'était arrêtée et qu'elle avait jeté un coup d'œil dans sa direction. Elle soupira et fit pivoter son cheval.

– Il fait chaud ce matin, tu ne trouves pas?

Guy resta vautré sur sa chaise quand elle arriva près de lui.

– On ne peut pas se plaindre.

– Descends. Descends de cheval. (Il fit un signe de la main.) Assieds-toi et parlons. (Il se leva, un peu titubant.) Tu peux prendre ma chaise. Je vais en chercher une autre à l'intérieur.

Tandis qu'elle mettait pied à terre, Guy entra dans la caravane et en ressortit avec une seconde chaise, aussi fatiguée que la première. Il l'installa à côté de celle de Diana.

– Tu veux une bière bien fraîche? bredouilla-t-il.

– Non, merci.

– Je crois que je vais en prendre une. Je reviens tout de suite.

Il sourit et entra de nouveau dans la roulotte.

Une demi-douzaine de canettes vides traînaient à côté de la chaise. Diana comprit que Guy avait bu : or, il n'était pas encore midi.

– Tu es sûre que tu n'en veux pas? lui demanda Guy en revenant avec sa bière.

– Non, vraiment pas.

Il s'assit à côté d'elle et se laissa aller sur son siège. Il but une gorgée, puis fixa la canette, l'air triste.

– C'est la bière de Rube, dit-il. Les gars me l'ont donnée quand ils ont partagé ses affaires. Floyd a pris sa montre et Don a voulu son bracelet-montre. J'allais prendre sa radio mais ce stupide engin ne marchait pas. (Cela le fit rire et il regarda Diana.) Tu es sûre que tu ne veux pas une bière de ce bon vieux Rube?

– Je crains qu'il n'en reste plus, murmura-t-elle sèchement.

– Il en reste deux.

– Je m'en passerai.

– Tu sais... (Il renversa la tête en arrière et contempla le ciel.) On devrait organiser une veillée pour Rube. Je suis sûr que ça lui plairait. Une veillée avec des hurlements déchirants et des flots de bière. Et jouer un peu aussi peut-être. Il adorait les dés. Tu aurais dû entendre comment il en parlait! Mais c'était un piètre joueur de poker. Tu pouvais le bluffer sur n'importe quel coup. Il avait la folie du jeu tout en ayant peur de perdre un dollar. Je ne t'ai jamais dit qu'il m'avait appris à jouer?

– Non.

– Ce n'était pas un très bon professeur. (Guy soupira et but une gorgée.) Il n'avait pas de famille, n'est-ce pas?

– Je n'en ai jamais entendu parler, en tout cas. Le Commandant pense qu'il avait une sœur quelque part, mais Floyd croit qu'elle est morte il y a quelques années. Ils essaient de se renseigner.

– J'imagine qu'il n'y aura pas grand monde demain aux obsèques... juste les gens du ranch. Rube n'avait pas d'amis à part nous. Peut-être deux, trois employés des autres ranchs qui sont venus travailler ici à un moment ou à un autre. (Il jeta avec violence la canette vide par terre.) Je t'ai dit que Holt avait pris sa selle? Le salaud!

Il y avait une telle rage dans sa voix que Diana blêmit.

– Ne dis pas cela.

– Pourquoi? C'est la vérité. Il est comme ça et il sera toujours comme ça. Tu le sais bien, Diana. Tu ressens la même chose. De plus... s'il n'avait pas décidé tout cela, Rube serait encore vivant à l'heure qu'il est.

– Ce n'est pas vrai. Tu ne peux pas accuser Holt. C'était un accident. J'étais là, j'ai tout vu. Si on doit accuser quelqu'un, c'est moi, parce que je ne l'ai pas rejoint assez vite.

– Non, ce n'est pas ta faute. Tu ne pouvais rien faire. Non, tout est arrivé à cause de Holt. Et il reporte sa culpabilité sur l'étalon blanc.

– C'est l'étalon qui l'a piétiné, ce n'est pas Holt!

– Mais c'est Holt qui nous a amenés là-bas. Cette foutue expédition, c'est son idée. Il doit payer pour ce qu'il a fait. D'abord, pour ce qu'il t'a fait et ensuite pour la mort de Rube. Je le hais, ce salaud!

– Tu parles ainsi parce que tu as trop bu. Je refuse de croire que tu penses ce que tu dis.

Diana, partagée entre la colère et l'effroi, tremblait de tout son être.

– Comment peux-tu le défendre après ce qu'il t'a fait?

– Mais que dois-je dire ou faire pour te mettre dans la tête que je voulais qu'il me fasse l'amour? hurla-t-elle, folle de rage.

– Je ne te crois pas. Tu le dis mais ce n'est pas vrai. Tu ne voulais pas de lui. C'est impossible, puisque tu le détestais autant que moi. Tu l'as toujours haï.

– Je ne le hais plus. Je...

Diana n'osa pas en dire davantage.

– Cette ordure...

– Ne dis pas cela, lui ordonna-t-elle. (Mais il était inutile d'essayer de le raisonner dans l'état où il se trouvait.) Si tu continues à parler ainsi, je m'en vais.

– Non. (Avec une rapidité étonnante, il se leva et lui attrapa le bras sans même lui laisser le temps de faire un pas vers son cheval.) S'il te plaît, ne pars pas. Reste encore un peu avec moi. (Il semblait se repentir, la suppliait du regard.) Je suis désolé d'avoir été grossier comme cela devant toi. Je n'ai pas pu me retenir.

Il avait l'air d'un enfant. Une fois de plus, Diana ne pouvait s'empêcher d'être émue par son regard de chiot battu.

– Ce ne sont pas tes jurons qui m'attristent, Guy. C'est ton attitude à l'égard de Holt. Ne comprends-tu pas qu'il a essayé de te donner un foyer et une certaine éducation? T'a-t-il jamais maltraité?

Guy se rembrunit.

– Il a le cœur aussi dur qu'une pierre. Tu peux ressentir plus d'émotion dans ton petit doigt que lui dans tout son corps. Il ne m'aime pas.

– Peut-être qu'il contient trop ses sentiments et qu'il n'ose pas les montrer. Mais il t'aime, c'est certain. Et c'est pourquoi il m'a interdit de t'approcher, parce qu'il craignait que je te fasse de la peine.

– Il t'a interdit? (Son visage s'assombrit davantage.) C'est donc pour cela que tu me repousses toujours. Tu as peur de lui, tu as peur de ce qu'il pourrait te faire. (Diana secoua la tête pour protester mais il ignora son geste et l'écrasa contre lui.) Je ne le laisserai pas te faire du mal, Diana. Tu ne le sais donc pas?

Diana ferma les yeux quand elle se rendit compte qu'il se prenait pour le justicier qui la vengerait.

– Je ne crains pas Holt. Je n'ai pas besoin que tu me protèges. Et je n'ai d'ailleurs aucune envie d'être protégée.

– Tu as toujours prétendu que tu ne voulais pas de moi parce que tu te refusais à t'engager. (Guy ne l'avait pas écoutée.) Mais, en fait, c'était parce qu'il t'avait menacée. Et c'est aussi pour cela que tu ne m'as pas proposé de t'accompagner ce matin, quand tu es partie à cheval!

– Non. J'avais besoin de réfléchir. Je désirais être seule.

– Quand il t'a violée, j'aurais dû...

– Ce n'était pas un viol. Combien de fois devrai-je te le dire? répéta Diana, exaspérée. Si je n'avais pas été consentante, tu ne crois pas que je lui aurais arraché les yeux? De plus, je suis la fille du Commandant. Or tu sais combien le Commandant et Holt sont liés. Penses-tu sincèrement que Holt m'aurait brutalisée et aurait risqué de perdre l'estime du Commandant, et son travail, par la même occasion?

Ne sois pas stupide, Guy. Ouvre les yeux et regarde la vérité en face.

– Tu as peur de lui. (Il glissa la main le long de son dos. Il embrassa ses cheveux et chercha son visage mais Diana se détourna brusquement.) Nous allons nous enfuir loin d'ici, toi et moi, loin des menaces de Holt.

– Je ne veux pas m'enfuir. Je suis ici chez moi.

Les vapeurs de l'alcool l'empêchaient-elles de comprendre quoi que ce fût?

– D'accord, nous resterons ici. Où que tu désires être... c'est aussi là que je veux rester. Je ferai tout ce que tu veux, je te le jure... Allons faire un tour ensemble. Quand nous aurons trop chaud, nous nous arrêterons près de la mare et nous irons nager comme la dernière fois.

– Non!

– Je t'aime tant, Diana. Tout ce que je veux, c'est être avec toi, te tenir dans mes bras, t'embrasser. Allons nager, gémit-il. Je te promets que ce sera aussi merveilleux que l'autre jour.

– Non! (Diana, rassemblant toutes ses forces, réussit à se dégager de son étreinte. Elle recula et le regarda, folle de colère.) Je regrette d'être allée là-bas, un jour, avec toi.

– Tu ne le penses pas vraiment. (Il la fixait, incrédule et bouleversé.) Tu m'as dit que tu ne le regrettais pas.

– Pas sur le moment, mais maintenant si. Tu ne comprends donc pas? Nous étions des amis. J'ai commis une erreur en laissant nos relations devenir trop intimes et cela a tout gâché. Maintenant, dès que tu m'approches, tu ne penses plus qu'à cela. Et je ne veux plus que tu me fasses l'amour.

– Mais tu avais dit que tu éprouvais quelque chose pour moi.

– C'est vrai, mais je ne t'aime pas. (Diana ne

savait pas s'il saisissait le sens de ce qu'elle lui disait.) Guy, je ne veux pas te faire de mal.

– Tu essaies de me protéger, c'est cela? Tu as peur de Holt et tu crains que je fasse quelque chose contre lui? C'est cela, n'est-ce pas? Tu essaies de me protéger?

C'était sans espoir.

– Tu es ivre, Guy. Quand tu auras repris tes esprits, peut-être comprendras-tu ce que j'ai tenté de t'expliquer. Pour le moment, c'est inutile de te parler. Tu déformes tout et tu invoques des raisons qui n'existent que dans ta tête.

Elle se dirigea vers son cheval et monta en selle.

– Je ne suis pas ivre, protesta-t-il, indigné. J'ai bu quelques bières, mais...

Diana donna un coup de talon dans les flancs de sa monture et partit au trot vers l'écurie.

19

Diana tournait les pages d'un magazine sans parvenir à fixer son attention. Agitée, elle retournait sans cesse dans sa tête la discussion qu'elle avait eue le matin avec Guy. D'autres choses la préoccupaient aussi : Holt, l'enterrement du lendemain. Elle rejeta le magazine avec irritation.

– Pourquoi ne vas-tu pas faire un tour en ville, cet après-midi? lui suggéra gentiment le Commandant. Je crois que tu as besoin de t'éloigner un peu du ranch. Tous ces préparatifs pour les obsèques de Rube te dépriment.

– Ce n'est pas cela, dit-elle en quittant le canapé pour s'approcher de la fenêtre. De plus, si je vais en ville, je devrai précisément m'arrêter aux pompes funèbres.

– Je pense tout de même que tu as besoin de changer d'air. Je ne t'ai pas vue sourire une seule fois depuis deux jours. Rends visite à Peggy. Sa bonne humeur a toujours été contagieuse.

– Oui, murmura-t-elle. Tu as peut-être raison. Je vais aller voir Peggy. Mais je ne resterai pas longtemps. (Diana se dirigea vers la porte.) N'oublie pas de faire ta sieste cet après-midi.

– Je prendrai soin de moi. Ne t'inquiète pas. Va.

Diana prit le break et se rendit au ranch voisin. Il n'y avait pas de voiture dans la cour mais elle entendit des bruits qui venaient de la maison : Peggy était donc là. Elle frappa et entra.

– Tu es là?

– Oui, répondit Peggy. (Quelques secondes plus tard, elle apparut dans la cuisine, un bébé dans les bras. Elle avait des rouleaux sur la tête et son chemisier blanc était taché.) Bonjour, Diana. J'allais juste mettre les filles au lit pour leur sieste. Assieds-toi. Tu veux un thé glacé? J'ai envie de boire quelque chose.

Peggy avait les yeux cernés. Diana pensa qu'elle aurait dû faire une sieste : c'était sûrement elle qui en avait le plus besoin. Elle avait vraiment l'air à bout de forces.

– Toi, tu t'assieds. C'est moi qui m'occupe du thé.

– J'obéis. (Peggy rit d'un ton las.) Il y a une carafe de thé dans le réfrigérateur et des verres dans le placard de gauche. (Elle s'assit devant la table pendant que Diana préparait les boissons glacées. La tétine du bébé tomba et il se mit à pleurer jusqu'à ce que Peggy la lui rende.) J'ai été très triste d'apprendre la terrible nouvelle. J'ai appelé hier matin et j'ai eu le Commandant. Quel horrible accident!

– Oui.

Diana apporta les deux verres et prit une chaise.

– As-tu terminé tous les préparatifs pour les obsèques?

– Oui. Il n'y aura certainement pas beaucoup de monde. Nous aurons donc juste un service religieux, et l'enterrement, bien sûr.

– Je suppose que les hommes du ranch vont porter le cercueil.

– Oui.

Diana aperçut une petite silhouette vêtue de rouge sur le seuil.

La fille aînée de Peggy hésitait à entrer. Elle faisait la moue et des traces de larmes luisaient sur ses joues.

– Maman, j'ai soif.

– Non, tu n'auras rien! (Le regard de Peggy brilla de colère quand elle vit sa fille.) Retourne immédiatement dans ta chambre et fais ta sieste! Tu m'as bien comprise?

– Je n'ai pas envie, maman.

Elle recommença à pleurer.

– Sara Kay Thornton, tu vas dans ta chambre ou je te donne une fessée. Comme ça, tu auras une bonne raison de pleurer.

– Non, maman, non!

Peggy changea le bébé de place et se leva. Le bébé perdit de nouveau sa tétine et se remit à pleurer. Quand Peggy saisit le martinet qui traînait sur le buffet, la fillette commença à hurler. Un terrible vacarme envahit la maison tandis que Peggy poussait sa fille jusqu'à sa chambre.

– Arrête de crier! (La voix de Peggy parvint jusqu'à la cuisine.) Et ne bouge plus de ton lit tant que je ne viendrai pas te chercher. (Elle revint et essaya de calmer le bébé.) C'est réglé pour cette fois. J'espère que je ne vais pas avoir souvent des semaines comme celle-ci. Sara se remet juste d'une grippe, Brian fait ses dents, et Amy pense que personne ne s'occupe plus d'elle.

– Tu as l'air à bout.

– Je le suis. (Elle sourit.) Mais je sais m'organiser. Maman va venir demain s'occuper des enfants pour que je puisse aller à l'enterrement avec Alan.

Diana perçut une odeur âcre.

– Quelque chose brûle?

– Oh, mon Dieu! Le gâteau! Je l'avais complètement oublié! (Elle posa le bébé par terre et se précipita vers le four, qu'elle ouvrit.) Il est fichu, gémit-elle. Maudit four! Regarde-moi ça! Un côté est brûlé et l'autre n'est pas cuit. Le fond du four chauffe trop fort. Pour arriver à cuire quelque chose correctement, on doit tourner le plat sans arrêt.

Diana secoua la tête.

– Comment peux-tu supporter tout cela? Je veux dire : comment peux-tu t'en sortir dans ces conditions? Entre les enfants qui pleurent, le four trop chaud, le réfrigérateur qui ne refroidit rien et un mari qui te met tout le temps enceinte. Tu ne peux même pas t'acheter une robe neuve.

Les mots sortirent sans que Diana puisse les retenir.

Peggy, abasourdie, la fixa un instant, puis céda à la colère.

– Comment oses-tu prétendre que je n'ai rien de bon dans ma vie? Tu as un superbe lit en cuivre mais il est désespérément vide. Quand je vais me coucher, Alan est là pour me prendre dans ses bras tendrement et partager mes rêves. Tu manges peut-être des steaks tous les jours alors que nous ne mangeons que de la viande hachée, mais, à ma table, j'ai un mari et trois beaux enfants. Qui est assis à ta table? Cette maison est modeste, elle n'est pas raffinée comme celle du Commandant, mais elle est pleine d'amour. C'est moi qui suis riche et toi qui es pauvre, Diana. Et si tu ne t'en rends pas compte, j'en suis vraiment désolée pour toi!

– Peggy, je...

Diana ne savait comment réparer son erreur. Elle aurait mieux fait de réfléchir avant de parler. Elle se leva et marcha lentement vers la porte puis se retourna. Le bébé avait les doigts dans la bouche. Diana vit Peggy les lui retirer tout en l'embrassant sur le front et en le serrant dans ses bras. La gorge nouée, Diana sortit et referma doucement la porte.

Elle roula à faible allure jusqu'au ranch et le chemin lui parut très long. Elle se gara devant la maison en arborant le sourire que le Commandant s'attendait à lui voir sur les lèvres, puis elle se dirigea vers le porche. Quand elle ouvrit la porte, le téléphone sonna.

Elle décrocha et déclara :

– Ici, le ranch des Somers.

– Diana ? C'est moi, Peggy. J'ai oublié de te dire quelque chose... Je tiens beaucoup à ton amitié. Tu me pardonnes de m'être emportée tout à l'heure ?

– Après ce que je t'ai dit, c'est moi qui dois te demander pardon, répondit Diana, encore sous le choc.

– Nous avons été surmenées toutes les deux, ces jours derniers. Oublions tout. D'accord ?

– D'accord.

– Parfait. Alors, à demain.

– Oui, à demain.

Le service funèbre fut très simple et très peu de personnes y assistèrent. Il y avait beaucoup de vent au cimetière et des bourrasques soulevaient la poussière. Diana se tenait à côté du Commandant et portait un bandeau noir sur la manche de son manteau sombre. Guy et Holt faisaient partie des hommes qui portaient le cercueil. Guy, très pâle, avait les yeux rouges. Holt semblait absent : il écoutait avec indifférence la voix monotone du pasteur, les cheveux ébouriffés par le vent.

Quand l'oraison funèbre fut terminée, le petit groupe se rassembla quelques instants. Alan et Peggy le rejoignirent pour présenter leurs condoléances au Commandant, qui était la personne la plus proche de Rube puisque ce dernier n'avait pas de famille.

Diana balbutia :

– Peggy, pour hier...

– Rappelle-toi, on a dit qu'on oubliait tout. (Elle la serra un instant dans ses bras et ce geste paraissait tout à fait naturel.) Nous te verrons au ranch.

Les Thornton s'éloignèrent car d'autres personnes attendaient pour dire un mot au Commandant. Ils avaient été invités à boire un café ou un rafraîchissement au ranch après l'enterrement. Ceux qui n'habitaient pas loin avaient accepté. Les autres avaient refusé, craignant que le voyage ne fût trop long.

Tous se dispersèrent et regagnèrent leurs voitures. Le pasteur et sa femme avaient souhaité se rendre au ranch dans celle du Commandant. Le chemin qui menait au parking étant étroit, Diana fut contrainte de les suivre à quelque distance.

Ils étaient presque arrivés à la voiture quand une main saisit Diana par le coude, sans toutefois l'arrêter. Elle sursauta et découvrit Holt qui marchait à côté d'elle. Comme elle ne l'avait pas vu depuis quelques instants, elle avait pensé qu'il avait quitté le cimetière. Il l'accompagna jusqu'au parking.

Le contact de sa main la troubla. Diana aurait aimé se jeter dans ses bras et oublier toutes ces images noires qui l'obsédaient : le cimetière, le caveau et le cercueil. Quand ils atteignirent la voiture, Holt retira sa main, et il sembla à Diana que tout son courage s'évanouissait. Elle se mit à trembler.

– Ça va ? murmura-t-il.

Elle releva la tête. Elle avait tiré ses cheveux noirs en un chignon strict. Le tailleur noir, très simple, qu'elle portait lui donnait un teint plus pâle que d'habitude et faisait ressortir ses yeux bleus.

– Très bien.

Diana pensa : « Tant que tu es avec moi. »

Quand elle regarda son visage aigu et bronzé, elle eut encore plus envie de se presser contre lui et de sentir ses lèvres contre les siennes. Il dut lire ses pensées car son souffle se fit plus rauque et ses yeux se mirent à briller d'une lueur sombre. Elle se pencha inconsciemment vers lui et Holt se tourna brusquement vers le Commandant.

– J'aimerais vous parler un instant, Commandant, quand cela vous conviendra.

– Quand vous voudrez, Holt.

Holt salua le pasteur et sa femme, et s'éloigna sans jeter un regard à Diana.

Elle tressaillit, soudain inquiète. Pourquoi voulait-il parler au Commandant? Et pourquoi cela la rendait-il si nerveuse?

Au ranch, la conversation tourna autour de la mort de Rube. Personne ne sembla remarquer que le regard de Diana était presque constamment fixé sur Holt. Toutefois, elle se devait à ses devoirs d'hôtesse. Quand elle s'aperçut que le pasteur et sa femme étaient seuls, elle s'approcha d'eux et proposa de leur servir quelque chose. Ils refusèrent.

– C'est une belle fin, déclara le pasteur.

– Il n'y avait pas grand monde, fit-elle remarquer.

– Non, mais ceux qui sont ici sont réunis parce qu'ils aimaient sincèrement M. Spencer et non par obligation sociale.

M. Spencer... Cela résonnait curieusement à ses oreilles. Pour elle, c'était Rube. Et probablement pour tous ceux qui étaient présents. La moitié d'entre eux avaient même probablement oublié son nom de famille, pensa Diana, mais elle n'en dit rien.

– Il nous manquera.

– J'ai cru comprendre que M. Spencer travaillait pour votre père depuis très longtemps.

– Je crois l'avoir toujours connu.

– Quel terrible accident, murmura la femme du pasteur. Etre traîné et piétiné par son propre cheval.

C'était donc là l'explication qu'on avait donnée! Diana l'ignorait. Aucun étranger au ranch ne l'avait questionnée là-dessus. On avait évidemment omis de parler de l'étalon blanc.

– C'est très triste.

– J'ai cru comprendre que vous étiez présente quand le malheur est arrivé? demanda la femme en lui souriant d'un air compatissant.

Diana hocha la tête.

– Oui.

– A-t-il pu parler avant de mourir? J'espère sincèrement qu'il a pu se repentir devant Dieu.

– Rube a beaucoup souffert. Il savait qu'il allait mourir et... oui, il a parlé du paradis.

Elle pensa que Rube ne lui en aurait pas voulu de déformer quelque peu la vérité si cela pouvait rasséréner la femme du pasteur.

– J'en suis heureuse.

– Voulez-vous m'excuser? demanda Diana. Je dois aller à la cuisine voir si Sophie n'a pas besoin de moi.

Le couple exprima de nouveau des pensées réconfortantes avant qu'elle ne s'éloigne, sachant d'ailleurs parfaitement que Sophie n'avait besoin d'aucune aide. La gouvernante empilait les assiettes sales.

– Tout va bien, Sophie? Désirez-vous quelque chose?

– Tout va très bien, mademoiselle, répondit-elle d'un ton affable. (Quand Diana s'apprêta à sortir, Sophie se retourna et dit d'une voix hésitante :) Le Commandant et vous-même avez fait quelque chose de bien. (Devant la surprise de Diana, la gouvernante poursuivit :) Je veux dire l'enterrement, l'inscription sur la tombe et tous ces gens que vous avez invités.

– Merci, Sophie.

– Rube vous a toujours... beaucoup aimée, mademoiselle. (Elle semblait mal à l'aise, comme si elle craignait d'être indiscrète.) Holt m'a dit que vous aviez été d'un grand réconfort pour Rube quand il est mort.

– Je... Je vous remercie.

Diana ne se souvenait pas d'avoir jamais entendu Sophie parler avec autant d'émotion. Elle songea que la mort de Rube les avait tous touchés d'une façon ou d'une autre.

La gouvernante reprit son travail.

– Je me suis souvent demandé si vous vous étiez jamais intéressée à Rube. Quand vous étiez enfant, le Commandant et vous étiez si proches, si liés qu'il semblait qu'il n'y avait place pour personne d'autre. Je sais que Rube peut voir ce que vous faites pour lui, et je suis sûre qu'il en est heureux.

Diana se rendit compte que Sophie se parlait à elle-même et exprimait ce qu'elle ressentait depuis des années. Elle posa un instant la main sur l'épaule de la vieille femme.

– Merci, Sophie.

Elle quitta la cuisine et regagna le salon. Son regard chercha aussitôt Holt. Elle le vit s'approcher du Commandant, lui dire quelques mots et, après un hochement de tête affirmatif de ce dernier, le suivre jusqu'à son bureau. Diana en déduisit que l'entrevue que Holt avait sollicitée allait avoir lieu maintenant.

Elle traversa rapidement le salon et se dirigea vers le bureau. Elle ouvrit la porte quelques secondes après que Holt l'eut refermée. Quand elle entra, il lui lança un regard irrité.

– Comment te sens-tu, Commandant? (Diana s'approcha de son père.) Tu es certainement très fatigué?

– Non, tout va bien. (Il s'assit dans le fauteuil de cuir derrière son bureau.) Holt voulait simplement s'entretenir seul avec moi quelques minutes.

– Ah, je vois. Cela ne te dérange pas que je m'asseye?

Elle s'était déjà installée sur une des chaises quand elle prononça ces mots.

Holt parla d'une voix sèche en contenant sa colère.

– Je suppose que si j'émets une quelconque objection, cela ne changera rien. (Il resta debout devant le bureau, ce qui signifiait qu'il n'en avait pas pour longtemps.) Je vais partir à la recherche des juments demain matin... (Après une longue pause, il ajouta :) Et à la recherche de l'étalon.

– Non!

Diana avait eu le pressentiment que c'était de cela qu'il voulait entretenir le Commandant.

– Pardonnez-moi, mais je suis d'accord avec Diana, dit simplement le Commandant. Je pense qu'il est temps de s'en remettre au Bureau pour régler le problème de cet animal.

– Ils ont les mains liées. La loi leur interdit de tuer un cheval sauvage. S'ils essaient d'attraper l'étalon, quelqu'un d'autre risque d'être blessé ou tué.

– Abandonnez votre chasse. Laissez-lui les quatre juments, répliqua Diana.

– Si je pensais qu'il se contentera de quatre juments, je vous approuverais peut-être, mais je ne le pense pas. L'étalon reviendra en chercher d'autres. Et pourquoi ne le ferait-il pas? Il est libre de les prendre puisqu'il n'a pas à combattre un autre mâle pour s'en emparer. Les craintes qu'il pouvait avoir concernant les hommes semblent s'être totalement évanouies. Il est devenu dangereux. (Holt parlait calmement, il ne paraissait pas ému.) Il faut en finir avec lui.

– Non!

– Ce que vous dites paraît logique, Holt, mais...

– Je ne vous demande pas votre permission, Commandant. J'aurais préféré partir demain sans vous avouer mes intentions parce que je ne veux pas que vous soyez mêlé à cela. Je prends toutes les responsabilités. Quelles que soient les conséquences, cela ne concerne que moi.

– Vous partirez seul?

– Non. Don m'a demandé de m'accompagner. (Il hésita et poursuivit :) Et j'imagine que Guy viendra aussi.

– Il ne le sait pas encore? demanda Diana.

– Non.

– Il fera tout pour vous arrêter.

– Il essaiera.

– Ne faites pas cela, Holt.

Il ignora l'avertissement.

– Je ne vous reverrai probablement pas avant notre départ, Commandant.

– Faites attention à vous.

– Soyez-en certain.

Holt se dirigea vers la porte. Diana le regardait, cherchant désespérément un argument pour le faire changer d'avis. La porte se referma et elle se tourna vers le Commandant, la seule personne que Holt était susceptible d'écouter.

– Tu dois le dissuader.
– Comment? (Son regard révélait combien il était las.) Je ne peux l'en empêcher. Holt est un homme responsable. Je ne peux le détourner de ce qu'il estime devoir faire.
– Mais il travaille pour toi. Si tu...
– Tu veux que je le menace de le renvoyer, Diana? Cela ne marchera pas. Il relèvera le défi que je lui lancerai... Et même si cela le pique au vif, il partira malgré tout. Tu l'as entendu. Il ne m'a pas demandé mon autorisation car il savait que je ne la lui donnerais pas.
Elle savait tout cela, mais elle refusait de l'accepter.
– Tu ne peux pas le laisser faire!
Le Commandant pencha la tête et la regarda :
– Es-tu préoccupée par l'étalon ou par Holt?
– Holt est un être humain. L'étalon est un cheval. Evidemment que je suis inquiète pour Holt.
– Et c'est là la seule raison? insista-t-il.
– Il doit y avoir un moyen de l'arrêter. Toi aussi, tu l'aimes bien, protesta-t-elle. (Elle était si angoissée qu'elle avoua ses sentiments sans s'en rendre compte.) Tu le traites comme s'il était ton fils depuis le premier jour. Holt est pour toi ce que je ne pourrai jamais être. Comment peux-tu le laisser faire cela alors que tu tiens à lui autant que moi?
– C'est vrai. De bien des manières, je l'ai traité comme un fils. Mais je n'aime guère ce que tu sous-entends. (Il fronça les sourcils.) Mon affection pour lui n'a jamais pris le pas sur mon amour pour toi. Toi, ma fille. Si j'avais eu le choix, je n'aurais jamais échangé dix fils comme Holt contre toi.
– Alors, retiens-le. Retiens-le pour moi!
– Je ferai tout ce qui est humainement possible pour toi. (On lisait sur ses traits combien il était peiné.) Je te donnerais la lune si je le pouvais,

Diana. Mais ce que tu veux n'est pas en mon pouvoir. Je ne peux pas arrêter Holt, même pour toi.

– Il doit bien y avoir un moyen.

– Je ne connais rien qui puisse détourner un homme comme Holt du but qu'il poursuit.

– Si tu n'essaies rien, c'est à moi de le faire. (Diana se dirigea vers la porte, puis hésita.) Si je n'arrive pas à le faire changer d'avis... je partirai avec lui demain matin.

Le visage de son père s'obscurcit, exprimant sa désapprobation, puis il comprit que Diana, comme Holt, ne lui demandait pas son autorisation. Et il pâlit.

– Je ne peux pas t'arrêter non plus.

– Merci. (Les larmes lui montèrent aux yeux, mais elle les réprima aussitôt.) J'aurais aimé ne pas désobéir à tes ordres, Commandant.

– Attends. (Il l'arrêta comme elle s'apprêtait à sortir.) Pourquoi ne me donnes-tu pas quelques minutes pour rejoindre nos invités ? Tu pourras ainsi sortir par-derrière sans être harponnée par des tas de gens qui se demanderont ce qui nous arrive. (Son père lui sourit avec indulgence.) Je suppose que tu vas aller parler à Holt maintenant, non ?

– Oui.

Il se leva et contourna son bureau pour la rejoindre près de la porte.

– Donne-moi cinq minutes. (Il eut alors un geste spontané qu'elle n'attendait pas : il se pencha et l'embrassa sur la joue.) Bonne chance, ma chérie.

20

Cinq minutes plus tard, Diana se faufila parmi les arbres jusqu'aux bâtiments d'habitation. Elle frappa à la porte de Holt et ne reçut aucune réponse. Elle entra, l'appela. Toutes les pièces étaient vides.

Elle hésita un instant. Où pouvait-il bien être? Peut-être avait-il déjà commencé les préparatifs pour le lendemain. Elle se dirigea vers l'écurie. Ses talons hauts l'obligeaient à ralentir l'allure, le chemin étant de gravier.

Diana ouvrit la porte. Dans une stalle, un cheval hennit. Une forte odeur de foin se dégageait. Il n'y avait aucun signe d'activité du côté des stalles. Diana se dirigea vers l'atelier.

A ce moment, la voix de Holt retentit :

– Je suis là, Don.

Quand elle entra, il lui tournait le dos. Il ne s'était pas changé mais avait déposé son pardessus et sa cravate sur un banc. Il était penché sur des selles.

– La sangle est usée. On va devoir la changer. Passe-m'en une neuve.

Comme il n'entendait aucune réponse, il jeta un regard par-dessus son épaule. Il se retourna vers Diana. Sa chemise blanche était ouverte et cela accentuait son charme un peu sauvage.

– Vous savez pourquoi je suis là, dit-elle.

– Je le devine facilement, répondit-il d'une voix sèche.

Il s'approcha du mur où étaient accrochées des sangles de différentes tailles. Holt en choisit une et revint vers la selle. Diana comprit qu'il continuerait à l'ignorer si elle ne prenait pas une initiative. Elle vint à lui, tandis qu'il changeait la sangle.

– Holt, regardez-moi.

Ses yeux l'effleurèrent une seconde puis il reprit son travail.

– Vous n'avez pas précisément une tenue d'écurie, vous ne croyez pas? Ne vous aventurez pas trop près des stalles, vous risqueriez d'abîmer vos talons aiguilles.

– Vous ne vous êtes pas changé non plus.

– Je suis venu vérifier l'équipement dont nous aurons besoin pour demain matin.

Il transpirait; sa chemise lui collait à la peau et révélait les muscles de ses épaules et de son dos. Elle se sentit troublée et ferma les yeux.

– N'y allez pas, Holt.

– Inutile, Diana. Vous gaspillez votre salive en vain.

– Que croyez-vous donc que vous allez faire?

– Deux choses. Je vais ramener les juments et me débarrasser de cet étalon qui représente un danger énorme.

– Est-ce aussi simple?

– Oui.

– Vous en êtes sûr? Ou voulez-vous venger la mort de Rube?

– Allez au diable, Diana! (Il rejeta la selle et la sangle et lui fit face, pour l'affronter.) La mort de Rube ne prouve-t-elle pas assez qu'il faut tuer l'étalon?

– Non! Ce n'est pour vous qu'un prétexte, qu'une excuse. Vous êtes obsédé par cet animal. Vous voulez sa mort depuis le premier jour. Vous l'avez désirée d'abord parce qu'il avait tué un de nos étalons, puis quand le poulain s'est cassé le cou. Et maintenant, vous invoquez la mort de Rube! Ne faites pas ça, Holt. Ne partez pas à sa poursuite.

– Si quelqu'un ici est obsédé par ce cheval, c'est bien vous. Et aussi Guy. Vous avez écouté toutes ces histoires que Rube et le Commandant vous ont racontées sur le célèbre étalon blanc et vous êtes désormais convaincus qu'il en est la réincarnation. Ce n'est qu'un dangereux cheval sauvage. Rien de plus.

– Non, je ne suis pas obsédée par lui, répliqua Diana plus calmement. Je sais ce que c'est que de faire une fixation sur quelqu'un ou quelque chose. Pendant des années, j'ai été jalouse de vous, jalouse jusqu'à la folie... et sans raison, je le sais maintenant.

– Jalouse?

– Oui, jalouse... Depuis la première seconde où je vous ai vu avec le Commandant, je vous ai haï. Et je n'avais jamais compris pourquoi jusqu'à ces derniers temps. Mais quand je vous ai vu, j'ai su instinctivement que vous réunissiez toutes les qualités que le Commandant aurait souhaité trouver dans un fils. C'est pour cela que je vous détestais.

– Mais vous êtes sa fille, sa fille unique. Il vous adore.

– Ne comprenez-vous pas que c'est là tout le problème? J'étais sa fille et non son fils. Le Commandant ne m'a jamais dit qu'il aurait préféré avoir un fils. Mais est-ce que tout homme ne préfère pas avoir un fils? Et j'ai essayé de lui donner l'image d'un garçon... Je maîtrisais les chevaux difficiles, je lançais le lasso et je portais plus souvent des jeans et des bottes que des jupes. Quand vous êtes arrivé, tout a changé. D'abord, je n'ai plus entraîné les étalons, puis on m'a interdit de faire la transhumance. Et tout cela parce que j'étais une fille. J'ai cru que tout était arrivé par votre faute, parce que vous étiez devenu ce fils que j'avais voulu être. Je vous haïssais. Je voulais me débarrasser de vous. Je me suis même servie de Guy pour vous rendre la vie insoutenable. Je voulais vous pousser à partir.

Holt se détourna et se passa nerveusement la main dans les cheveux. Elle entendait sa respiration haletante.

– Deux ans après votre arrivée, j'ai compris que je ne réussirais jamais, continua-t-elle. J'ai alors commencé à devenir ce que le Commandant attendait de moi. Quand il a eu sa première attaque, j'ai voulu prendre soin de lui. Mais il a refusé. Il m'a dit que vous étiez là et qu'il ne voulait pas que je reste cloîtrée au ranch. Il désirait que je me marie. Je crains d'avoir épousé Rand uniquement pour répondre à ce désir. Savez-vous ce que le Commandant m'a dit il y a quelques semaines? (Diana marqua une pause tandis que Holt étouffait de rage. Il lui lança un regard noir.) Qu'il avait souhaité que je vous épouse. Si je l'avais su à l'époque, je ne me serais probablement mariée avec vous pour lui faire plaisir, sans tenir compte de la haine et du mépris que j'avais pour vous.

Elle aurait aimé que Holt dise quelque chose et laisse éclater enfin toute sa colère. Elle lui avait révélé tous ses secrets. Ne comprenait-il pas quelles armes elle lui donnait? Il pouvait désormais la détruire. Peut-être était-ce cela qu'il attendait?

– Vous voyez, Holt, je sais ce que c'est que d'être obsédée. Tout cela était stupide et n'existait que dans ma tête. Ce n'est pas moi qui suis obsédée par l'étalon blanc, c'est vous. Et je ne crois pas que la perte de nos chevaux ou la mort de Rube en soient la cause. Je pense que vous en voulez à l'animal parce qu'il y a comme un lien entre lui et la première fois que vous m'avez fait l'amour... Vous vous dites : " Si nous n'étions pas partis à sa poursuite, cela ne serait pas arrivé. " Et Guy ne nous aurait pas vus et n'aurait pas commencé à vous haïr au point de vouloir vous tuer. Tout cela est faux, Holt. Ce qui existe entre nous a toujours existé. L'étalon n'est qu'une sorte de symbole...

Il respira profondément. Ses yeux brillaient d'un éclat dur et menaçant. Tout ce qu'elle avait dit n'avait-il pu l'émouvoir?

– Je ne suis pas obsédé par ce cheval. Il faut simplement le tuer.

– Ne partez pas à sa poursuite. Je ferai tout ce que vous voulez si vous me promettez de le laisser vivre. Voulez-vous que je quitte le ranch et n'y revienne jamais? Que je parte si loin que Guy ne pourra pas me retrouver? Dites-moi ce que vous désirez que je fasse et je le ferai.

– Cessez donc de dramatiser. Il ne s'agit que d'un travail, de quelque chose qui doit être fait. Et c'est tout!

– Je dramatise peut-être. Je...

Diana se tut, incapable de prononcer un mot de plus.

Il était inutile de le supplier. Le Commandant lui-même n'avait pu le dissuader. Maintenant que le combat était terminé, elle se sentait vidée. Il se tenait si près d'elle avec sa force indomptable!

Elle se jeta contre lui, l'enserra de ses bras, posa la tête sur sa poitrine.

– N'y va pas, s'entendit-elle murmurer.

Quand Holt la sentit contre lui, il se raidit.

– Diana, pour l'amour de Dieu... gronda-t-il avec colère.

Mais, quand ses mains se posèrent sur elle pour la repousser, elles se refermèrent pour l'étreindre.

Elle sentit la bouche de Holt contre ses tempes et releva la tête. La bouche de Holt dévora la sienne. D'une main brutale il défit son chignon.

– J'avais envie de faire cela au cimetière, chuchota-t-il à son oreille.

Diana vacilla sous l'ardeur de ses caresses. Il se tenait les jambes écartées et Diana arqua ses hanches contre lui pour sentir la pression de chacun de ses muscles.

– Hé, Holt, vous êtes là?

C'était Don. Holt releva la tête, gardant Diana dans ses bras et cachant son visage à l'homme qui se tenait dans l'embrasure de la porte.

– Je... Je suis désolé. Je ne voulais pas... Excusez-moi.

Don marmonna ces excuses d'un ton embarrassé.

La voix sèche de Holt l'interrompit:

– Va chercher les chevaux que nous monterons demain et ramène-les à l'écurie.

– Oui, oui, répondit Don, prenant ses jambes à son cou.

Ce ne fut qu'à ce moment-là que Holt laissa Diana se dégager. Il recula et ramassa la sangle. Diana le regarda:

– Je... Je ne peux te faire changer d'avis pour demain?

– J'aurais aimé me laisser convaincre, mais non. (Il secoua la tête d'un air décidé.) Tu ne me feras pas revenir sur ma décision.

– Alors, je viens avec toi.

– Je crois que je l'avais deviné.

Diana attendit qu'il en dise plus, mais il continua son travail. Tandis qu'il remplaçait la vieille sangle, elle sortit de l'atelier et reprit le chemin de la maison.

Diana s'agita sur sa selle, mal à l'aise de sentir le regard perçant de Guy dans son dos. Elle lança un coup d'œil à Don, juste devant elle : ils marchaient en file indienne dans un défilé. Ils étaient tous un peu nerveux. La mort de Rube était encore proche et cela les rendait silencieux. Les bavardages de Rube, qui avaient comblé tant de silences, leur manquaient. La nuit dernière, quand elle avait vu Don préparer le feu, Diana avait eu la gorge nouée.

Ils avaient localisé la bande une heure plus tôt. Holt installait les relais. Ils reprenaient la même tactique : elle avait coûté la vie à Rube mais c'était leur seule chance de réussir. Leur première tâche était de récupérer les juments. Ils s'occuperaient ensuite de l'étalon.

Holt arrêta son cheval et fit signe à Guy de prendre position. Guy s'arrêta et ils poursuivirent sans lui. Chacun se posta à sa place, puis Holt les quitta.

Ils le suivaient depuis trois jours. Ils avaient toujours conservé une distance convenable pour ne pas mettre l'étalon sur ses gardes.

Après six jours de selle, ses muscles étaient si contractés que Diana avait l'impression que tout son corps était meurtri. Elle avait une jambe sur le pommeau, le coude posé sur son genou et la tête appuyée sur sa main. Elle avait arrêté son cheval à l'ombre d'un pin; il se balançait nerveusement sur ses jambes. Diana était si épuisée qu'elle craignait d'entendre des sabots se rapprocher, car cela signifierait que ce serait son tour de reprendre la chasse.

Une détonation retentit et elle renversa la tête en arrière. Un second coup de fusil suivit. Diana frissonna. C'était un signal. Elle retira sa jambe du pommeau, sans se préoccuper de ses courbatures ou de ses douleurs, et glissa le bout de sa botte dans l'étrier. Elle attendit le troisième coup de fusil : c'était le code dont ils étaient convenus en cas de détresse.

Il y eut un long silence puis deux détonations successives, et soudain elle se sentit soulagée. Ces deux coups signifiaient que l'étalon avait quitté les juments. Elle tira sur les rênes et partit.

Elle arriva la dernière. On avait déjà attrapé les juments. Elles étaient en piteux état : on leur voyait les côtes et elles paraissaient déshydratées. Guy et Don leur donnaient de l'eau de leurs gourdes pour apaiser quelque peu leur soif. Elle arrêta son cheval près de Holt.

– Nous avons les juments, dit calmement Diana, essayant une fois de plus de le faire changer d'avis. Rentrons maintenant.

Le regard de Holt se porta lentement sur elle. Il secoua légèrement la tête et dit :

– Non. Les juments ne peuvent pas faire cent mètres de plus. Elles ont besoin de se reposer pendant une journée, de boire et de manger avant de reprendre la route.

– Et l'étalon?

Diana regarda au loin.

– Il est fatigué. Il doit l'être en tout cas.

– Holt, laissez-le partir, répéta Diana.

– Elle a raison, Holt. (Les yeux de Guy brillaient de défi.) Tu as récupéré les juments. Ça ne te suffit pas?

– Non, rétorqua-t-il, au bord de l'impatience. Don, puisque je perdrais mon temps à demander à ces deux-là de veiller sur les juments, c'est toi qui vas t'occuper d'elles. Redonne-leur de l'eau tout à l'heure. Tu les laisses se reposer pendant encore une heure. Le point d'eau est à moins de cinq kilomètres. Je pense que, dans une heure, tu pourras les emmener jusque-là et les laisser paître l'herbe. Nous partons chercher l'étalon.

Holt tira sur les rênes et mit son cheval au trot. Tout en jurant, Guy sauta en selle et Diana en fit autant. Le terrain était accidenté, il leur était difficile de rattraper Holt.

Cinq kilomètres plus loin, Holt s'arrêta au sommet d'une colline. Quand Diana et Guy le rejoignirent, ils aperçurent l'étalon à l'ombre de la montagne, à plus d'un kilomètre d'eux. Sa robe blanche, bien que poussiéreuse, était parfaitement visible tant elle contrastait avec les roches sombres. Il ne bougeait pas : c'était une cible idéale. Diana fut soulagée quand elle se rendit compte qu'il était quand même hors de leur portée.

– Tu vas vraiment le tuer? dit Guy. Tu l'affirmes depuis le début, mais j'espérais...

Sa voix se brisa tant il était bouleversé.

– Je veux que tu chasses l'étalon hors de ce refuge, Guy, répondit Holt. Si tu peux, amène-le au fond du ravin. C'est le chemin qui lui paraîtra le meilleur pour s'enfuir, je pense qu'il s'y dirigera de lui-même. Diana, pouvez-vous voir où le ravin débouche sur la vallée? (Il le lui montra du doigt.) Je veux que vous attendiez là, derrière ces arbres. Assurez-vous que l'animal est passé devant vous avant de vous montrer. Gardez vos distances. Il va peut-être s'engouffrer dans la petite combe au delà de cette colline. Laissez-le faire. C'est là que je l'attendrai.

– Je n'y vais pas, dit Guy. Je ne veux pas y aller et t'aider à commettre ce crime. Tu ne me feras pas participer à cette boucherie. Diana ne t'aidera pas non plus. Et sans nous, tu ne réussiras pas.

– Diana? (Le regard d'acier de Holt se posa sur elle. Elle secoua la tête en signe de protestation.)

On doit le faire. Le Commandant le sait. Et vous aussi.

– N'écoute pas ce qu'il te dit, Diana, ordonna Guy. Il ne peut t'obliger à le faire. Et il n'a aucune chance sans nous.

Diana était déchirée entre eux deux et son regard allait de l'un à l'autre, du père au fils. Elle vit Holt reprendre ses rênes.

– Décidez-vous, Diana, dit-il calmement.

– Elle ne t'aidera pas, déclara Guy avec une pointe de triomphe dans la voix.

Mais Diana savait déjà qu'il se trompait. Elle fouetta sa monture et lui fit descendre la colline. Elle resta sourde aux cris de Guy, ne se retourna pas et mit son cheval au trot quand il atteignit le terrain plat. Diana ne voyait plus l'étalon blanc. Elle n'apercevait que les roches en surplomb qui le protégeaient du soleil.

Quand l'étalon fut de nouveau visible, il se tenait toujours dans l'ombre et son regard était braqué sur elle. Diana ne s'approcha pas davantage car elle se souvint que Holt lui avait demandé de garder ses distances. Son cheval piaffa quelque peu quand elle tira sur les rênes. L'étalon releva dédaigneusement la tête comme s'il la défiait. Quelques secondes plus tard, il quitta l'ombre des rochers et, toujours au pas, s'avança, comme Holt l'avait prédit, vers le fond du ravin, là où le lit de la rivière était à sec. Diana le suivit au trot et obligea son cheval à accélérer l'allure quand la distance qui les séparait s'accentua.

21

L'étalon n'était pas aussi fatigué que Diana l'avait espéré. Il maintint son allure pendant plus de deux kilomètres, ce qui força Diana à pousser sa monture. La chaleur était écrasante.

Elle quitta le lit de la rivière et regarda vers les arbres. Elle avait espéré, sans raison, y voir Guy. Peut-être pensait-elle que sa propre décision l'avait influencé. Mais il n'y avait personne. Elle était seule. Elle poussa son cheval au petit galop pour que l'étalon ne prenne pas trop d'avance.

La colline se profilait devant eux. Elle essaya de se concentrer sur l'étalon et de ne pas regarder le reflet brillant du soleil sur le canon du fusil. Il était encore trop loin pour opter pour la large vallée ou pour la combe mais il était déjà à portée de tir. Diana avait la nausée tout en attendant l'explosion qui allait l'abattre. Elle ferma les yeux.

Soudain, son cheval fit un écart et se cabra. Diana perdit l'équilibre et glissa. Elle se raccrocha au pommeau, et, à demi étourdie, aperçut un lièvre qui se précipitait dans la sauge. Elle ne put retrouver son équilibre, car son cheval effrayé se pencha et la désarçonna. Diana se sentit projetée sur le sol.

Quand elle revint à elle, elle était étendue sur le ventre et ressentait une impression de brûlure au bras. Elle entendit un cheval s'ébrouer et sentit quelque chose d'humide sur sa peau. Ses yeux s'écarquillèrent : une tache blanche oscillait devant elle.

L'étalon était là : il observait son ennemie. Son instinct lui souffla de ne pas bouger, mais c'était plutôt la terreur qui la paralysait.

Les yeux mi-clos, elle aperçut le cheval qui relevait la tête et qui piaffait. Il semblait la défier de se relever et de le combattre.

Sa tête se pencha vers elle et son épaisse crinière blanche cacha ses yeux sombres. Sa robe était poussiéreuse et couverte d'écume, mais cela ne le rendait pas moins dangereux. Diana le voyait en contre-plongée : il était terrifiant. Elle avait déjà vu ce que ses dents d'ivoire et ses sabots d'acier pouvaient faire. Son sang se glaça.

Presque simultanément, un coup de fusil retentit et la poussière jaillit à droite de l'étalon. Cela venait de la colline où Holt devait se trouver. L'étalon releva la tête mais il ne s'enfuit pas. Une seconde cartouche atteignit le sable, tout près de lui. Il s'arc-bouta sur ses jambes arrière et s'élança, tandis qu'un troisième coup traçait un trait rouge sur sa queue. Diana l'entendit hurler de rage et de douleur, puis il se sauva.

Diana, soulagée, commença à remuer. Sa respiration était encore haletante. Elle s'agenouilla et rejeta ses cheveux en arrière. Elle attendit que les frissons qui la parcouraient s'arrêtent.

Un cheval au galop s'approcha. Diana vit Holt sauter à terre, le fusil à la main. Elle vacilla. Avant qu'elle n'ait pu faire un pas vers lui, il était là. Il la prit dans ses bras.

– Tu vas bien ?

Elle s'accrocha à lui et cessa de trembler. Il la prit par le menton pour l'observer.

– Tout va bien, répondit Diana.

Le regard de Holt se fit soudain brillant.

– Ne me refais plus jamais cela! J'ai cru que... Pour l'amour de Dieu, qu'est-il arrivé?

– Un lièvre a effrayé mon cheval et... je suis tombée. Je me suis évanouie pendant quelques secondes. Quand je suis revenue à moi, l'étalon était là.

Leurs bouches s'unirent dans un baiser fiévreux et tendre à la fois. Elle se rendit compte que quelques instants plus tôt, elle avait failli mourir et ne plus jamais connaître son étreinte.

– C'est un miracle qu'il ne t'ait pas blessée, murmura Holt en pressant la tête de Diana contre sa poitrine.

– Je crois qu'il ne savait pas si j'étais vivante ou morte.

– Heureusement que tu as eu la présence d'esprit de ne pas bouger, chuchota-t-il.

– La présence d'esprit? (Elle rit d'un rire mal assuré.) J'étais terrorisée!

– Tu es sûre que tu ne t'es pas blessée en tombant? Tu ne t'es pas heurté la tête?

– Je ne crois pas.

– Désormais, tu ne poursuivras plus cet étalon. (Ce n'était pas un ordre, simplement une constatation.) Tu ne courras plus ce risque.

– Et toi? Tu vas repartir?

– Oui.

– Qui va t'aider?

– Il y a encore Don, dit Holt, tous deux sachant qu'ils ne pouvaient compter sur Guy. Retournons au camp maintenant.

– Où est mon cheval?

– Il a dû repartir comme une flèche vers le ranch après...

Des piétinements de sabots interrompirent leur

conversation. Ils se retournèrent et aperçurent Guy qui guidait le cheval de Diana. Ils s'écartèrent légèrement l'un de l'autre.

Guy s'arrêta.

– J'ai entendu les détonations. Je ne savais pas si tu avais des problèmes ou si... (Il n'acheva pas sa phrase.) J'ai rencontré ton cheval, Diana. Que s'est-il passé ?

– Il a été effrayé par un lièvre et je suis tombée.

– Ce cher étalon que tu désires tant sauver a failli faire une seconde victime ! lui jeta Holt.

– C'est Holt qui lui a fait peur et il s'est enfui, ajouta Diana quand elle vit Guy pâlir.

– Tu es blessée ?

– Je n'ai pas une égratignure. Juste quelques bleus.

– Ne t'est-il jamais venu à l'esprit, Holt, que si tu avais renoncé, elle n'aurait pas couru pareil risque ?

– Cela m'a traversé l'esprit, en effet.

Il saisit Diana par le coude et la poussa vers le cheval que Guy avait ramené.

Elle sentit, quand il la toucha, combien il était redevenu maître de lui. Il l'aida à monter en selle, puis prit les rênes des mains de Guy et les lui tendit. Il se dirigea vers sa propre monture.

– Je suppose que tu reprends ta chasse maintenant, lui jeta Guy.

Avant de répondre, il monta en selle et s'approcha d'eux. Ses yeux étaient d'un gris glacial.

– Non, demain. Nous rentrons au camp.

Il s'éloigna et ils le suivirent.

– Tu n'es qu'un salaud ! Tu n'as pas le droit de le tuer ! dit Guy arrivant à sa hauteur.

– Le sujet est clos.

– Tu n'as pas le droit de le tuer, répéta-t-il. Tu

peux le capturer. Et si tu n'arrives pas à le dresser, tu pourras le relâcher loin d'ici.

– Cela ne résoudrait pas le problème. Il s'attaquerait à d'autres ranchs.

Holt poussa son cheval au trot et coupa brutalement court à la conversation.

Guy resta en arrière aux côtés de Diana.

– C'est un salaud! gronda-t-il.

– Il est convaincu de faire ce qu'il doit. Tu ne le feras pas changer d'avis, Guy.

– Et toi? Crois-tu qu'il a raison? Tu t'es rangée de son côté tout à l'heure.

– Penses-tu vraiment qu'il s'agisse d'être d'un côté ou d'un autre?

– Tu sais très bien ce que je veux dire. Pourquoi l'as-tu aidé? Pourquoi es-tu partie avec lui? Il était coincé : il ne pouvait rien sans nous.

– Cela a-t-il encore la moindre importance?

– Oui, cela en a. Et pendant que tu y es, tu pourrais peut-être m'expliquer pourquoi vous étiez si tendrement enlacés avant de me voir arriver.

– J'étais si effrayée que j'avais besoin de me sentir protégée, se défendit-elle avec colère. Espérais-tu que je me remette en une seconde?

– Et c'est la seule raison? Si tu étais si effrayée, pourquoi ne t'es-tu pas précipitée vers moi quand tu m'as vu arriver? Pourquoi?

– Tu n'as aucun droit de me harceler ainsi.

Guy se rapprocha et attrapa ses rênes pour l'obliger à s'arrêter.

– Je veux savoir ce qui se passe. Tu prends sans cesse sa défense, et tu ne me réponds jamais franchement. Je t'aime, et cela me donne le droit de savoir ce que tu penses.

– Laisse mon cheval tranquille, lui ordonna-t-elle, ne l'empêche pas d'avancer.

– Je veux savoir la vérité. Es-tu de son côté ou du mien?

Diana trouva le courage de lui riposter:

– De son côté? Plus que cela! Je l'aime!

Il se recroquevilla sur lui-même comme si elle l'avait frappé.

– Tu mens!

Diana regretta aussitôt ses paroles. Elle savait ce qu'il ressentait. Pourquoi ne s'était-elle pas exprimée avec plus de délicatesse?

– Je suis désolée, Guy. Je ne voulais pas te faire de la peine.

– Tu mens! Tu ne peux pas l'aimer! Mon Dieu, c'est mon père! Tu ne peux pas...

– Penses-tu que je n'aimerais pas qu'il en soit autrement? (Sa voix tremblait.) Je ne pensais pas tomber amoureuse de Holt. C'était la dernière chose que je désirais.

– Je ne te crois pas. Cela ne peut être vrai. Tu l'as toujours détesté. Le Commandant... (Guy la regarda.) Le Commandant, répéta-t-il. C'est cela, n'est-ce pas? Tu dis cela parce que c'est ce que le Commandant désire. Il a toujours traité Holt comme son propre fils. Maintenant, il veut qu'il le devienne officiellement en t'épousant. C'est cela?

– Non. Les désirs du Commandant n'ont rien à voir avec mes sentiments.

– Tu mens!

– Pour toi, oui, j'aimerais que ce ne soit pas la vérité.

Il lui lança un regard brillant de colère puis relâcha son cheval et partit au galop. Il enfonça ses éperons dans les flancs de la bête et s'éloigna dans la vallée, tournant le dos à la direction qu'ils avaient suivie jusque-là.

Holt s'arrêta pour attendre Diana.

– Où va Guy?

– Je... (Diana hésita : elle n'était pas sûre de pouvoir lui dire la vérité.) Je pense qu'il désirait être seul un moment.

Le regard de Holt se fit scrutateur, mais il ne demanda pas d'explications.

Quand ils arrivèrent au camp, la nuit tombait. Guy ne les avait toujours pas rejoints. Holt s'assit près du feu; il semblait indifférent à l'absence de son fils, mais Diana remarqua qu'il se retournait chaque fois qu'un bruit troublait le silence de la nuit. Don se leva.

– Nous devrions partir à sa recherche, suggéra-t-il. Il est peut-être blessé.

– Nous avons peu de chances de le trouver dans l'obscurité, répliqua Holt. Il a un fusil. S'il a des problèmes, il peut nous le faire savoir. Il s'est probablement éloigné plus qu'il ne le pensait. Il a dû s'arrêter quelque part pour la nuit. S'il ne donne pas signe de vie d'ici demain matin, nous partirons à sa recherche.

– Vous avez sans doute raison, approuva Don. Les distances sont trompeuses par ici. Il a probablement calculé trop juste et n'a pas eu le temps de rentrer au camp avant la nuit.

– De toute façon, on ne peut rien pour lui ce soir. On ferait mieux d'aller se coucher.

– Très bien.

Don se dirigea vers son sac de couchage.

Comme Holt, Diana était assise sur son sac de couchage, mais elle ne songeait pas à s'y glisser. Elle ne pourrait dormir et elle n'avait pas l'intention de faire semblant. Elle se leva et rajouta quelques branches dans le feu puis se tint près des flammes. Elle était cependant si inquiète qu'elle n'arrivait pas à se réchauffer. Elle frissonna.

– Tu as froid?
Holt posa une couverture sur ses épaules.
– J'ai peur, chuchota Diana.
Holt la prit tendrement dans ses bras.
– L'accident de cet après-midi t'a bouleversée.
Diana renversa sa tête en arrière pour le regarder.
– As-tu eu peur pour moi?
– Tu le sais bien, répondit-il à voix basse.
– Où crois-tu qu'il soit?
Holt n'eut pas besoin de lui demander de qui elle parlait.
– Il est quelque part dans la nuit. Il va bien. Il boude, sans doute.
– Il boude?
– Oui, il boude. Ça a toujours été comme cela. Quand on ne faisait pas ce qu'il voulait, il allait bouder pendant des heures... dans sa chambre ou dans le grenier, là où il pouvait être seul. Et quand sa colère était tombée, il revenait. Et aujourd'hui, il était fâché parce que tu m'as aidé à poursuivre l'étalon.
– Oui, sans doute, admit-elle. Holt, je sais que tu ne le crois pas, mais je ne lui ai cédé qu'une seule fois.
– Ne parle plus de cela, Diana. C'est du passé. Oublions.
– Non, je préfère t'expliquer plutôt que de te laisser imaginer des choses fausses. Quand je suis rentrée à la maison, j'avais subi toutes ces histoires horribles liées à mon divorce. Je croyais y avoir enfin échappé, mais c'était faux. Et j'avais l'impression que tout le monde me regardait comme si j'étais... Sauf Guy. Il était toujours aussi gentil, plein de considération, bref il m'adorait. Je me suis souvenue de la façon dont je m'étais servie de lui pour te blesser. Je l'avais maltraité. Puis il m'a dit

que j'étais la plus belle femme qu'il ait jamais connue. Et j'avais besoin d'entendre de tels mots. J'en avais été si frustrée! J'ai essayé de me racheter envers lui. Ensuite, quand il m'a dit qu'il m'aimait et quand il a commencé à parler de mariage, je... J'ai compris que je lui avais fait plus de mal encore. Je lui ai dit que je ne l'aimais pas, mais il m'a répondu qu'avec le temps je finirais par l'aimer. Et aujourd'hui non plus, il n'a pas voulu me croire.

– C'est de cela que vous avez parlé?

Diana ne répondit pas aussitôt. Elle se blottit dans ses bras et elle repoussa la couverture.

– Je... Je lui ai dit que je t'aimais.

– C'est vrai? murmura Holt.

– Oui.

– Et Guy ne t'a pas crue?

– Non, il m'a accusée de mentir, de prétendre que je t'aimais uniquement pour faire plaisir au Commandant. Mais ce n'est pas vrai, Holt. Pour la première fois de ma vie, ce que le Commandant désire ou non m'indiffère. Je ne sais qu'une chose : je t'aime. (Diana hésita un instant.) Je sais que je ne t'attire que physiquement et je...

Il la saisit brusquement par les cheveux et l'obligea à se retourner.

– Je te désire physiquement et de toutes les autres façons! Dieu sait si j'ai essayé de te haïr. J'ai même tenté de me convaincre que mon envie de te posséder n'était qu'un moyen de me venger de toi. Mais il ne s'agissait pas seulement de désir et de sexe. Je t'aime, Diana.

Elle émit un faible cri de joie, puis les lèvres de Holt, écrasant les siennes, la condamnèrent au silence. Ils pouvaient enfin exprimer tout leur amour. Diana se sentit envahie de bonheur quand leur baiser s'acheva. Holt lui caressait le visage avec tendresse.

– Je veux que nous nous mariions, Diana, dit-il d'une voix rauque. Quand nous rentrerons au ranch, nous demanderons son accord au Commandant et nous organiserons une petite cérémonie.

– Oui.

Elle embrassa sa main forte et rugueuse.

– Cela va provoquer des commérages, tu le sais, l'avertit Holt. Quelques personnes bien intentionnées vont prétendre que je t'épouse pour mettre la main sur le ranch du Commandant. Ils vont dire que je t'épouse pour ton argent.

– Et c'est la vérité, non? dit-elle en riant. Ce qu'ils raconteront m'est complètement égal. Tout m'est parfaitement indifférent. (Elle prit conscience que ce n'était pas vrai.) Et qu'allons-nous faire pour Guy?

Son regard s'obscurcit.

– Nous ne pouvons pas faire grand-chose. Quoi qu'il arrive, cela ne dépendra que de lui.

– Holt, ne reprends pas ta chasse demain. Nous avons les juments. Laisse l'étalon partir.

– Tu sais que cela n'est pas possible. Si je ne le fais pas demain, je devrai le faire la semaine prochaine.

– Tu n'as pas à le tuer. Pour Guy, ne pourrais-tu pas... te contenter de l'attraper, de l'emmener ailleurs, très loin d'ici et de lui rendre ainsi sa liberté?

– Cela ne résoudrait pas...

– Je sais que cela ne résoudrait pas le problème, mais ne comprends-tu pas que ce serait un geste? Guy se rendrait compte que tu épargnes la vie de l'animal pour lui faire plaisir. Cela ne résoudrait pas... tout, mais cela signifierait quelque chose. Ce n'est pas trop demander, n'est-ce pas?

– Non. (Holt respira avec effort.) Non, ce n'est pas trop demander.

– Tu le feras ?

– Oui.

– Merci.

– J'espère simplement que Guy m'en remerciera.

– Il le fera.

Les bras de Holt se resserrèrent sur elle. Pour le moment, Diana ne voulait penser qu'à leur amour partagé. La journée du lendemain, chargée de problèmes, arriverait bien assez vite. Mais, au moins, ils pourraient l'affronter ensemble.

Le feu s'éteignait doucement. Seul le rougeoiement des braises brillait dans la nuit, quand un bruit de pas étouffés la réveilla. Elle ouvrit les yeux. Le bras de Holt se resserra autour de sa taille pour l'avertir du danger. Il avait, lui aussi, entendu du bruit et lui intimait de ne pas bouger.

Guy était devant eux et les regardait. Diana sentit la tension monter. La colère, la haine et la jalousie bouillonnaient en lui. Il resta ainsi immobile pendant un moment.

– Tu es rentré.

La voix basse de Holt sembla vibrer dans ce silence explosif.

– Oui, siffla-t-il.

– Diana dort.

– Je le vois bien.

La voix de Guy était si sarcastique qu'elle en tressaillit.

– Tu ferais mieux d'aller dormir un peu, toi aussi, dit Holt, toujours aussi calme. Nous allons... attraper l'étalon demain matin. Et l'aube n'est plus bien loin.

Il avait pris un léger temps avant de prononcer le mot « attraper ».

Guy se dirigea vers son sac de couchage. Une

étoile filante illumina le ciel. Dans les herbes, un cheval remua et hennit faiblement. Diana resta allongée longtemps à écouter les bruits de la nuit. Elle redoutait l'aube, car elle savait que la lutte n'était pas finie.

22

– Ainsi tu as pu retrouver ton chemin dans la nuit, s'exclama Don quand Guy les rejoignit pour le café. Tu dois avoir des yeux de chat.

Guy grogna quelques mots indistincts et prit le pot tacheté de gris pour remplir sa timbale. Il avait l'air sombre. Il évita soigneusement de regarder Diana ou Holt, pour leur montrer que son silence ne signifiait pas qu'il eût rien pardonné.

Le soleil s'était levé, il brillait dans le ciel mais n'était pas encore aveuglant. Diana retourna une crêpe dans la tourtière tout en se demandant si quelqu'un, à part Don, aurait de l'appétit pour le petit déjeuner aujourd'hui.

L'une des juments qui paissaient dans le canyon gémit.

– As-tu nourri les chevaux ce matin? demanda Holt à Don.

– Pas les juments. J'ai donné à manger aux chevaux que nous allons monter avant que vous ne les selliez.

Holt glissa son rasoir dans son étui et essuya la mousse qui restait sur son visage. Il jeta un coup d'œil vers la clairière où étaient attachés les chevaux.

– Laisse ton fusil à Diana, dit-il à Don. Elle risque

d'en avoir besoin, car elle va rester ici pour s'occuper des juments.

– D'accord, approuva Don en se levant.

– Vous pourrez aller le chercher tout à l'heure. (Elle lui tendit une assiette avec plusieurs crêpes bien chaudes et remit du beurre dans la poêle.) Guy, combien de crêpes?

Son regard croisa le regard glacé de Guy.

– Tu peux aller te faire voir avec tes crêpes!

– Guy! Ça suffit!

L'ordre de Holt le fit bondir.

– Toi aussi, tu peux...

Guy cherchait une expression assez blessante pour exprimer ce qu'il ressentait.

Une jument gémit; ce bruit fut suivi par des piétinements de sabots, puis une autre hennit à son tour. « Mon Dieu! » Diana entendit l'exclamation de Don et se retourna : l'étalon blanc dévalait la pente.

– Il vient rechercher les juments! hurla-t-il. (Il n'avait pas prononcé le dernier mot que l'étalon avait déjà rejoint la jument et essayait de l'entraîner. Elle était retenue par la corde.) Avec la mâchoire qu'il a, il peut, d'un coup de dents, casser la corde.

– Il ne le sait pas, il n'est pas rusé.

Holt se dirigea vers l'endroit où étaient parqués les chevaux sellés. Les hongres, figés, observaient l'étalon.

– Guy, donne-moi ton fusil. (Don s'avança vers une Winchester à côté du sac de couchage de Guy.) Je peux viser facilement d'ici.

Le regard de Diana glissa vers Holt qui semblait hésiter, puis vers Guy. Les mots de Don l'avaient détournée du spectacle fascinant qui se déroulait dans la prairie. Le visage dur, Guy paraissait attendre la réaction de Holt. Elle vint :

– Ne le tue pas, Don. Nous allons l'attraper.

– Quoi? (Don, abasourdi, regarda Holt. C'était une telle volte-face que Don ne comprenait pas.) Mais vous aviez dit...

– On n'aurait peut-être pas songé à se servir des juments comme appât, dit Holt en montant en selle, mais puisque les choses se présentent comme cela, profitons-en. Nous aurons plus de chances de le capturer ainsi.

Un cri perçant se répercuta dans le canyon. Diana se retourna et vit l'étalon frapper la jument de ses pattes arrière. Le coup la manqua d'un pouce : elle fit un écart. La corde qui la retenait s'emmêla dans ses pattes arrière et elle tomba.

Malgré les coups de sabots et les morsures que lui infligeait le cheval blanc, la jument ne pouvait se relever. L'étalon hennit de colère et s'attaqua à une autre jument, qu'il fit galoper jusqu'à ce que sa longe l'empêchât d'aller plus loin.

Cette extrême agitation avait excité tous les chevaux. Celui de Holt piaffait sur place et tirait sur son mors. Holt attendit Don, qui avait quelques problèmes avec sa monture, puis détacha le lasso attaché à la selle et le secoua pour le dérouler.

– Tu viens? demanda-t-il à Guy.

Après un silence pesant, le garçon lança froidement :

– Toi, tu n'as pas besoin de moi.

– Tu es mon fils. J'ai toujours eu besoin de toi.

Quand il eut prononcé ces mots, il jeta un regard par-dessus son épaule et s'éloigna.

– Je viens avec toi, Holt! cria Diana.

– Non! (Ce non fut si brutal qu'elle s'arrêta aussitôt.) Tu restes ici! Je sais qu'ici tu es en sécurité.

Elle allait lui répondre mais les mots ne sortirent pas de sa bouche. Elle ne s'était pas servie d'un lasso depuis des années. Et elle comprit que sa maladresse pouvait être dangereuse.

Don finit par monter en selle et rejoignit Holt. Son cheval était nerveux. Il prépara son lasso. Les doutes qu'il avait émis quand Holt lui avait annoncé qu'il avait changé d'avis s'étaient évanouis. Il était maintenant concentré sur le travail qu'ils devaient faire.

– Comment voulez-vous vous y prendre? demanda-t-il à Holt.

– Cela dépend de l'étalon. Il va probablement foncer sur nous quand nous allons approcher. S'il s'attaque à moi, tu lances ton lasso. Nous essaierons de tendre la corde entre nous. Ne rate pas ton coup. Tu es prêt? (Don hocha la tête. Il rabattit son chapeau sur son front et remua sur la selle pour s'assurer que la sangle était bien serrée et qu'elle ne risquait pas de glisser.) Gardons une certaine distance pour obliger l'étalon à choisir entre nous.

Ils relâchèrent les rênes et leurs chevaux bondirent. On entendit un terrible vacarme dans la prairie. Les juments ne pouvaient obéir à l'étalon et cela le rendait fou de rage. Diana tremblait de le voir ainsi. Elle lança un regard désespéré à Guy, qui se tenait impassible à quelques mètres d'elle. Il observait la situation.

L'espace qui séparait les deux cavaliers se creusa tandis qu'ils se rapprochaient de la prairie. Ils évitèrent de venir trop près des juments, afin de ne pas s'empêtrer dans leurs cordes. L'étalon blanc les vit arriver et releva dédaigneusement la tête tout en secouant sa longue crinière. Diana retenait son souffle.

Il les défia d'un cri perçant et chargea soudain, bondissant sauvagement. Le cœur de Diana battit à tout rompre. L'animal se précipita vers Don.

Diana aperçut le lasso de Holt déchirant l'air. Il

ne manqua pas son but et encercla l'encolure de l'étalon. Il fit rapidement un nœud autour du pommeau et s'attacha car il savait qu'à l'autre bout de la corde se débattaient sept cent cinquante kilos de dynamite. Don attendait également cet instant tout en décrivant des cercles dans l'air avec son lasso. Il ne semblait pas conscient du danger auquel il avait échappé.

Au moment même où l'étalon sentit la longe se resserrer, il changea de direction. Dans un tourbillon, il fonça vers Holt, le cou tendu et la mâchoire béante. Diana hurla.

Don éperonna et pourchassa l'étalon de son lasso. Quand la corde atteignit la tête, l'animal fit un écart et l'esquiva de justesse. Pendant que Don ramenait son lasso, Holt essaya de tirer sur le sien pour le tendre davantage.

L'étalon tournait sans arrêt. Un coup de sabot heurta le hongre de Holt à l'épaule. Le cheval vacilla sous le choc, mais réussit à retrouver son équilibre et esquiva un nouvel assaut. Mais les efforts de Holt pour se maintenir hors d'atteinte des dents et des sabots de l'animal ne facilitaient pas les efforts de Don. Il n'arrivait pas à trouver le moment opportun pour lancer son lasso.

L'étalon mordit sauvagement le cheval de Holt. Le hongre hennit de douleur et ce cri glaça Diana. Don essayait de trouver une meilleure position et tournait autour de Holt. Soudain, une jument se précipita et lui barra la route.

– Attention! hurla Diana, mais il était déjà trop tard.

Sans le vouloir, Don s'était trop approché des juments. Son cheval commença à s'emmêler les pieds dans les cordes. Il s'affala en entraînant Don dans sa chute.

Holt était désormais seul. Diana le vit défaire le

nœud qu'il avait fait autour du pommeau de sa selle et lâcher le lasso. Il s'arrêta pour essayer d'éviter l'étalon et de ne pas prendre le risque de l'affronter. Mais, avant que son cheval n'ait eu le temps de se mettre au galop, l'animal les chargea. Holt fut soulevé de selle, roula et s'écrasa au sol. L'étalon dédaigna le cheval, tout comme il avait dédaigné celui de Rube, et chargea l'homme affalé à terre.

– Aide-le! cria Diana à Guy. (Des larmes coulaient sur ses joues.) L'étalon va le tuer. Il faut l'arrêter!

Holt réussit à esquiver le premier assaut de l'étalon. Il n'y avait aucune émotion sur le visage de Guy quand il se pencha lentement et ramassa le fusil. Il le prit et continua à regarder le spectacle.

– Pour l'amour de Dieu, Guy, aide-le!

Guy arma le fusil mais ne le porta pas à son épaule. Un coup de sabot heurta Holt et le cloua au sol.

– Guy, tu dois le tuer! le supplia-t-elle.

Diana devinait ses pensées. Si Holt mourait, elle n'aurait plus aucune entrave et pourrait enfin lui rendre son amour.

– Guy, c'est ton père, murmura-t-elle. Tu ne peux le laisser mourir.

Guy la regarda. Ne se rendait-il pas compte qu'il la tuait aussi? Elle étouffa un sanglot et se détourna. Holt se tordait sur le sol, il était blessé au bras et n'avait plus la force de se relever. Il rampait pour essayer d'esquiver les coups de l'étalon.

– Holt!

C'était un cri d'amour désespéré. Elle se précipita vers lui.

A peine eut-elle fait un pas, qu'un coup de feu retentit derrière elle. L'étalon vacilla mais, la mâchoire béante, se rua sur Holt. Une seconde balle l'atteignit et il tomba.

Diana courut, suffoquant de douleur. Les larmes

l'aveuglaient. Elle aperçut vaguement Holt qui tentait de se relever et un immense soulagement l'envahit soudain.

Elle entendit une voix qui lui criait :

– Aidez-moi. Je n'arrive pas à attraper la corde pour la couper.

Elle entrevit Don : il était toujours écrasé sous son cheval. Elle hésita une seconde, puis se précipita vers lui et prit le canif qu'il lui tendait. Tandis que Diana coupait la longe qui s'était enroulée autour des jambes du hongre, elle entendit Don murmurer :

– Ce sacré cheval ne s'est pas contenté de m'écraser la jambe, il s'est aussi affalé sur mon fusil. Je ne pouvais rien faire pour aider Holt.

– Etes-vous blessé? demanda Diana.

– Je n'ai rien de cassé.

Après avoir délivré Don, elle courut vers Holt.

Il était à genoux, serrant fortement de sa main droite son bras blessé. Quand elle arriva enfin à sa hauteur, sa tête était renversée en arrière et son visage, blanc comme un linge, trahissait ses souffrances.

– Tu es vivant! Oh, mon Dieu, merci. Tu es vivant! (Ce murmure était presque une prière. Et Diana, tout en sanglotant, touchait ses joues et sa bouche, d'une main tremblante, comme pour s'assurer que c'était vrai.) Ton bras...

Il tenta de sourire et la regarda tendrement.

– Je me suis cassé l'épaule, c'est tout. Aide-moi à me relever.

Diana passa son bras droit autour de son cou en essayant de le soulever. Elle le regarda d'un air inquiet et le vit fixer l'étalon qui gisait à quelques pas d'eux.

– L'étalon est mort.

– Oui.

Pour la première fois, Diana regarda le cadavre. Sa robe blanche était éclaboussée de taches pourpres. Mort, l'étalon blanc n'avait plus la beauté et l'allure qui l'avaient tant fascinée. Ce n'était plus qu'un cheval sauvage comme tant d'autres. Seuls le distinguaient sa haute taille et le fait qu'il marchait toujours au pas... mais il ne marcherait plus.

– Guy l'a tué, chuchota Diana.

Le premier coup l'avait atteint au poitrail et le second à la tête. Cette deuxième balle avait provoqué une mort immédiate. Les larmes lui montèrent aux yeux quand elle comprit ce que l'acte de Guy signifiait pour eux tous. Elle leva les yeux vers Holt.

– Il t'a sauvé la vie. Il a tué l'étalon pour te sauver.

Holt regarda vers le camp. Diana se retourna et vit Guy toujours à la même place. Il avait baissé le canon de son fusil. Bien qu'elle ne pût distinguer les traits de son visage, elle savait qu'il les regardait. Guy se détourna lentement et se dirigea vers l'endroit où étaient attachés leurs chevaux. Il remit le fusil dans son étui et monta en selle. Il marqua un temps, jeta un dernier regard dans leur direction, puis donna un coup de talon à son cheval.

– Il s'en va. Il ne reviendra plus.

A ces mots, Diana leva les yeux vers Holt. Son visage était de pierre et ne trahissait pas plus d'émotion que sa voix, mais des larmes brillaient dans ses yeux.

– Peut-être reviendra-t-il... un jour, murmura-t-elle.

Elle regarda le nuage de poussière que le cavalier soulevait sur son passage en s'éloignant.

Achevé d'imprimer sur les presses de l'imprimerie Brodard et Taupin
58, rue Jean Bleuzen, Vanves. Usine de La Flèche,
le 5 novembre 1985
1157-5 Dépôt légal novembre 1985. ISBN : 2 - 277 - 21580 - 5
1er dépôt légal dans la collection : janvier 1984
Imprimé en France

1580
★★★★

Editions J'ai Lu
27, rue Cassette, 75006 Paris
diffusion France et étranger : Flammarion